演而優則士

董铁柱

美国加州大学伯克利分校东亚语言文化系哲学博士，现为北京师范大学－香港浸会大学联合国际学院副教授。主要研究方向为中国古代思想和文学，出版有《孔子与朽木——中国古代思想的现代诠释》。

演而优则士

《世说新语》三十六计

董铁柱 著

中华书局

图书在版编目（CIP）数据

演而优则士：《世说新语》三十六计/董铁柱著. —北京：中华书局,2022.1
ISBN 978-7-101-15369-9

Ⅰ.演…　Ⅱ.董…　Ⅲ.《世说新语》-小说研究
Ⅳ.I207.419

中国版本图书馆 CIP 数据核字(2021)第 193683 号

书　　名　演而优则士——《世说新语》三十六计
著　　者　董铁柱
责任编辑　黄飞立
封面设计　毛　淳
出版发行　中华书局
　　　　　（北京市丰台区太平桥西里 38 号　100073）
　　　　　http://www.zhbc.com.cn
　　　　　E-mail:zhbc@zhbc.com.cn
印　　刷　北京瑞古冠中印刷厂
版　　次　2022 年 1 月北京第 1 版
　　　　　2022 年 1 月北京第 1 次印刷
规　　格　开本/880×1230 毫米　1/32
　　　　　印张 12½　插页 2　字数 227 千字
印　　数　1-6000 册
国际书号　ISBN 978-7-101-15369-9
定　　价　48.00 元

目次

第八章 表演的底线——德行

导　言

　　本书谈论的是魏晋的思想和生活，但其实并不是为了谈论魏晋的思想和生活，真正想谈论的是魏晋思想和生活的关系。"思想"和"生活"之间有着微妙的关系。根据老生常谈，一个时代的思想来源于生活，又会对生活起着指导的作用，思想和生活是正相关的。这样的理解通常会导致一个错觉，那就是在一个历史时期，人们的生活会大致符合这一时期流行的哲学思想。比如由于朱熹理学的关系，不少人想当然地会觉得宋朝的妇女应该生活在水深火热之中，尽管事实上宋朝的女子离婚或是再嫁相当常见。再比如说因为董仲舒主张独尊儒术的缘故，很多人会觉得在汉朝大家都会乖乖遵守儒家的各种行为准则，而完全忘记了道教和佛教也正是在汉朝兴起的事实。[1]而最为常见的，则是因为孔子在《论语》

---

[1] 关于汉朝思想的多样性，可参看戴梅可（Michael Nylan）的 "A Problematic Model: The Han 'Orthodox Synthesis', Then and Now"，见 *Imagining Boundaries: Changing Confucian Doctrines, Texts, and Hermeneutics*（ed. Kai-wing Chow, On-cho Ng, and John B. Henderson, Albany, USA: SUNY Press, 1999, pp.17-56）。

中颇讲了几遍"信",所以诚信就变成了中华民族的传统美德,似乎古代中国人人都讲究信用,而彻底忽视了自春秋战国以降的每一本历史书里,谎言和欺骗无处不在。

思想家的思想和普通人的生活之间绝不是简单的正相关关系。事实上,一个时代的哲学思想和这个时代人们的生活之间总是存在着一定程度的偏差。这当然有着多种原因:首先,在后人看来一个时代流行的哲学思想,在当时不一定是流行的,比如说朱熹的思想在当时甚至被视为"伪学"[1];其次,哲学思想始终是属于知识阶层的产物,当汉朝接近5 000万人口却只有5万人识字时,这一时期的哲学思想必然无法代表同时代人们的生活准则;再次,即使是某一时期流行的哲学思想内部,也存在着各种不同的观点,几乎没有一个历史时期真的只存在一种思想一种观念。

然而我并不是想讨论魏晋时期思想家的思想和普通人生活的关系。正是因为两者之间的鸿沟显而易见,所以这样的讨论就显得并不具有太大的意义。我所关注的,是魏晋时期思想家的思想和思想家的生活的关系。

错觉与成见

关于魏晋时期思想家的思想和他们的生活的各种错觉和

---

[1] 参看田浩(Hoyt Tillman):《朱熹的思维世界》,南京:江苏人民出版社,2009年。

成见似乎由来已久。错觉是指把原本并没有那么美好的事物想得异常美好，成见则是把原本不是很糟糕甚至还有些闪光点的事情习惯性地烙上负面的印记。对于魏晋时期来说，最常见的错觉就是盛产异常潇洒的名士。这张名士名单上占据前列的是嵇康和阮籍。通常大众——甚至是不少学者——会想当然地认为以嵇康、阮籍为代表的风流名士们对社会上的一切规章制度都视为一种约束，他们因内心苦闷而鄙视礼教，不屑权力，追求自由，随心所欲，放荡不羁。[1]伴之而来的，则是极好的酒量和卓越的才华。这一切据说都和自我意识的出现有关。不少人认为魏晋时期最可贵的就是自我意识的觉醒、自由主义的发轫和对个体尊重的出现[2]，这一切则多少让人觉得有一点"反社会"的意味。这里的反社会既可以理解成名士们反对社会的既有秩序，将其视为一种束缚，也可以理解成名士们不喜欢"正常"的社会交往而好特立独行——毕竟像阮籍那样动不动向看不惯的人翻白眼应该属于有个性的交际障碍。

　　这些流行的看法，在很大程度上是一种错觉。之所以这

---

[1] 参见罗宗强在《玄学与魏晋士人心态》（天津：南开大学出版社，2003年）中对嵇康和阮籍的讨论。

[2] 关于余英时、杨东莼等学者对魏晋时代的自由主义或是自我觉醒的褒扬，江建俊有详细的论述。江建俊：《魏晋玄理与玄风研究》（上），新北：花木兰文化出版社，2012年，第7页。

么讲，是因为拥有这种错觉的人，基本上会倾向于支持赞同这些名士，把他们看成是全然正面的人物。比如说慷慨赴死的嵇康被描述成司马氏暴政的反抗者，他的诗歌则被诠释成表现的是不与世俗同流合污的高洁志向。[1]嵇康和喜欢翻白眼的阮籍一起被视为中国历史上追求思想自由之士的象征。[2]也就是说，嵇康和阮籍身上的优点会被无限放大，而缺点则会被有意或无意地忽视。这种错觉的有趣之处在于，即使不少学者对这种错觉进行过各方面的修正，已经指出阮籍其实醉心于政治[3]，而嵇康与他的竹林好友们也许不过是一群自视甚高而有性格缺陷的人[4]，但是在非专业学者的大众传播层面，这些反思和质疑几乎不被人提及，因此这种错觉依然盛行。

这种错觉同时会伴随着一种显而易见的成见。既然嵇康和阮籍如此的高洁，那么他们所批判的社会习俗和人物则必然是鄙陋不堪的。长时间以来，人们都倾向于将魏晋时期描述成一个极其混乱的时代，而名士们追求潇洒和自由正是这

---

[1] 崔富章：《新译嵇中散集》，台北：三民书局股份有限公司，1998年，第32页。

[2] Donald Holzman, *Poetry and Politics: the Life and Works of Juan Chi, A.D 210—263*, Cambridge,UK: Cambridge University Press, 1976, p.81.

[3] 同上，p.5。

[4] 冈村繁著，陆晓光译：《汉魏六朝的思想和文学》，上海：上海古籍出版社，2002年，第406页。

个混乱时代的产物。同时，伴随着混乱时代的，必然有粗暴的政权、凶残的君王和无耻的政客。这些在相当程度上的确是事实——就好像嵇康、阮籍崇尚潇洒自由在一定程度上是事实一样。但是如同流行的错觉会无限放大嵇、阮的优点一样，这样的成见也会极端地夸大这个时代的缺点，让人觉得这个时代除了产生了一批有个性有才华的名士之外，在各个方面似乎是一无是处的。戴建业用"浊世清流"来形容这一群人和这个时代，可谓是典型的总结。[1]

　　上述的错觉和成见是一对孪生产物，互不可分，也很难厘清谁的出现在前谁的产生在后。其实只需要稍作思考，就可以发现这一对观念存在着各种问题：比如同样混乱的五代十国为什么没有名士出现？比如一个出现了自由思想的时代难道不如一个没有思想自由的时代？然而这一对错觉和成见却依然有着顽强的生命力。这种成见和错觉同样适用于鸦片战争之后的清朝。成见体现在大家每每提及晚清，就会为其戴上腐朽、愚昧、落后各种帽子，即使是清政府所进行的各种变革，也大多被视为苟延残喘之举。同时，错觉则是只要是批判晚清社会的人士，就被冠以思想先驱的头衔，而对当时的西方各国，则都视其为中国应该学习的对象，殊不知龚

―――――――――

[1]　参见戴建业：《浊世清流：〈世说新语〉会心录》，海口：海南出版社，2016年。

自珍之流的批判，看似犀利而实则空洞[1]，而19世纪上半叶的法国或是俄国，也无不充满了危机。

这样的错觉和成见在相当程度上来源于对思想和生活关系的错觉和成见。众所周知，魏晋时期的代表哲学思想是"玄学"[2]，而玄学和老庄思想有着紧密的联系，同时玄学在极大程度上又是清谈的产物，而清谈又是魏晋时期最具特色的生活方式。玄学和清谈之间的关系就自然地被赋予了错觉和成见。

就错觉来说，最典型的是认为玄学极大地影响了清谈参与者的方方面面，也就是所谓"玄理"和"玄风"的统一。[3]很多学者指出，正是因为对老庄思想的推崇，从东汉的后期一直到魏晋南北朝，名士们经常聚在一起谈论哲学问题，这样的谈论并不以解决现实问题为目的，而更多是带有娱乐游戏性质的交谈。这就是清谈。[4]由于当时的清谈大多和玄学相关，因此，从广义来说名士们都是思想

---

[1] 参见梁启超：《清代学术概论》，上海：上海古籍出版社，1998年，第75页。

[2] 关于玄学，牟宗三、汤用彤等学者都有自己的定义，有学者还专门将与魏晋时期主流思想所不同的哲学思想称为"反玄思想"（陈惠玲：《魏晋反玄思想论》，新北：花木兰文化出版社，2011年）。在本书中，玄学泛指魏晋时期除佛教思想外的所有哲学思想。

[3] 江建俊：《魏晋玄理与玄风研究》（上），第12页。

[4] 参见萧艾：《〈世说〉探幽》，长沙：湖南出版社，1992年，第257页。

家。[1]正是因为一般认为老庄思想讲究无为和逍遥，所以根据思想家的思想影响他们生活的逻辑，喜好清谈的名士们也就自然地被披上了风流的外衣。魏晋风流、魏晋风骨或是魏晋风度成为这一时期的标签。人们想当然地认为以嵇康、阮籍为代表的魏晋名士们是一种不食人间烟火的存在，他们潇洒放达，憎恶礼教，不守常规，看轻名利。这样的观点可谓历久而不衰。而事实上，精于《庄子》的郭象为人卑鄙，和逍遥豁达完全不相干，这样的例子比比皆是，可以充分证明老庄思想或魏晋玄学并没有完全渗透到名士们的生活之中。现实生活中的名士充满了各种缺点，就缺点来说，他们和其他时期的士人相比并没有本质的不同。

这就促使我们去思考一个问题：魏晋玄学中的某些哲学思想，究竟是哲学家们所信服和崇尚的思想，还是为了辩论而出现的带有游戏性质的产物？在先秦时期，孔子、墨子或是庄子等哲学家都过着和他们各自的哲学思想相一致的生活。他们各自创造了具有鲜明特色的哲学思想，并且都

---

[1] 关于名士，历来有不同的理解。牟宗三认为："'名士'者，清逸之气也……清逸、俊逸、风流、自在、清言、清谈、玄思、玄智，皆名士一格之特征。"（牟宗三：《魏晋玄学》，台中：私立东海大学，1962年，第22页）本书在牟氏观点的基础上，认为《世说新语》中谈到的人物皆属于名士。

在生活中实践自己的信念。而何晏、王弼、阮籍、嵇康、裴
颁、欧阳建、郭象以及与他们同一时期的思想者们，他们的
思想是否和他们的生活相一致？以裴颁为例，从20世纪中
叶以降，不少学者在谈到"以无为本"这样魏晋时期流行的
哲学命题时，会批判它带有唯心主义色彩，是统治阶级利益
的体现，而对于主张"崇有论"的裴颁则颇加褒奖，认为他
的思想是朴素唯物主义的萌芽，而唯物主义自然是为劳动人
民发声的。最近几十年，很多学者则纷纷指出裴颁的儒家传
统，认为他的"崇有论"是从儒家思想的角度出发，为了纠
正玄学带来的虚无主义而作的，根本目的在于"矫浮虚放荡
之弊"。[1]这样的区分勾勒出的画面，就是裴颁的生活应该和
王衍或其他与他观念相左的同时代人的生活不同。事实上，
且不说裴颁传世的哲学作品只有《崇有论》，我们无从得知
他是否有完整的哲学体系[2]；更重要的是，这篇并不长的文章
究竟是否真的反映了他的观点，抑或只是他为了在清谈中脱
颖而出战胜别人而所作的反手文章？因为"有无"问题是魏
晋时期清谈的主要话题，几乎每位名士都会参与其中。对有
无或是言意有着不同见解，很有可能是出于争论的需要，而
不一定能够反映他的真正观点，更不能由他的不同观点推论

---

[1] 江建俊：《魏晋玄理与玄风研究》（上），第59页。

[2] 参见陈惠玲在《魏晋反玄思想论》中所指出的裴颁哲学体系的不足
（第158页）。

出其经济基础、阶级立场或是生活态度和其他持相反观点的
名士有所不同，也无法证明他的思想观点影响了他的生活方
式。尽管有不少学者指出裴頠是一个地道的儒者，他的崇有
观点和对儒家思想的坚持有关[1]，但是在生活中裴和那些主张
以无为本的名士一样，都是热衷于清谈的名士中的一员。这也
就证明了在魏晋时期，不同的哲学主张并不意味着不同的生活
方式，也就表明玄学和名士的生活态度并没有必然的相关。

　　另一方面，成见也充斥于玄学与清谈的关系之中。清谈
经常成为魏晋南北朝政局不稳的替罪羊，"清谈误国"四个
字明确地概括了人们的成见：有些喜好清谈的政客在高谈
阔论上花费了大量的时间，以至于没有精力去处理政事，而
有的则在清谈中逃避现实问题，从而导致了魏、西晋、东晋
等政权一个又一个地倒塌，何晏、王衍、王导等清谈代表人
物经常被后人批评。清谈误国本身也多少是一种成见。[2]这
种成见的基本假设是如果没有清谈，那么西晋、东晋等政权
也许就不会灭亡。如果我们放下这一假设而看一看当时的现
实，就会发现这一成见多少有些荒谬。就内部而言，从曹
魏、两晋到南朝，政权的更迭基本是相对和平的，并没有因
为清谈而直接带来的战败。而与此同时，在清谈并不盛行的

---

[1]　蒋凡：《世说新语的读法》，北京：中国人民大学出版社，2008年，第184页。
[2]　蒋凡对历代清谈误国的言论有所总结，参见《世说新语的读法》(第199页)。

北方非汉族诸国中，政权的更迭也同样频繁，十六国的混乱局面证明一个时代的政权交替和清谈并无必然关联。从外部来说，这一时期北方政治和军事势力的日益强大是不争的事实，即使南方政权能齐心协力全面抵抗，最后隋唐一统天下的趋势也是无法避免的。[1]我们必须知道的是，这一时期的很多政权的确只有几十年时间，但是从整体来说，两百多年（从西晋南渡到陈朝）绝对是一段不短的时间，可以和任何一个朝代相提并论；当我们换一个角度，来看一下在北方军事力量的反复冲击下，南方政权为何还能支撑两百多年，而不是质问为何南方政权只能支撑两百多年，就会发现清谈的危害完全是被夸大了。

在这一成见的基础上，产生了对玄学和清谈之关系的成见。就像一枚硬币的两面，很多人认为老庄思想会让人逍遥，同时很多人认为老庄思想会让人消极。在此，这一成见的逻辑看似非常清晰：老庄让人消极，受老庄影响的玄学自然也让人消极，而受玄学影响的魏晋名士在治国上也就不会投入精力，因此以玄学为主要话题的清谈从个人来说使名士们走向了放纵，而在社会层面则在极大程度上导致了政治、

---

[1] 关于北朝的军事力量，陆威仪（Mark Edward Lewis）有所论述。Mark Edward Lewis, *China Between Empires: The Northern and Southern Dynasties*, Cambridge, UK: Belknap Press of Harvard University Press, 2009, p.73.

军事多方面的落后或是混乱。[1]这样的成见从本质上来说，也是对魏晋时期思想和生活之间关系的误读，认为名士们的思想和生活有着必然的正相关。而这样的成见其实从逻辑上是完全可以被质疑的。从正面来说，道家的哲学完全有汉初黄老之治这样的正面影响；而从反面来说，即使没有玄学的盛行，也会出现五代十国这样的混乱局面。

因此，我们需要思考：这样的成见和错觉为何有着强大的生命力和影响力？我们又是否能够纠正这样的成见和错觉？魏晋思想家们的思想和生活之间究竟有着怎样的关联？而我们又应该如何考察魏晋思想家们的思想和生活，以寻找可能的答案？

本书试图解答的正是这些问题。但是，笔者并不想尝试直接提供答案。套用"言不尽意"的观点，直接的答案总是无法全面地回答问题的。对于以上的问题，本书将会通过三个"一"来进行解答。所谓三个"一"，是指一本书、一个切入点和一个理论。

一本书：《世说新语》

一本书，意味着本书的主要讨论将基于一本书的内容。

---

[1]　陈惠玲：《魏晋反玄思想论》，第59页。

也就是说，本书的论述并不是在搜集众多材料之后进行的归纳分析，而是通过详细分析一本书的文本来得出结论。这本书就是《世说新语》。

众所周知，《世说新语》是由南朝宋临川王刘义庆率人所编撰的，它主要记载了东汉后期到晋宋之间的名人言行与逸事。很多学者认为它是一部笔记小说集。[1]因此，要通过《世说新语》来管窥魏晋的思想和生活，并回答前文所提出的疑问，我们首先思考两个问题：一、为什么用一本书来管窥一个时代？二、为什么这本书会是《世说新语》，小说是否可以代替历史来展现当时的风貌？

第一个问题其实恰恰和上述的错觉与成见有着紧密的关联。一般来说，错觉和成见产生的主要原因在于其主体"蔽于大而不知微"。通常大家都寻求并满足于用简单的判断来概括一个时代、一个社会或是一种文化，这样的后果就是会被大而笼统的观念所蒙蔽。关于人们的这一倾向，英国哲学家培根早就有所论述。[2]这样的情况在文学、历史、哲学、政治诸多领域都存在，例子可谓比比皆是，而对魏晋的错觉和成见只不过是其中之一。这一情形的普遍性，正是源

---

[1] 关于《世说新语》，可参看王能宪《世说新语研究》（南京：江苏古籍出版社，1992年）。

[2] 斯宾诺莎对培根的评论，参见洪汉鼎译《斯宾诺莎书信集》（北京：商务印书馆，1993年，第7页）。

于人们对于规律的喜爱。一方面宣传者习惯传播具有总结性概论性的观念，而另一方面大众也满足并热衷于接受这样的观念。这当然无可厚非。休谟早就指出，即使是两个个体，人们都会倾向于找出它们的共同点，然后基于这一共同点给它们取一个名字，再用这一名字来称呼它们，而不会倾向于单个介绍它们，尽管这两个个体的不同点也许远远多过相同点。毫无疑问，寻找到某一时代、某一群体的规律，是认识的第一步。但是休谟还指出，每一个个体，说到底是独立的，是与众不同的，即使只有两个个体，人们也会同样热衷于比较它们的不同。[1]因此，找到所谓的规律之后再关注个体的独特性，似乎正是人认识这个世界的一个本能过程。如果满足于众性规律而忽略了个体的特性，那么认识就无法更进一步。

如果说了解整体的规律是学习的开始，那么从整体到个体的视角转变，则是批判性思维的起步。那么，我们应该如何了解个体呢？斯宾诺莎说过，要了解一个个体的属性要从了解该个体的自身出发。[2]根据这一逻辑，我们要是把

---

[1] 参见David Hume, "Of Abstract Ideas", *A Treatise of Human Nature*, Seattle, USA: Create Space Independent Publishing Platform, 2017, pp.22–26。

[2] 斯宾诺莎著，贺麟译：《伦理学》，北京：商务印书馆，1997年，第4页。

"魏晋的思想和生活"看作一个整体，而把在这一时期生活的每个名士看成是个体，那么要了解这些个体就要从讲述这些个体的书出发。和很多本泛泛谈论魏晋这一整体的书相比，一本以第一手资料描述具体个体的书可以让我们更好地了解这一时期的方方面面，而本书正是尝试通过详细地解读这样一本书，来管窥魏晋的思想和生活。

也许有人会有疑问，为什么不用两本或者更多本用第一手资料描写某一时期具体个体的书，然后在比较和总结的基础上再来讨论这一时期的思想和生活？更多的资料难道不是更加的可靠吗？事实上，这也是通常学者所用的方法。不过在我看来，这样的方法对于求整体规律无疑是合适的，而对于找寻个体的特点则具有天然的缺陷。正如之前已经强调的，我们在这本书里想要通过对个体的了解，来纠正一些对魏晋时期的错觉和成见。对于个体可以有两层理解。就第一层来说，个体是指魏晋时期的名士们。根据他们个人的言行，我们可以发现作为个体，他们的思想和生活与我们对魏晋的规律化的想象有所差异。就第二层来说，个体是指记录魏晋时期名士生活的某一本书及其作者。每一个作者在用一种特定的叙述模式记录下他认为值得记录的故事时，都体现了作者对其所叙述对象的理解，同时也暗含着作者自身的思想、价值判断和叙述初衷。相应地，他们笔下的名士们也就会有所差别。例如《世说新语·方正》记载了陆机和卢志的著名对话：

> 卢志于众坐问陆士衡："陆逊、陆抗是君何物？"答曰："如卿于卢毓、卢珽。"士龙失色。既出户，谓兄曰："何至如此！彼容不相知也。"士衡正色曰："我父、祖名播海内，宁有不知？鬼子敢尔！"议者疑二陆优劣，谢公以此定之。

《晋书·陆机传》也记载了此事：

> 范阳卢志于众中问机曰："陆逊、陆抗于君近远？"机曰："如君于卢毓、卢珽。"志默然。既起，云谓机曰："殊邦遐远，容不相悉，何至于此！"机曰："我父、祖名播四海，宁不知邪！"议者以此定二陆之优劣。

《世说新语》和《晋书》之间叙述的差异是显而易见的。《世说》中两人的语言都不甚礼貌，卢志问"是君何物"，而陆机则用"卿"来称呼卢志，最后还说"鬼子敢尔"，相比较《晋书》中卢志说的是"于君近远"，而陆机称呼卢志也用的是"君"。这些差异的背后，首先是两个叙述者对陆机的不同理解，也就是说，在两个叙述者的笔下，有着两个陆机。这两个陆机虽然有着相同的身份，经历了相同的事件，却有着不同的谈吐。因此,《世说》和《晋书》中的两个陆机是两个个体,两者都存在于传世的文本之中。就文本来说,他们都是"真实"的陆机,两者在文本中的"真实"性意味着如果我们要将两者叠加揉成一个,而试图寻找历史上"真实"的陆机时,就会面临必须抉择的窘境。无论我们作何抉择,都是对其中一个个体陆机的选择,而我们之所以会选择这一个陆机,是因为我们倾向于接受作者的叙述和判断,也就是倾向于接受那一个作为个体的作者。换言之,我们最后还是要从一种叙述、一个个体出发。

也许有人会接着问,我们为什么不能从《世说》中选取我们觉得可信的材料,然后再从《晋书》中选择相对可靠的材料,然后得到我们自己的陆机呢?这样的想法正是为干宝所诟病的。干宝在《搜神记》的序言中说:"卫朔失国,二传互其所闻;吕望事周,子长存其两说。若此比类,往往有焉。"在这种情况下,"况仰述千载之前,记殊俗之表,缀片言于残阙,访行事于故老,将使事不二迹,言无异途,然后为信者,固亦前史之所病"。[1]就陆机的例子而言,寻找所谓真实的陆机是不可能的,每一个陆机的存在都是叙述者思想的体现,当我们试图将几个陆机糅合成一个时,恰恰可能失去了理解每一个作者创造每一个陆机的

---

[1] 干宝撰,汪绍楹校注:《搜神记》,北京:中华书局,1979年,第2页。

动机。与其比较几种材料谁更可靠，不如先基于一种材料，研究其对陆机和其他个体名士的叙述，进而探求其如此叙述的原因。

事实上，从一种材料出发进行诠释正是中国哲学的传统。众所周知，中国古代的哲学家们习惯于通过注释某一经典来表达自己的思想。以魏晋时期为例，王弼的《老子注》和《周易注》是杰出的代表。王弼并不会说《老子》的某些观点有道理而《周易》的某些观点有道理，然后基于这些观点得出自己的观点。无论是《周易》和《老子》，它们的所有观点在各自的体系中都是不可或缺的一环，就它们的体系自身而言，是不存在某些观点合理而某些观点不合理的。当我们觉得它们的某些观点合理而某些观点不合理，某些观点积极而某些观点消极时，是因为我们的思考是从我们自己的角度出发，而没有尝试去了解它们的内在逻辑，这正是对"个体"的破坏。幸运的是，王弼分别从《老子》和《周易》的内在结构出发，分别作了《老子注》和《周易注》，既完整地考察和诠释了《老子》和《周易》这两个个体，又能在诠释个体的基础上阐发自己的思想。

因此，我们才需要从一本记载了魏晋思想和生活的原典出发，解读其叙述的内容，揭橥其之所以如此叙述的原因，进而管窥当时的思想和生活，最终发觉两者的关系。在此必须明确的是解读和介绍的区别。以王文进的《洛阳伽蓝记：

净土上的烽烟》[1]和王明苏的《东京梦华录：大城小调》[2]为例，两者都分别是对一本原典作了介绍，并在此基础上分别对北魏（《洛阳伽蓝记》）和北宋（《东京梦华录》）的生活作了描述。应该说他们的介绍是非常详尽的，但他们并不试图去深入探讨原典的内容背后值得思考的哲学问题，更没有在探讨这些问题的基础上寻求一种解释杨衒之《洛阳伽蓝记》或孟元老《东京梦华录》的理论框架。而解读则不满足于介绍某部原典的内容，而是要寻求该原典叙述背后的内在思想与逻辑。戴梅可两本关于扬雄《法言》的著作很好地说明了这两者的不同。她的《法言》一书基本是在对《法言》翻译的基础上作了一些介绍[3]，而在《扬雄和中国的读经与经学之乐》中，她则对扬雄的《法言》作了解读，提出扬雄对于经学的诠释核心在于"书亦有色"[4]。从内容来说，解读也许没有介绍来得全面，但是从思辨的角度来看，我们所要做的也

---

[1] 王文进编著：《洛阳伽蓝记：净土上的烽烟》，北京：九州出版社，2018年。

[2] 王明苏编著：《东京梦华录：大城小调》，北京：九州出版社，2018年。

[3] Michael Nylan, *Exemplary Figures / Fayan*, Seattle, USA: University of Washington Press, 2013.

[4] Michael Nylan, *Yang Xiong and the Pleasures of Reading and Classical Learning in China*, New Haven, USA: American Oriental Society, 2011.

正是找出这一部原典中的核心所在。[1]

那么，为什么我们选择《世说新语》作为"the book"（这一本原典）呢？《世说新语》在魏晋时期甚至是整个中国文学史上的重要性早已为人所熟知，不过"记言则玄远冷隽，记行则高简瑰奇"[2]这样的赞美并不足以使它成为我们的解读对象。《世说》之所以可以成为我们管窥魏晋时期思想和生活的窗户，主要有三个原因。第一，从体裁来说，文学性的《世说新语》比所谓的史书可以从更多的维度来展现"真实"。《世说新语》通常被认为是魏晋时期的笔记体小说，自米歇尔·德·塞尔托（Michel de Certeau）指出小说是历史的另一种形式以来[3]，很多学者已经探讨过小说与真实的关系。海顿·怀特（Hayden White）认为，历史探求的是"真"

---

[1] 关于版本、流传或是其他方面暂时不论，只就目前关于《世说新语》内容的研究来说，介绍性的甚至是通俗性的居多，在独特的理论框架下进行解读较为少见，如王能宪《世说新语研究》、胡友鸣编著《〈世说新语〉的名士风度》（台北：大村文化出版事业有限公司，1998年）、萧艾《〈世说〉探幽》、范子烨《〈世说新语〉研究》（哈尔滨：黑龙江教育出版社，1998年）、蒋凡《世说新语的读法》、刘强《一种风流吾最爱》（桂林：广西师范大学出版社，2009年）皆以介绍为主，而名为解读的魏风华《绝版魏晋：〈世说新语〉另类解读》（济南：山东画报出版社，2008年）实则为通俗性的戏说。

[2] 鲁迅对《世说新语》的评价见其《中国小说史略》（北京：中华书局，2014年，第45—54页）。

[3] 参见Michel de Certeau, "Writing and History", *The Writing of History*, New York, USA: Columbia University Press, 1988, pp.1-16。

（true），而小说所反映的则是"真实"（real）。[1]历史意义上所谓的"真"，所能确定的无非是在某一个特定时间在某一地点发生了某一事件。至于事件的起因、事件的过程和事件的影响，则已经有了多种诠释的可能。因此，狭义的历史叙述应该是记录体的，从这一角度来说，中国最早的历史典籍《春秋》的确具有这样的特点。比如《春秋·桓公元年》载："夏四月丁未，公及郑伯盟与越。"这样的记载就是典型的时间、地点、人物和事件。我们也许还可以知道鲁桓公和郑伯为什么结盟，但是对于结盟细节的"真"就不得而知了。

历史的"真"无法触及的领域正是小说的"真实"可以填补的空间。汤姆·康利（Tom Conley）在《历史书写》的英译本译者序中也指出从文艺复兴以来，西方的历史学和文学一直处于互补合作的状态。[2]这是因为小说的"真实"可以包括"真"的发生过的一切，也包含人们认为"可能"发生的内容。塞尔托认为，传统的历史学正是一味地追求"真"，而缺乏"可能"这一特性，才不具备现代科学的特质——正如休谟在18世纪就指出的那样，就本质来说，

---

[1] Hayden White, "Introduction: Historical Fiction, Fictional History, and Historical Reality", *Rethinking History*, vol.9, No.2–3, 2005, pp.147–157.

[2] Tom Conley, "For a Literary Historiography" (Translator's Introduction), *The Writing of History*, pp.vii–xxiv.

一个科学理论也只是对世界上的某一问题提出的一种"可能"的解释，也总是有着一定的局限，同时，一个问题也会有两种甚至更多的科学理论来解释。[1]而当一种历史叙述宣称自己是信史时，也就暗示其他对同一事件的叙述是不"真"的，这样的排他性具有先天的脆弱性，因为一旦其中的"真"受到质疑，整个叙述就可能轰然倒塌。致命的是，一方面，人们渴望通过历史找到"真"的过去，渴望用一种有序的规律来总结过去；另一方面，现实生活中的经历都是复杂、混乱、晦涩的。[2]这意味着历史的叙述和历史的事件本身从本质来说无法做到完全吻合。正如柯文（Paul Cohen）所说："事实上，历史学家所创造的历史在根本上和人们所制造的历史是不同的。"[3]在柯文所说的这两种历史之间，文学性的叙述占据了重要的地位。

　　就魏晋时期来说，公元316年西晋灭亡是一个历史事实，在西晋灭亡之前的公元311年有永嘉之乱是历史事实，永嘉之乱和西晋灭亡之间有着必然的联系也是历史事实。但是，名士的清谈和永嘉之乱以及西晋的灭亡之间的因果关

---

[1]　参见 David Hume, "Of Knowledge and Probability", *A Treatise of Human Nature*, pp.54–77。

[2]　Paul Cohen, *History in Three keys: The Boxers as Event, Experience, and Myth*, New York, USA: Columbia University Press, 1997, p.5.

[3]　Paul Cohen, *History in Three keys: The Boxers as Event, Experience, and Myth*, p.3.

系则不是线性而明确的。尽管很多学者都认为以太尉王衍为代表的西晋名士需要为永嘉之乱负相当大的责任，然而谁也无法证明如果王衍等人不清谈就不会有永嘉之乱。因此，当学者们说到清谈误国的时候，就是一种"可能"的真实。他们认为清谈应该/可能/或许/真的导致了西晋的灭亡，他们的叙述中也就必然要依靠小说的元素。这并不是说他们的论点或是叙述是虚假的，他们只是在用最为合理的方式展示"真"。而当学者认为清谈和西晋灭亡并无关系时，他们也一样无法用线性的逻辑来证明，因而同样需要用小说性的叙述来阐述"可能"的历史。

《世说新语》的叙述当然没有直接为从东汉到魏晋的历史发展总结规律。恰恰相反，其笔记体的特点正在于看似无序而零散。然而其所记载的不少故事为很多这一时期的历史事件提供了"可能"的细节，让后人对当时的生活细节有了更多的了解，也就可以更立体地去"想象"这些历史事件。以"苏峻之乱"为例，发生于公元327年的苏峻之乱以讨伐庾亮为名而起，这当然是历史事实；而庾亮和温峤一起联合征西大将军陶侃反击苏峻，这也是历史事实。但是，庾亮和温峤是如何获得陶侃支持的呢？这就需要小说化的想象去构想"可能"的"真实"过程。《世说新语》讲述了好几则苏峻起兵后庾亮、温峤和陶侃之间的故事。

《容止》篇第23则：

> 石头事故，朝廷倾覆。温忠武与庾文康投陶公求救。陶公云："肃祖顾命不见及，且苏峻作乱，衅由诸庾，诛其兄弟，不足以谢天下。"于时庾在温船后闻之，忧怖无计。别日，温劝庾见陶，庾犹豫未能往。温曰："溪狗我所悉，卿但见之，必无忧也！"庾风姿神貌，陶一见便改观。谈宴竟日，爱重顿至。

而《俭啬》篇第8则说：

> 苏峻之乱，庾太尉南奔见陶公。陶公雅相赏重。陶性俭客，及食，啖薤，庾因留白。陶问："用此何为？"庾云："故可种。"于是大叹庾非唯风流，兼有治实。

根据这两则故事，陶侃和庾亮的联手出于陶侃对庾亮的器重，而陶侃之所以欣赏庾亮，第一是因为庾亮的帅气，第二则是由于庾亮了解陶侃节俭的性格而投其所好。这从两个角度合理而有趣地解释了两人联手背后的"可能"因素。

小说的"真实"同样体现在其所反映的价值取向上。一部小说如果在某一时期被广泛接受，那么即使它的内容是虚构的，作家在叙述中所阐发的价值判断和思想也必然是被当时的读者所广泛接受的。正如卢卡奇（Georg Lukács）在《历史小说》中所指出的，斯威夫特、伏尔泰甚至是狄德罗的小说都写的是和现实生活不甚相干的事情，但是它们却"真实"地反映了当时英国和法国的文化。[1]同样的道理，很难想象在20世纪50年代的中国关于同性恋的小说会流行，或是在如今的中国革命小说会成为主流。作为社会观念的一面镜子，小说的"真实"性已经广泛地为人所接受。

因此，无论是内容上还是观念上，作为笔记体小说的《世说新语》都可以是我们了解魏晋思想和生活的一扇窗户。事实上，唐代的史家早就高度重视《世说新语》的价值，房玄龄等人在编撰《晋书》之时，就采用了不少《世说新语》中的材料。这表明在《晋书》的编撰者看来，所谓的文学和史学之间并没有一条明确的界限，而且文学正是史学的有力补充。而宋朝著名史学家司马光在《答范梦得书》中也同样指出："其实录、正史未必皆可据，杂史、小说未必皆无凭。"当然，以刘知幾为代表的学者的确对房玄龄等人此举作了严厉的批评，刘知幾在《史通·采撰》篇中指出："晋世杂书，谅非一族，若《语林》《世说》《幽明录》《搜神记》之徒，其所载或恢谐小辩，或神鬼怪物……

---

[1] Georg Lukács, Translated by Hannah Mitchell and Stanley Mitchell, *The Historical Novel*, Lincoln, USA: University of Nebraska Press, 1983, p.20.

皇朝新撰《晋史》，多采以为书……虽取说于小人，终见
嗤于君子矣。"后世王应麟等人也接受了刘知幾的观点。[1]
但是这些批评也无法否定一个事实，就是从唐代至今，至少
有相当一部分学者认为《世说新语》是可以反映魏晋的思想
和生活的。[2]正如袁行霈所总结的："（《世说新语》）于魏晋
社会政治、哲学、宗教、文学以及士人之生活风貌、心理状
态，莫不有真实记录。"[3]

　　第二个原因正是第一个原因的延续。如上所述，小说
是当时社会风气和观念的体现，而《世说新语》则向我们展
示了一种全方位的人格画面，表明了当时社会对名士的基本
态度。《世说新语》一共三十六门，每一门都有着自己的主
旨，这三十六门主旨基本上涵盖了名士生活的各个方面和他
们在生活中能够展现的各种品性。从道德角度来看，其中有
正面的，诸如德行、方正、雅量；有看起来是负面的，诸如
假谲、汰侈、纰漏；也有为数不多在道德上似乎无所谓褒贬

---

[1]　王应麟《困学纪闻》卷十三云："《史通》云：'《晋史》所采多小书，若
　　《语林》《世说》《搜神记》《幽明录》是也。曹（嘉之）、干（宝）两
　　《纪》，孙（盛）、檀（道鸾）二《阳秋》，皆不之取。其中所载美事，
　　遗略甚多。'又云：'唐修《晋书》，作者皆词人，远弃史、班，近亲
　　徐、庾。'晁子止亦谓：'《晋史》丛冗最甚。'"王应麟：《困学纪闻》，
　　上海：上海古籍出版社，2015 年，第 413 页。

[2]　刘强："'世说学'论纲"，《学术月刊》2003 年第 11 期。

[3]　袁行霈：《〈世说新语研究〉序》，王能宪《世说新语研究》，第 1 页。

的，比如伤逝和巧艺。在排序上，《世说新语》充分表明了叙述的态度，德行、言语、政事等正面的优点排在最前面，而最后的则是纰漏、惑溺和仇隙等负面的缺点。这样的顺序当然是一种价值判断的体现，表明在身处南朝的刘义庆看来，魏晋时期最重要的价值是德行，这和传统的儒家价值观相一致。至于不羁狂傲的举止，集中记录在简傲和任诞等篇章中，而这些篇章甚至排在术解和巧艺之后，说明即使在记录名士风流之时，《世说新语》也没有把这样的品性视作是值得赞赏和效仿的。

不过我们最好也不要把排在相对后面的那些章节所描述的品性当作是《世说新语》对它们的批评。事实上，《世说新语》的叙述口吻一直是中立的，在大部分情况下并没有作任何的评价，而其文字甚至让人觉得即使是这些缺点也是有趣的。比如在描写王导的吝啬时，《世说新语》说：

> 王丞相俭节，帐下甘果盈溢不散，涉春烂败，都督白之，公令舍去，曰："慎不可令大郎知。"（《俭啬》篇第7则）

贵为丞相的王导节省到不舍得吃水果，以致帐中的甘果都烂掉了。当手下都督告诉他时，王导特意叮嘱都督千万不要把这事情告诉自己的长子王悦。怕儿子的王导所说的话显然颇具喜剧效果，能让读者莞尔一笑。很显然，《世说新语》让人感到这些名士在很多方面与普通人并没有什么不同，缺点也正是他们品性的一部分。

《世说新语》对待缺点的态度和汉代以来大多数记载故事的原典不同。以西汉刘向所编撰的《说苑》和《列女传》为例，《说苑》现存的二十个章节中每个部分讲述的都是正面的品德，而《列女传》共七卷，前六卷讲述的是妇人的六种品德，最后一卷"孽嬖"则带有强烈的批判色彩，其中的人物都被彻底视为反面的教训。这样的叙述方式很显然是出于教育的目的，有着明确的是非标准。相反，在《世说新语》中说教和批判色彩非常淡薄，即使是后世公认须对西晋政权危机负责任的王衍，《世说新语》在讲述他在各个方面的故事之时，也不会将他的举止品性和其政绩联系起来，更没有作直接的批判。而自司马迁著《史记》以来，作者在叙述人物传记之余，对所叙述人物作直接的点评似乎是一个广泛流行的传统。《世说新语》却将对人物评判的权利留给了读者。

正是这样一种相对开放的叙述手法赋予了《世说新语》以诠释的张力，使得我们通过《世说新语》探索与错觉和成见不同的个体成为可能。作为读者，我们可以更为主动地去解读当时人们对德行、逍遥、任性以及其他缺点的态度，去理解作为个人的名士们的言行举止，去剖析他们的思想和生活之间的关系。因此，本书的探讨将以《世说新语》的材料为出发点，其他的材料只是作为辅证。

一个切入点：公共空间

讨论魏晋思想的著作众多，而关于《世说新语》的研究也可谓汗牛充栋。那么，本书和它们的最大不同之处是什么？在我看来，就是它的切入点。

通常讨论魏晋思想，都会从哲学的角度入手，探讨玄学在中国哲学中的独特地位、主要观点以及影响。[1]也有人从历史的角度出发，将玄学置于魏晋的历史大背景下，研究它出现的历史背景以及它对于当时历史的反作用。[2]在这样的研究视角下，一方面从中国哲学的发展轨迹来说，魏晋玄学通常被视为东汉末年儒学衰落的产物；另一方面从历史背景而言，魏晋玄学则被认为是对东汉以来社会动荡恶劣政治环境的回应。[3]两者合在一起，就产生了前文所说的流行的观点：魏晋是"自我意识"的觉醒时期，而魏晋玄学则是凸显了自我意识的哲学思想。阮籍、嵇康等人放达而异于礼教的行为则为这一观点做了背书。这一观点的关键性在于对"自我"的强调。一般来说，以仁为核心的儒家思想非常重视人

---

[1] 参见牟宗三：《才性与玄理》，台北：台湾学生书局，1985年。

[2] 参见唐长孺：《魏晋南北朝史论丛》，北京：商务印书馆，2010年。

[3] 刘大杰：《魏晋思想论》，贺昌群、刘大杰、袁行霈：《魏晋思想》（甲编三种），台北：里仁书局，1995年，第183页。

与人之间的关系，儒家的道德都需要在人与人之间的交往
中来体现，因此"社会性"是儒家思想不可或缺的要素。
而如果认为东汉末年儒家思想走向衰落，那么显而易见的
是存在于人与人之间关系的道德准则不再受到以前那般的
重视，个人的自我价值就自然获得了肯定。在一个稳定的
社会中，人们期望通过社会交往获得治国的机会，也会积
极处理好人与人之间的关系；而在一个乱世之中，人人都
渴望明哲保身或是及时行乐，也就更加地以自我为中心。
这样的两个前提加上老庄哲学无为逍遥的特点，使得魏晋
玄学看上去就是一种带着"个人"烙印的哲学思想，而魏
晋名士们的生活也似乎凸显的是个人的价值评判，两者在
一起就成为"虚无思想与**放浪行为**"[1]的结合。

　　然而，《世说新语》向我们展示的画面却并不是这样
的。恰恰相反，通过《世说新语》，我们可以明确地体会
到人与人之间交往的重要性（这一点在正文中会详细论
述），无论是清谈还是书中的其他行为，都是在公共意义
上进行的。因此，本书的切入点不是传统的哲学或是历
史，而是一个流行已久的社会学概念——"公共空间"。

　　在此要厘清两个问题：第一，我所理解的公共空间有

---

[1] 刘大杰：《魏晋思想论》，贺昌群、刘大杰、袁行霈：《魏晋思想》（甲
　　编三种），第195页。

着什么样的内涵？第二，公共空间理论为什么可以用于解释《世说新语》所展示的魏晋思想和生活？

首先就狭义来说，公共空间是德国思想家哈贝马斯的著名理论，可是对公共空间的重视在西方由来已久。早在古希腊时期，各个城邦的公民的日常生活就和公共空间有着紧密的联系。正如赵立行所说："（古希腊人）通过参与公共活动，每个公民作为个人融入了集体，并通过集体的力量决定着城邦的走向和价值观念。同时，公共生活和空间是进行教育的场所，也是展示个性和平等竞争意识的场合……公共生活是整个城邦生活的主体。""正是通过公共生活，每个公民都实际参与了城邦的政治管理、展示了公民精神并激发了文化的创造力。"[1] 在这样的情况下，即使是生育也并非全然私人的事情。在公元前8世纪末的斯巴达，有一次男性公民全体远征多年未归，在音信全无的情况下城邦的老年男性公民决定让奴隶和斯巴达的妇女交配，以防止城邦未来没有公民。残酷的是，当妇女们生下了孩子后，她们的丈夫也得胜归来，而这些孩子也就自然地成为奴隶。[2]

是的，奴隶和妇女并没有享受公共生活的权利，他们只是男性公民的私人财产。而这一点也正是古希腊公共空间的

---

[1] 赵立行：《古希腊人的公共生活》，《文汇报》2008年6月8日第6版。

[2] Sarah B. Pomeroy, *Goddesses, Whores, Wives, and Slaves : Women in Classical Antiquity*, New York, USA: Schocken Books, 1975, p.37.

支柱所在。古希腊的男性公民之所以可以通过公共空间管理城邦，正是因为他们拥有私人财产。私人财产——特别是作为财产而可以劳动的奴隶——让他们可以不用从事生产，有时间也有资格去享受公共的生活，在公共空间里谈论政治、哲学、诗歌以及其他一切可以谈论的话题。从理论上来说，公共空间里所有参与的男性公民都自由地拥有平等的权利。

亚里士多德将德性和公共空间紧密地联系在一起。他认为只有在公共空间中经受考察并获得认可的才是德性。[1]也就是说，离开了公共空间，人们的德性也就无从体现，也无法被他人赏识。公共空间也就成为了德性的必要条件之一。或者也可以说，平等和自由是德性的先决条件，在不平等不自由的情况下做的善举，并非出于德性。

哈贝马斯的公共空间理论主要探讨的是资产阶级的公共空间。[2]随着古希腊的衰落，从古罗马帝国到中世纪，由于政权和宗教的原因，原本的公共空间失去了生存的土壤。现代意义的公共空间发轫于16世纪文艺复兴之后。随着工业化和资本主义的发展，新兴的资产阶级开始形成，他们出于自

---

[1] 参见L.A. Kosman, "Being Properly Affected: Virtue and Feelings in Aristotle's Ethics", *Essays on Aristotle's Ethics*, ed. A.O. Rorty, Berkeley, USA: University of California Press, 1980, pp.103-116。

[2] 所有关于其公共空间理论的介绍，参见Jürgen Habermas, *The Structural Transformation of the Public Sphere: An Inquiry into a Category of Bourgeois Society*（Cambridge, USA: The MIT Press,1991）。

身利益的需要，对经济和市场有着自己的要求和判断，因而自然而然地会形成一些团体，就公共的市场发表和讨论个人的意见。这就是资产阶级公共空间的出现。

资产阶级的公共空间具有几个要素。首先，它是自发的，具有一定经济基础的资产阶级为了共同感兴趣的问题而聚集在一起进行讨论；其次，它的参与者之间的关系是平等的；再次，它是不受上层的政权控制或影响的，参与者也许会讨论和政治有关的话题，但是从本质来说公共空间与政权并无关联。公共空间就这样成了个人和政治权威之间的一个桥梁，通过它，私人的意见和经济活动得以影响公共的市场和经济状况。

关于公共空间的重要意义，哈贝马斯有着详尽的阐述。而关于哈贝马斯的理论，学者们也有诸多批判。这并不是我们所关注的重点。我们需要的，是从公共空间这一理论中找到可以用来分析《世说新语》中所描述的魏晋名士们的思想和生活的切入点。尽管以黄宗智为代表的一些学者认为，传统中国社会并不存在哈贝马斯所谓的公共空间，因而用公共空间理论来诠释中国古代社会并不合适[1]，但是我们并不需要完全机械照搬这些理论来解释魏晋的思想和生活，因为魏晋

[1] Philip C.C. Huang, "'Public Sphere' / 'Civil Society' in China? : The Third Realm between State and Society", *Modern China*, vol.19, No.2, 1993, pp.216-240.

时期的生活方式和16世纪之后的欧洲是肯定不同的。不过这并不妨碍我们利用公共空间的理论来作为分析的切入点。在我看来,《世说新语》中所展现的生活方式和哈贝马斯所谓的公共空间有着很明显的相似之处。

就《世说新语》所记载的清谈以及由清谈衍生的交往来看,名士们首先也是一群有着经济基础衣食无忧的人。这一群人自发地聚在一起,在一个相对平等而自由的空间里,谈论着一些至少看起来并不受到政权控制和影响的话题。因此,这样的生活和交往方式完全符合上述公共空间的特点。

需要指出的是,和资产阶级公共空间以戏院、沙龙和咖啡馆等场所为中心不同,魏晋时期的清谈尽管也会出现在公共场所,但是大多是在私人的场所进行的。很多名士的家中本身就是各种集会的所在地。这并不意味着名士们的交往不具有公共色彩。作为资产阶级公共空间主要场所之一的沙龙,一般就是在名流的家中。只要名士的家是向大家敞开的,其他人可以前往参与聚会清谈,而在清谈的过程中除了辩论的双方之外还有别人作为听众,那么这种在私人场所的聚会也一样带有公共的性质。正如陆威仪所说,宴会、郊游、乡间别院都成为魏晋时期新的社会空间(social spaces)。[1]因此,将公共空间的这部分理论作为切入点,来

[1]　Mark Edward Lewis, *China Between Empires: The Northern and Southern Dynasties*, p.46.

分析《世说新语》所描述的魏晋名士的思想和生活是可行的。

那么，用公共空间的这部分理论作为切入点的意义何在呢？如前所述，现代以来几乎所有的著名学者都认为魏晋是一个自我觉醒和个性解放的时期，按照这一逻辑，这一时期的哲学和生活状态应该是以个人为主要载体的。而如果我们用公共这一切入点来分析，就会发现魏晋时期的名士们无论是清谈还是在生活的其他方面都是以"公共"为核心和重点。《任诞》篇的这则故事以极端的方式说明了"公共"的重要性：

> 刘伶恒纵酒放达，或脱衣裸形在屋中，人见讥之。伶曰："我以天地为栋宇，屋室为裈衣，诸君何为入我裈中！"

通常对这则故事的解读是认为这证明了刘伶过分展现个性而不在乎世俗眼光。这样的解读显然值得进一步挖掘。这则故事的关键在于，即使是刘伶脱光了衣服在家里耍个性，也会让别人看见，然后才有了他们之间的对话和他的宣言。也就是说，刘伶酒后脱衣裸体并不是一个"私人"的行为，而是一个地地道道的"公共"行为。在这里"诸君"一词尤其重要，因为这表明看见刘伶怪诞之举的不是一个人，而是一群人。我们可以想象，也许是一群人在他家喝酒，喝到尽兴时刘伶才有此举。而如果没有这些观众，他可能并不会有这样的举动。

　　因此，以"公共空间"为切入点来审视魏晋名士们的思想和生活，就会有一个和流行的错觉或成见完全不同的发现。所谓的放达、超脱或是逍遥都不再是"个性"的体现，而是在特定的"公共空间"下的行为，等待着他人的见证和欣赏。那么，魏晋的名士们究竟是真的打破了东汉以来的经学枷锁，在玄学中找到了自我的价值，还是和前人一样，渴望在人与人的交往中获得肯定，将与人的相处作为生活中最根本最重要的一部分。如果所谓的个性必须要放在"公共空间"之中审视，那么我们也许就会对魏晋的思想与生活自然而然地得出一个新的结论。

一个理论：公共空间里的表演

　　陆威仪指出："整部《世说新语》可以被解读成一场为了荣誉和mastery的争斗。"[1]他的概括恰好包含了几个关键点：第一，争斗必须是在公共空间中进行。第二，争斗的目的是为了荣誉，也就是被认可和赞赏，而我之所以没有翻译mastery一词，是因为它具有双关的含义。一方面mastery指

---

[1]　Mark Edward Lewis, *China Between Empires: The Northern and Southern Dynasties*, p.48.

的是知识渊博，另一方面它又意味着比别人高一等。通过清谈而获得荣耀，就需要展现比他人更加渊博的知识，而通过渊博的知识在清谈中占据上风，则又可以高人一等。第三，魏晋名士的整个生活充满了争斗，他们绝不是一群真正潇洒豁达之人，也不是一群糜烂放纵之人。

因此在我看来，《世说新语》所展现的魏晋名士的思想和生活，是以公共空间为背景，以表演为手段，以"知"为目的的。因此，如果我们认为玄学就是魏晋时期的思想主流，那么魏晋名士们的哲学思想并不能作为他们生活的引导。当然，我们并不否认在一定程度上，"名教出于自然"这样的玄学观点的确是对当时现实生活的回应，但是整体而言，深受老庄思想影响的玄学并没有真正让名士们的生活逍遥恬静或是纵欲糜烂，他们一直热衷于在公共空间里以"表演"的方式争斗。从先秦开始中国哲学家保持的自身思想和生活统一的传统，在这一时期渐渐地式微。思想和生活从一个层面分成了两个层面，两者或许有交汇之处，但是分歧却是明确存在的。在我看来，这就是魏晋时期思想和生活关系的最大特点。

也许"表演"一词多少有些让人感到困惑，而它恰恰证明了魏晋名士对公共空间的依赖和对他人看法的重视，也表明所谓自我意识的觉醒并没有脱离基本的社会性基础。因此，"表演"是理解魏晋时期名士思想与生活关系的关键。

　　在这里，"表演"是从非常广泛的意义上说的。它至少具有三层含义。第一，名士们的所言所行都是为了他人。他人可以是观众，可以是朋友，也可以是对手。他人可以是当时在场的，也可以是通过当时在场的人士听闻到的。"为了"他人，指的是名士在言行之时会有目标的对象，所言所行是为了打动、征服、战胜其对象，而为了达到这样的目的，他们的言行就需要带有一定的表演色彩，需要一定的夸张成分。因此，我们在遇到有些名士的言行似乎在展现自我或是蔑视礼教时，也一定要牢记他们的所作所为也是在表演。也就是说，他们并不是在试图和他人保持距离，而是希望通过与他人的不同从而获得他人的肯定。简言之，只要似乎在公共空间进行表演的名士，就不可能是真正超脱豁达不在乎别人评价的。正如贺昌群所言："魏晋清谈之本旨，岂徒游戏玄虚，离人生之实际而不切于事情也哉？"[1]

　　第二，当名士们都用各种方式在公共空间展现自己的才性以期高人一等时，一般的表演已经无法让他们脱颖而出。在这种情况下，各种极端的言行开始涌现。有学者批评这种现象说："由于正始、竹林名士之风流成为一代之价值观，士人无不企首何王清谈的高妙，追逐嵇阮纵酒的旷放，

---

[1]　贺昌群：《魏晋清谈思想初论》，贺昌群、刘大杰、袁行霈：《魏晋思想》（甲编三种），第53页。

故导致两晋衣冠沉浸在一片不婴世务、依阿无心、空说终日、纵酒肆欲的糜烂生活之中，至此，士德荡然无存。"[1]这样的批评当然是一种成见。实际上，无论是嗜酒、爱美、简傲、任诞，还是奢靡、吝啬，都是在公共空间下通过极端的表演来显示与众不同的手段。因此，越是显得鄙视礼教或是卓尔不群的行为，越是不能简单地认为他们是在崇尚自由反抗社会，也不能认为他们是"思想日趋虚浮，而行为日趋狂放"[2]。当我们把极端的行为当作公共空间内的表演时，一切似乎都有了解释。这也就是冈村繁《清谈的系谱与意义》所指出的"娱乐性"。[3]

　　第三，当我们把《世说新语》中的一个个故事都视为一场表演时，就不应该把某些看起来比较笨或是比较阴险的反面人物想得那么简单。既然是一场表演，那么除了主角和观众之外，还应该有配角。有些人可能是被动地成了配角，在被主角击败后成了主角展现才性的背景；而有些人的蠢笨或是阴险则可能是和主角配合的剧情需要。如果没有人显得愚蠢，又如何体现主角的高人一等呢？

---

[1] 陈惠玲：《魏晋反玄思想论》，提要。

[2] 刘大杰：《魏晋思想论》，贺昌群、刘大杰、袁行霈：《魏晋思想》（甲编三种），第194页。

[3] 冈村繁著，陆晓光译：《清谈的系谱与意义》，《汉魏六朝的思想和文学》，第41页。

《世说新语》从《德行》篇一开始，就有着浓郁的表演气息，打下了名士皆演员的基调。

> 陈仲举言为士则，行为世范，登车揽辔，有澄清天下之志。为豫章太守，至，便问徐孺子所在，欲先看之。主簿白："群情欲府君先入廨。"陈曰："武王式商容之闾，席不暇暖。吾之礼贤，有何不可!"

第一句对陈蕃的描述，简洁地突出了他的"公共"性：言行都是天下士人的表率，也就意味着他的一言一行大家都会看着听着。因此，当他前往豫章担任太守之时，他必然知道自己的举动都会被他人看在眼里，这意味着他在到任之际必须有和寻常太守不同的言行。他的行体现在一到豫章就先要去看徐孺子，而不是先去府衙，他的言则体现在和主簿的对话之中。在这里，徐孺子和主簿在一定程度上成了陈蕃表演所必需的配角，如果没有他们，陈蕃的行和言都无法展开。要是豫章没有一个像徐孺子这样的人，陈蕃也没有礼贤的对象；要是主簿不对陈蕃说大家希望您先去官署的话，那么陈蕃就没有机会借用武王的先例来表现自己的礼贤下士之风。就这样，在刚到豫章的这样一个公共空间里，陈蕃完成了他的表演，获得了观众的肯定。

在每一次这样的表演过程中，主角一般都只有一个或两

个，不过观众可以有很多。说很多，是因为就《世说新语》
而言，观众至少有四类。第一类是当时在场的观众，他们对
主角的评价往往会在故事中直接或间接地出现，像上述陈蕃
的故事，主簿虽然没有做任何的评价，但是显然他被陈蕃的
一番话所折服了，在一开始作者就指出陈蕃言为世则，按照
这一逻辑，主簿当然会觉得陈蕃说的是对的，这就是间接出
现了评价。第二类是虽然不在场但是听说了这一表演过程的
当时名士，他们对主角的评价往往和第一类观众相一致，有
时候第一类观众没有作评价，会通过第二类观众之口作出相
应的评价：

> 阮步兵丧母，裴令公往吊之。阮方醉，散发坐床，
> 箕踞不哭。裴至，下席于地，哭吊唁毕，便去。或问
> 裴：“凡吊，主人哭，客乃为礼。阮既不哭，君何为哭？”
> 裴曰：“阮方外之人，故不崇礼制；我辈俗中人，故以仪
> 轨自居。”时人叹为两得其中。（《任诞》篇第 11 则）

这里的时人指的是当时听说了这个故事的人们，这就是第二
类观众所作的评价。第三类观众是《世说新语》的编撰者，
他（们）几乎从不作出直接的评判，但这并不表明他（们）
没有自己的态度。以《俭啬》篇为例，通常读者以为编撰者
会对拥有这样缺点的人报以批判，但是我们在阅读的时候，

却发现并不如此。

> 和峤性至俭，家有好李，王武子求之，与不过数
> 十。王武子因其上直，率将少年能食之者，持斧诣园，
> 饱共啖毕，伐之，送一车枝与和公，问曰："何如君
> 李？"和既得，唯笑而已。（《俭啬》篇第 1 则）

这则故事中的反面人物，似乎并不是和峤，而是咄咄逼人的
王济。虽然舍不得自己的李子，但是当自家李树被王济砍掉
时，和峤在公共空间所展现的是他的"笑"。无论他的内心
戏如何，无论他多么吝啬，他的笑显示了他的气度。因此，
作为第三种观众，刘义庆才是真正的评判者。他将这么多的
角色置于同一个舞台之上，从不同的方面全方位地展现名士
们的思想和生活。他对各位名士的评价自然也就蕴藏于叙述
本身，而他对魏晋时期名士思想和生活关系的看法，也暗含
于其中。

那么，第四类观众又是谁呢？显然，第四类观众是《世
说新语》的读者，也就是从《世说新语》诞生后一直到我们
的所有读者。我们是和表演的时空距离都最远的观众。一方
面，我们拥有历代第四类观众的评价和观点，我们也（自以
为）了解前三类观众的看法，因此我们像每一个时代的第四
类观众一样，对如何评价表演者充满了自信。这样的自信在

很大程度上正是错觉和成见的来源。另一方面，我们无法亲眼见证名士们的表演，也对当时的思想和生活没有直接的了解，我们是唯一在魏晋生活圈之外的观众。当然，对第四类观众来说，第一、第二甚至第三类观众都或多或少也是表演者。他们参与评价的过程本身也是一种表演，我们所看到的表演则是多层表演的叠加。正因为我们距离表演者和表演的背景是如此之远，我们对他们所处的时代也容易产生成见，倾向于简单地用浊世这样的标签去给它定性，而忽略了这些表演背景的背后存在的多样性。因此，当我们试图透过他们带有表演性质的言行，去窥视背后思想和生活的关系时，我们对表演者和他们所处的公共空间的评价需要非常谨慎，必须要依赖对表演的叙述本身——《世说新语》的文本，才可能在一千多年之后的今天"知"这些名士。

在本书中，我将通过仔细研读文本，从八个方面对魏晋名士在公共空间中的"表演"进行考察，在此基础上剖析他们的思想和生活之间的关系。这八个方面都是当时生活的重要组成部分，它们包括：一、人为什么要讲道理；二、人为什么要长得帅；三、嗜酒：一种瘾还是一种态度；四、幽默的正确打开方式；五、缺点为什么使人可爱；六、作为表演的孝；七、礼教与自我的纠葛；八、表演的底线——德行。

"人为什么要讲道理"通过分析当时清谈的场合、目的和内容，指出对于魏晋名士们来说，清谈主要是一种交流的手段和工具。在谈论的过程中他们注重的是谈得比别人好，而谈得好的主要标准则是"美"。真理并不是他们谈论哲学的关注所在。在一定程度上，玄学反而是当时生活风气的副产品。

"人为什么要长得帅"探讨的是当时对于男人之美的推崇背后，也蕴藏着渴望通过在公共空间展现帅气而被人欣赏的社会风气。在此不但考察了帅的基本要素，同时也指出在不帅的情况下，如何扭转乾坤成为名士，以及美和才的关系。

"嗜酒：一种瘾还是一种态度"着重反驳了长期以来对于魏晋名士好酒的误读。在"酒以成礼"的观念下，喝酒绝对不是为了挑战礼教，而首先是对礼教的尊重。因此，过度饮酒可以理解成对礼教尊重的前提下所做的极端表演行为，其目的不是表达对礼教的不满，而是更好地让他人了解自己。

"幽默的正确打开方式"讨论了魏晋时期名士间开玩笑的场合、原因和方式，指出幽默并不是简单地斗嘴，而是一种获得荣耀的手段。通过各种方式开玩笑，可以显示出自己在智慧上高人一筹。但是这种"认真"的玩笑也进一步证明了当时名士对名誉的在乎。

"缺点为什么使人可爱"诠释了《世说新语》所载的各种缺点，认为众多关于缺点的故事表明当时人接受缺点是名士不可或缺的一部分，正是缺点使得名士更为有趣而可爱。因此，缺点也是名士们的表演领域，对缺点的夸张性显现正是为了从侧面彰显自己的"mastery"。

"作为表演的孝"尝试对"礼"进行讨论。孝是礼的重要组成部分，《世说新语》中关于孝的记载很多，而这些故事无一例外都充满了表演的性质。在这一表演过程中如何获得他人的肯定，是这部分的主要话题。在这里，原本应该属于家庭的品德"孝"，具有了极强的公共性。

"礼教与自我的纠葛"是上一个话题的延续，不合常"礼"是当时很多人的缺点，这么做似乎是为了凸显自我的价值。但通过解读关于礼仪的诸多叙述，可以发现不但当时名士对于礼仪非常推崇，而且即使是某些看似反对礼教的行为，其实都可能是为了展现礼教的重要性。

"表演的底线——德行"考察了当时各种获得世人肯定的品德，指出只有在德行的约束下，各种看似荒诞的表演才可能不走入极端，而德行的最佳表演舞台是在政坛。对品德的推崇也表明魏晋的名士们从根本上没有脱离儒家思想的传统。在"老庄思想占了整个的学术界"[1]的情况下，玄学本身并没有对他们的生活态度产生本质的改变。

---

[1]　刘大杰：《魏晋思想论》，贺昌群、刘大杰、袁行霈：《魏晋思想》（甲编三种），第187页。

综上所述，本书以魏晋时期思想和生活之间的关系为考察对象，以《世说新语》为主要文本，以公共空间理论为切入点，提出了魏晋名士人人都渴望通过"表演"获得赏识的观点，并通过八个方面来分析说明魏晋玄学并没有从根本上对当时的生活产生改变。这八个方面当然不可能完全涵盖魏晋名士思想和生活的全貌，但是管中窥豹，也许可以给我们提供一个新的视角。

第一章
人为什么要讲道理

一　清谈：聚会时的游戏

新婚后，女婿到了丈人家应该做什么？《世说新语·文学》篇中西晋裴遐的故事告诉了我们答案。《文学》篇第19则说：

> 裴散骑娶王太尉女。婚后三日，诸婿大会，当时名士，王、裴子弟悉集。郭子玄在坐，挑与裴谈。子玄才甚丰赡，始数交未快。郭陈张甚盛，裴徐理前语，理致甚微，四坐咨嗟称快。王亦以为奇，谓诸人曰："君辈勿为尔，将受困寡人女婿。"

裴遐与王太尉王衍的女儿成亲，婚后三日，王衍的几位女婿在王家聚会。王衍的女婿几乎各个都非常有地位，他的大女儿嫁的是贾皇后的亲戚贾谧，小女儿则嫁给了太子司马遹，当然裴遐也是出身名门，当时王、裴两家可谓望族，这一场婚姻也属于门当户对。这一天王、裴两家都来齐了人，在这样的场合大家要做的就是——清谈。

恰好当时在座的还有著名的哲学家郭象。郭象以善清谈而闻名，"口若悬河"这一成语，最初就是用来描绘他侃侃而谈的场面。郭象主动和裴遐展开辩论，郭象讲得气势磅礴，而裴遐则应对自如。在座的各位都极为佩服，王衍颇为得意地对大家说，你们就不要再挑战了，否则就要被我的女婿搞得狼狈不堪了。

这则故事可供玩味之处甚多。首先，在这样喜庆热闹的场合，大家不是玩樗蒲围棋，也不是比骑马射箭，而是喜欢看"主角"和人捉对清谈，然后众人旁观；其次，这样的清谈如果展现出高水平的话，可以获得他人的尊敬，浅白地来说就是可以让人有面子，故事中很显然王衍对自己女婿裴遐的表现很满意；再次，郭象在其中充当的角色也颇为有趣：到底他的故意挑衅是为了展现自己的才华让裴遐难堪，抑或是配合裴遐，为了凸显裴遐对玄学的理解和辩论之才从而获得老丈人的欢心，还是为给王衍做托，让大家知道他女婿的厉害……

《文学》篇中的另一则故事同样表明，清谈是名士们在一起时的不二选择。第55则说：

> 支道林、许、谢盛德共集王家，谢顾诸人曰："今日可谓彦会，时既不可留，此集固亦难常。当共言咏，以写其怀。"许便问主人有《庄子》不？正得《渔父》一篇。谢看题，便各使四坐通。支道林先通，作七百许语，叙致精丽，才藻奇拔，众咸称善。于是四坐各言怀毕。谢问曰："卿等尽不？"皆曰："今日之言，少不自竭。"谢后粗难，因自叙其意，作万余语，才峰秀逸。既自难干，加意气拟托，萧然自得，四坐莫不厌心。支谓谢曰："君一往奔诣，故复自佳耳。"

有一次支道林、许询、谢安等人一起聚在王濛家。谢安说，今天这样群贤毕至的集会机会难得，应当一起清谈。许询就问主人有没有《庄子》。刚好主人家有《庄子》的《渔父》篇。于是谢安就根据《渔父》选择了谈论的主题，让大家来谈论。支道林第一个谈，讲了七百多个字，词藻华丽，论述精致，大家都说好。然后大家一个一个接着谈论，最后是谢安出场，讲了一万多字，精妙绝伦，众人无不佩服。这则故事和上一则的相同之处，在于两个故事都告诉我们，在名士集会的时候大家喜欢清谈；不同之处则在于聚会的众人都参与了讨论。如果说上一则故事裴、郭二人是表演者而其他人是观众的话，那么在这里大家都是表演者而互为观众。当然，主角是很明确的，整个过程最重要的是突出了谢安高人一等的才华。

其最值得注意之处则在于一个细节：许询问主人家里有没有《庄子》。通常人们以为，魏晋时期玄学盛行，而玄学主要的探讨内容就是《老子》和《庄子》，那么当时的名士应该对《庄子》非常熟悉。但这则故事告诉我们，即使是支道林、谢安这样的清谈大家，对《庄子》似乎也不是全然熟稔的，至少不能烂熟于心；要找个大家都可以讨论的话题，还需要现找《庄子》的文本。在对《庄子》的文本并不非常熟悉的情况下，名士们对《庄子》哲学的阐发也许更多的是对自己固有思想的即兴表达。与其说这是对庄子哲学思想的探讨，不如说是一种文字游戏和表演。同时，许询问身为主人的王濛家里有没有《庄子》，而不是直接要王濛拿《庄子》出来，说明《庄子》并不是名士们家家必备的读物，而王濛家里只有《渔父》一篇，并没有《逍遥游》或是《齐物论》这样的核心篇章，也进一步让人思考：在那个号称对庄子思想非常推崇的年代，对《庄子》的重视程度究竟是怎样的，《庄子》又是以怎样的形式在魏晋时期传播的？

如果说这些名士对庄子哲学本身并没有足够的重视和了解，那么，他们又为何动辄在聚会的场合以庄子哲学为主题作清谈呢？庄子哲学对他们来说，又意味着什么呢？抑或我们也可以问，哲学——或者说是中国哲学——有着什么样的特质，可以成为他们在公共聚会时的谈资？

二 中国哲学的基础：交流和表演

从中国哲学的源头来看，哲学思想在很大程度上是一种交流的产物。陈来指出，早在西周开始，中国的文化气质就"集中表现为重孝、亲人、贵民、崇德"，这也就意味着中国的哲学思想是为了满足"中国人谋求建立积极的人际关系及其内在的需要"。[1]这可以从两个角度来理解：第一，中国哲学的目的就在于促进人与人之间的交流；第二，中国哲学的传播和发展也需要通过人与人之间的交流。在传统中国社会最具有影响力的思想流派当属儒家思想，儒家思想奠基人孔子的思想核心就是通过"仁"与"礼"来处理好君臣、父子、夫妻、兄弟和朋友之间的关系，从而使得天下太平。正如有的学者所指出的那样："儒家最基本的原则是人文主义，它被理解成人与人之间的温情，极为强调人的互动性。"[2]从广义来说，处理好人与人之间关系的关键就在于人们之间的良性交流。同时，孔子正是通过其与弟子对话的形式而被后人了解的。在《论语》中，孔子和颜回、子路、曾子、子

[1] 陈来：《儒家思想的根源》，《陈来自选集》，桂林：广西师范大学出版社，1997年，第38页。

[2] June Ock Yum, "The Impact of Confucianism on Interpersonal Relationships and Communication Patterns in East Asia", *Communication Monographs*, vol.55, No.4, 1988, pp.374-388.

贡、樊迟等众多弟子在不同的场合就各种问题进行过探讨，可以说对话是儒家思想传播和交流的主要途径。[1]

孔门师生间的对话，是中国古代思想口口相传的缩影之一。这意味着中国哲学从发轫起就不是哲人们独自冥思苦想的产物，而是人与人思想交流的结果，而这种交流是在公共的——或者说公开的——场合下进行的。如果我们相信孔子"有教无类"的话，那么至少在原则上，这些场合是对所有有志于向孔子求学的人开放的。在一个开放的公共空间里，学生的谈话——无论是提问还是回答——都是其学识、性格和素养的直接体现。他们的谈话不仅会被孔子直接评判或回应，也同样会得到同侪的评价。而如果是在一个人独自冥想的空间里，抑或是在一个由老师教授，一大群学生听讲的模式下，一个人的学识、性格、道德等各方面就无法得到充分的展示。[2]

这种将自己的才能和见识完全暴露后再学习的方式，可以更好地让别人了解自己，也可以更好地去了解别人，更可以更好地了解自己。美国汉学家埃里克·亨利（Eric Henry）

[1] Hui-Ching Chang, "Language and Words: Communication in the *Analects of Confucius*", in *The global intercultural communication reader*, ed. Molefi Kete Asante, Routledge, 2013, pp.255–272.

[2] Richard E. Palmer, "Gadamer and Confucius: Some Possible Affinities", *Journal of Chinese Philosophy*, vol.33(s1), 2006, pp.81–93.

指出，"知"是中国哲学的核心关怀之一。[1]无论是"知人""被人知"还是"自知"，都在中国哲学中占据着非常重要的地位，因为如果不能"知"，那么就无法处理一切人与人的关系。不管是"仁""忠"还是"信"，都需要"知"作为前提。曾子说每天都要反省自己"为人谋而不忠乎？与朋友交而不信乎？"（《论语·学而》）要知道自己是不是做到了忠，在为人谋的过程中，至少要了解对方的需求，也要了解自己的能力是不是足以为人谋，同样需要让对方了解和信任自己。

在《论语》中，孔子通过在各种场合和学生交谈，更好地了解学生，也让学生更好地了解自己，从而促进学生们更好地了解他的思想。这充分体现了孔子不交谈无思想的理念。孔子和樊迟的几次交谈向我们提供了很好的例子。在《论语·为政》中，樊迟和孔子的第一次谈话出现在孟懿子问孝于孔子之后。孟懿子问孝，孔子简单地回答了两个字："无违"。接着樊迟为孔子驾车，孔子对他说刚才孟懿子问孝，自己回答说"无违"。樊迟接着问："何谓也？"然后孔子就展开解释了"无违"的含义。

关于孔子为何对孟懿子如此回答，众多学者都作过诠

---

[1] Eric Henry, "The Motif of Recognition in Early China", *Harvard Journal of Asiatic Studies,* vol.47, No.1, 1987, pp.5-30.

释，一般认为是由于身为鲁国大夫的孟懿子不能谨守其父教诲，不受礼仪的缘故。[1]这一场景中有趣的是，孔子在向樊迟讲述刚才孟懿子和自己的对话时，似乎"预知"樊迟会提问。不过孔子为何预知樊迟会提问呢？最简单的解释，也许是樊迟是个相对愚笨但好问的学生，他不懂孔子所言的深意，却也不会掩饰自己的"无知"，因此孔子知道他不懂就会问。也有人可能会根据孔子所谓因材施教的原则，认为孔子之所以向樊迟提及"无违"，是因为樊迟本人也有这个缺点。但是在这一场景中，樊迟的角色并不那么简单。

《论语》简洁而明确地指出：樊迟"御"。樊迟在此并不是一个普通的学生，孔子在和孟懿子见面之后，樊迟是为孔子驾车的那位学生。御作为六艺之一，是孔子非常重视的教学内容之一，而御者在春秋时期的地位绝不是可有可无的。从《晏子春秋》中所载晏子的御人得意洋洋的样子，就可以推知御人觉得为齐国的相国驾车是莫大的荣耀。而在齐国权臣陈恒和阚止争斗之时，也正是齐简公的御人诸御鞅劝谏说："陈、阚不可并也，君其择焉。"齐简公不听劝谏，最后被陈恒杀死，临死前后悔自己未听诸御鞅的话。这则故事也从侧面证明了御者的重要性。孔子在《论语》中也曾对弟子说："吾何执？执御乎？执射乎？吾执御矣。"（《论语·子

---

[1]　参看程树德：《论语集释》，北京：中华书局，2013年，第93页。

罕》）很显然，作为孔子御者的樊迟在孔子的心目中应该是一个重要的学生。

那么，孔子为何预知樊迟会提问呢？还有一种解释：孔子知道樊迟会问，其实樊迟也完全明白孔子期望自己提问，然后借机阐发相应的思想。由于《论语》的记述风格简洁，后人很难知道很多对话的明确场景和细节，不过这也给我们提供了很大的想象空间。当孔子从孟懿子府中告辞离开时，樊迟驾车在外等候，这时候孔子和樊迟的对话，其实是在一个非常公开的场合进行的，孟懿子的手下完全有可能听见。因此，孔子和樊迟的问答与其说是他们两人之间的对话，不如说是一场为了给别人听到而进行的对白。他们的"表演"是为了更好地向世人诠释何谓"无违"。可以说，孔子和樊迟是互相了解对方的，所以才会有这样默契的配合。在樊迟在提出问题的瞬间，他很好地实践了"不知为不知"的原则，相比孟懿子的不知而不问，樊迟的提问彰显了自身的素养，也让后人更加理解为何孔子会让樊迟做自己的驾车人。因此，孔子和樊迟的这一对话场景，正是师生二人因互相"知"对方而在公共场合进行表演性交流的范例。

这种在公共场合带有"表演性"的对话在《论语》中可谓比比皆是。事实上，不同时期的儒家思想家们都保持着这一传统。在《朱子语类》中朱熹和众弟子的对话也有着这样的色彩，在《传习录》中王阳明和其弟子的对话也一样。在与老师的对话中比较活跃的，其思想和才能一般也被他人所认可。而为了获得同学和老师的认可，很多人也自然会积极地参与讨论，提出问题和看法。而这样的方式之所以会长时间流行，是因为如上所述，儒家哲学从本质上讲就是一种重视人和人之间关系的哲学思想。这样的教学方式体现了思想和生活的统一性。

三　清谈：由哲学而知的表演

哲学思想的传播在魏晋时期，也并没有脱离这一轨道。只是由于各种原因，这一时期思想的传播和讨论并没有在明显的师徒之间进行，正如柳宗元所说："由魏、晋氏以下，人益不事师。"[1]尽管有学者指出这一时期的思想有着家学渊源[2]，但是《世说新语》的故事并没有突出这一点，它们强调名士们的思想大多是出自个人的领悟，而他们的清谈也更多的是在朋友聚会——而不是与老师和同学切磋——的时候进行的。不过相同的是，他们的交谈也是在相对公共的场合进行的。之所以说是"相对公共"，是因为在当时并没有明确的公共空间与私人空间的区分。名士们的清谈场所，既有兰

---

[1]　柳宗元：《答韦中立论师道书》，郭绍虞主编：《中国历代文论选》第2册，上海：上海古籍出版社，2010年，第143页。

[2]　贺昌群：《魏晋清谈思想初论》，贺昌群、刘大杰、袁行霈：《魏晋思想》（甲编三种），第10页。

亭这样"曲水流觞"之处，也有各个名士自家的书房或是客厅，甚至是在床榻之上。如果说兰亭是明显的公共场所，那么家就是一个难以确定公私界限的地方。和真正的公共场合相比，家自然是相对私人的地方，不过当"家"成为他人都可以聚会清谈之地时，它也就被赋予了公共性。《世说新语》中，简文帝司马昱的书房就是名士们经常聚会清谈之所在。

这样在公共场合的清谈当然也是为了"知"，简单来说就是为了找到和自己意气相投之人。换言之，清谈并不是单纯地争口舌之利，而是一种交流的手段，其最终目的在于"知"：通过清谈而知人，知己，并使人知。从广义来说，"知"有"发现"（他人或自己的才能和品格，或使得他人发现自己的才能和品格，下同）、"承认"、"欣赏"、"理解"或是"了解"等多个层面的内涵。而在"知"的过程中，对知的一方的判断能力和被知一方的表现能力都有着很高的要求，因此"知"的难度是非常高的。

（一）"知"的困难性

对于"知"的困难性，先秦诸子都有所强调。孔子在《论语》开篇即指出"人不知而不愠"是成为君子的重要条件，很显然，即使是孔子这样的圣人，在周游列国时都没法得到当时诸侯们的赏识，这充分说明了让人知是困难的。

同样，庄子则在和惠施的著名对话中，也提出了"知"

的困难性。庄子与惠施游于濠梁之上，庄子说这里的鱼游得
很快乐。惠施说你不是鱼，怎么能知道鱼的快乐。庄子反击
说，你不是我，怎么知道我不能知道鱼的快乐。惠施解释
说，我不是你，所以我本来就无法知你，而你不是鱼，你也
就自然无法知鱼。庄子最后指出，惠施你先问我怎么能知
道鱼的快乐，这表明你已经先知道我知道鱼的快乐了才问我
的。关于这个故事，历来有众多的解释。但是有一点是很明
确的，那就是人与人之间互相"知"，或是人与物之间的知，
是一个在思想家之间无法有统一答案的难题。

　　先秦的思想家中，对"知"的困难性有着最深入描写
的当属韩非子。在《韩非子》中记载了和氏璧这个在中国可
谓家喻户晓的故事。当楚国人和氏发现一块外裹岩石的美玉
时，他将其献给了楚厉王。楚厉王的御用玉匠认为这只是
一块石头，于是楚厉王下令砍去了和氏的左脚。厉王死后
楚武王即位，和氏再次献玉，而遇到了同样的结果，楚武王
下令砍去和氏的右脚。最后和氏带着玉石回到山中，哭了三
天三夜。新即位的楚文王派人去询问，和氏说自己伤心是因
为自己这样的忠臣却被君王认为是骗子，而宝玉则被认定为
顽石。于是楚文王派人除去了外面的岩石，终于看到了美
玉——这就是和氏璧。

　　这则故事对于知的刻画是多层次的。通常认为它是在谴
责楚厉王和楚武王无法认识到和氏的忠心，也无法看穿被岩

石所掩盖的玉石本质——玉和忠臣的相似性在此不言而喻。然而同样重要的是，和氏也并不"知"楚厉王和楚武王，如果他知道两位君王没有眼力赏识自己，也许情况就会完全不同；而且，和氏也缺乏让楚厉王和楚武王认识自己的能力。最后，楚文王之所以能发现和氏与和氏璧的价值，在很大程度上也是因为和氏找到了让楚王认识自己的办法：恸哭三天三夜。

从孔子周游列国的遭遇到和氏璧的故事，知的困难性都有着充分的体现。两个地位不同的人之间的相互不了解则可能会影响双方的互相信任，给地位低的一方带来噩运，同样也会给地位高的一方带来严重的后果（比如夫差和伍子胥）。庄子和惠施的辩论则表明两个地位相对平等的人之间的相互不了解可能会造成双方为了不同的观点而争辩和斗争。但在《世说新语》中，知似乎由于哲学交流而变得不再那么困难。

（二）哲学 + 清谈 = "知"

从东汉晚期到魏晋，哲学讨论是获得他人赏识的最佳途径之一。无论讨论的双方观点是否相同，只要表现出高水平的见识，就会得到他人的赞誉。

在《世说新语》的《文学》篇中，服虔和郑玄、崔烈的两则故事很好地描述了观点相同的情况下"知"的过程。东汉时期著名经学家郑玄想要给《春秋》作注解，在还没有完成的时候有一次外出在客栈偶遇服虔。两人并不认识。服虔和别人谈论自己对《春秋》的注释和理解。郑玄听了很久，发现服虔的很多见解和自己的相同，于是就对他说："吾久欲注，尚未了。听君向言，多与吾同，今当尽以所注与君。"于是便有了后来的《春秋》服氏注。当郑玄听到和自己相同的观点时，他并没有不安或是嫉妒，而是真诚地钦佩服虔，并全力帮助服虔完成《春秋》的注解。这当然是由于在听到服虔对《春秋》的讨论之后，郑玄对其能力和人品有了认可的缘故。(《文学》篇第2则）

服虔因为对《春秋》的理解而获得他人的赏识并非偶然。他在将要为《春秋》作注解前为了参考不同的见解，曾经去著名学者崔烈那里偷听。他隐名埋姓，在那里做下人，每当崔烈讲授《春秋》的时候，就在外面偷听。当发觉崔烈的见解不能超过自己时，服虔开始和崔烈的学生切磋他们老师的优点和缺点。崔烈听说后不知道服虔究竟是何人，不过他久仰服虔的大名，就怀疑此人就是服虔。第二天一早，趁着服虔还没睡醒，崔烈大声喊服虔的字，服虔从睡梦中惊醒下意识地作了答，于是两人成了好友。(《文学》篇第4则）

无论是郑玄还是崔烈，当他们发现服虔的见解和自己相近并超过自己时，都报以赏识。当然，在这两个故事中其实服虔都没有和郑玄或崔烈直接对话，主角只有服虔一个，郑、崔两人都是作为观（听）众发现服虔的才华的。而在何

晏和王弼之间的故事中，何、王二人则有了直接的切磋。何
晏作完了《老子》的注解，前去拜见王弼，发现王弼的注解
非常精奇，极为佩服而大加赞赏，于是将自己的《老子》注
改成了《道论》《德论》两篇，而不敢再以《老子注》面世。
（《文学》篇第7则）

何晏对王弼的态度与郑玄、崔烈对服虔的态度有着显而
易见的相似。这并不是一种简单的重复，结构主义者们早就
指出，相同结构的故事在一起往往是为了着重强调某一个观
点。[1]《世说新语》通过反复出现结构类似的故事，表明在
当时的思想交流过程中，遇到和自己见解相似而又超过自己
的人，大家通常都会将对方视为朋友。这样的风气并不难理
解。一般认为何晏和王弼是开启魏晋清谈之风的先驱，也许
我们可以说正始玄音自发声之时，名士们就通过哲学交流打
下了友好的交友基调。

那么，当遇到和自己想法相异的人时，哲学讨论又会迈
向何处呢？答案也许有些出人意料。

"三语掾"大约是魏晋清谈中最为著名的故事之一。阮
修以善谈哲学而著名。太尉王衍有一次问他，老庄思想和
儒家思想相同还是不同。阮修回答说："将无同。"也就是恐
怕没什么不同的意思。王衍觉得他回答得很漂亮，就请他

---

[1] Claude Lévi-Strauss, *Myth and Meaning*, London, UK: Routledge, 2001.

担任了"掾"。世人于是称之为"三语掾"。卫玠讥讽阮修说，真有本事的话说一个字就可以做官了，何必要说三个字呢。阮修反击说，如果真厉害的话，不用说话就可以做官了，何必还需要一个字呢。故事到了这里，扑面而来的是满满的剑拔弩张之气，大家还以为两个人要嘴上大战数百回合甚至撕破脸皮。结果刘义庆给了我们五个字："遂相与为友"。（《文学》篇第18则）斗嘴同样使得阮修和卫玠成了朋友。

观点相左或是互相抬杠的双方却惺惺相惜的并不在少数。王衍和裴頠就是这样的一对。当时流行的观点是"以无为本"，而裴頠以"崇有论"闻名，除了王衍之外没有人能够在辩论中战胜他。（《文学》篇第12则）可见他们对于"有无"的观点是不同的。但是有一次有人向王衍请教哲学问题时，恰逢王衍自己身体不适，王衍就推荐说裴頠也在附近，可以向他请教。（《文学》篇第11则）王衍并没有因为观点不同而贬低裴頠，恰恰相反，他对裴頠充满了欣赏。也就是说，哲学观点的不同并不影响共同参与清谈，也没有使两人的关系势同水火。事实上，他们观点的不同，恰恰都建立在热衷于清谈的生活方式基础之上。

傅嘏和荀粲之间也是如此。《文学》篇第9则说：

傅嘏善言虚胜，荀粲谈尚玄远。每至共语，有争而

> 不相喻。裴冀州释二家之义，通彼我之怀，常使两情皆
> 得，彼此俱畅。

"每至"二字，说明他们虽然可能争得不可开交，但还是会经常在一起辩论。而裴徽则对两人的观点都非常了解，从而使得原本气氛紧张的清谈变得轻松愉悦。由此可见，清谈中观点相异的名士们也一样会成为好友。

（三）清谈的目的和标准

如果说在哲学交流的过程中，观点的异同不会影响双方的友情，那么我们不禁要问，他们辩论的目的是什么？如果把辩论当作追求真理的过程，那么当在原则问题上出现分歧时，难免会互相攻击，孟子对杨朱和墨家的斥责就是典型。如果辩论又夹杂着各种利益，那么辩论的双方更不可能成为朋友，汉朝的《盐铁论》可谓明证。而从《世说新语》来看，名士们的哲学讨论在很大程度上是"知"的手段，他们在辩论中更多的是享受其中的过程。对他们来说，重要的是辩论本身的快乐，而不是为了真理或是胜负。一个人如果在辩论的过程中能让他人感受到快乐，那么他的才华就会得到赏识和肯定。而名士们对于哲学交谈过程中具体观点的态度，则完全是"将无同"——每个看似不同的观点都是差不多的。

　　许询和王脩的故事同样说明在名士们看来辩论和真理完全无关。许询年轻的时候，别人将他和王脩相比。许询心里不服气，就找了一个众多名士在场的机会和王脩辩论一决胜负。许询先是百般挑战王脩的观点，王脩大败。然后许询又自己用王脩的观点，让王脩用他（许询）的观点，再进行辩论，王脩再次不敌。（《文学》篇第38则）许询的做法当然有点极端，考虑到他年轻气盛，也似乎可以理解。不过这则故事最重要的是揭示了许询对于辩论的理解——他的理解也许也正是当时名士们的观念——通过哲学交流让他人了解和赏识自己，知道自己比王脩优秀，而并不在乎就哲学意义而言，究竟哪一个观点才是正确的。因此，许询在辩论胜利之后立刻问当时在场的高僧支道林自己刚才的表现如何。支道林的回答也颇令人玩味，他说："君语佳则佳矣，何至相苦邪？岂是求理中之谈哉！"这一评价表明支道林通过刚才的辩论非常清楚地了解了许询：年轻的许询有着极佳的辩才，却没有宽让的性格，为人的境界还不够高。不过支道林显然也看出了许询的潜质，两人也经常在清谈的场合合作。

　　必须指出的是，许询和王脩这样就同一问题的两个角度辩论后互换立场再辩论，在当时的清谈中其实是颇为常见的风气。[1]王弼还未弱冠之时去拜见当时贵为吏部尚书的何晏，

---

[1]　参见江建俊《魏晋玄理与玄风研究》第八章《清谈》。

何晏家中高朋满座（这对于王弼来说显然是非常理想的表演舞台）。何晏就用自己经常在辩论中战胜别人的观点来和王弼切磋，结果王弼驳倒了他，所有在场之人都无法反驳。接着王弼就自问自答了几个来回，在场之人都不及他。在这里王弼显然对一个问题的两方观点都很熟悉，他也并不坚持某一个观点。由此可见，名士们对具体观点的确并不在乎，他们在乎的是要在辩论中战胜别人。也就是说，对于某一问题他们并没有固定的是非观念，辩论并不是为了捍卫真理。

既然辩论不是为了真理，那么清谈的最高标准和境界又是什么，名士们又如何通过清谈来"知"呢？在支道林和许询的下一个故事中藏着答案。有一次支道林和许询等人在简文帝的书房展开清谈。支道林是法师（负责回答问题），许询是都讲（负责提问），"支通一义，四坐莫不厌心；许送一难，众人莫不抃舞。但共嗟咏二家之美，不辩其理之所在"。（《文学》篇第40则）当大家听得手舞足蹈的时候，并不在意两个人到底说了什么，最重要的是感受到了支道林和许询的清谈给人带来的"美"。

不少学者指出这一时期的名士对于美有着全方位的执着追求。[1]究竟什么样的清谈才符合"美"的标准，似乎并没有明确的答案，但是重言辞之美胜过义理本身，却是一个不

---

[1]　王能宪：《世说新语研究》，第132页。

争的事实。可以肯定的是，"美"的言论可以让人在心理和生理上都产生反应，听者不但满心欢喜，而且会手舞足蹈。另一个《文学》篇中的故事同样证明支道林的清谈有着如此功效。王羲之刚到会稽的时候，孙绰向他介绍支道林，说支道林"拔新领异"，问王羲之想不想见一下。王羲之一向傲慢，一点都没有把支道林放在眼里。后来孙绰带着支道林前去拜访王羲之，王羲之端着架子不和支道林说话。过了一会儿支道林告辞，恰逢王羲之已经备好车要出门，支道林对王羲之说先别走，让他稍微说几句。于是支道林谈论了《庄子·逍遥游》，"支作数千言，才藻新奇，花烂映发。王遂披襟解带，留连不能已"。(《文学》篇第36则)

用"花烂映发"来形容支道林的话，强调和凸显的也是其所言之"美"，丝毫没有提及支道林所谈的具体义理，而王羲之从一开始的冷眼相待到最后"披襟解带"，由冷到热的过程对比强烈，也是支道林的美言在王羲之的心理和生理所产生的反应，使得王羲之认识到了支道林的才华。在这里王羲之是支道林的直接观众，他被支道林的表演所征服；而作为间接观众的我们，则通过王羲之态度的转变，明白了美才是支道林清谈的魅力所在。

因此，通过清谈而被他人赏识的前提是阐述思想的口才而并非思想本身。原本就口才和哲学这两者来说，哲学是本，口才是末，口才是哲学思想得以被表述的载体；而在清谈之中本末的位置却有趣地变化了，口才变成了清谈所展现的重点，而所谓的哲学则无非是其口才得以展现的载体。

明白了这个道理，就知道即使没有深邃的哲学见解，只要口才出众,在清谈的过程中也会脱颖而出。[1]《文学》篇第47则说：

> 康僧渊初过江，未有知者，恒周旋市肆，乞索以自营。忽往殷渊源许，值盛有宾客，殷使坐，粗与寒温，遂及义理。语言辞旨，曾无愧色。领略粗举，一往参诣。由是知之。

这则故事值得注意的地方很多。康僧渊选择造访殷浩家，而殷浩又在完全不认识他的情况下请他入座，这充分说明一旦家庭成为清谈的场所，就具有了公共性。和公共性同时显现的是极强的包容性，即使是在街头乞食的陌生人都可以自行出入名士的家门，而主人也会主动与其展开清谈，可见门第身份在此并不重要。同时，康僧渊通过清谈展现了自己的口才，就可以得到名士的赏识，从此一跃成为他们中的一员。

---

[1] Mark Edward Lewis, *China Between Empires: The Northern and Southern Dynasties*, pp.46–47.

有趣的是，刘义庆并没有讲述康僧渊和殷浩到底谈了什么话题，康僧渊究竟有什么惊人观点。很显然，对刘义庆来说，清谈的内容是不重要的，重要的是清谈的效果。从支道林到康僧渊的经历都说明了这一点。事实上，支道林、康僧渊以及包括殷浩在内的众多擅长清谈的名士们，并没有什么著名的哲学观点，这也从侧面表明在清谈中，过程比内容更为重要。当然，这则故事最重要的是告诉我们，懂得清谈就会受人赏识。

反之，如果一个人不擅长清淡，就会被人鄙视。《文学》篇第22则说：

殷中军为庾公长史，下都，王丞相为之集，桓公、王长史、王蓝田、谢镇西并在。丞相自起解帐带麈尾，语殷曰："身今日当与君共谈析理。"既共清言，遂达三更。丞相与殷共相往反，其余诸贤，略无所关。既彼我相尽，丞相乃叹曰："向来语，乃竟未知理源所归，至于辞喻不相负。正始之音，正当尔耳！"明旦，桓宣武语人曰："昨夜听殷、王清言甚佳，仁祖亦不寂寞，我亦时复造心，顾看两王掾，辄翣如生母狗馨。"

单从字面意思来说，这个故事并不复杂。王濛和王述因为无法听懂殷浩和王导的清谈内容，所以受到了桓温的鄙视，被斥为"母狗"。这表明清谈的主体不仅包括论辩的双方，也包含听众在内。如果主讲者不能让听众感受到美的力量，那么主讲者的水平就会受到质疑，而要是在座的一些听众已经体会到主讲者言辞的魅力，但另一些听众却无动于衷，那么这些听众的鉴赏能力就会遭到鄙夷。因此，主讲者和听众是相互依赖的两个部分，听众也不是全然被动的存在。

不过如果我们再深究一下这个故事中几位人物的关系，就会发现更多可以思考的内容。首先，庾亮和王导的关系微妙在当时是人尽皆知的[1]，王导和身为庾亮下属的殷浩清谈，究竟是要和谁一较高下；其次，桓温的出身并不高贵[2]，对于其清谈能力，也曾有人质疑，因此他的一番言论，究竟是真的证明了王濛、王述两位能力的低下，还是反映了桓温本身的不足，须知在清谈听到紧要处还有心情和时间去观察别人举止的人，一定是听得不够投入专心的，而二王的呆若"母狗"也许正是被王导、殷浩的言辞震撼所致，正如王羲之在听到支道林的妙论时也"披襟解带"一样。

无论是桓温对二王的批评，还是故事可能潜藏的对桓温

[1]　田余庆：《论郗鉴——兼论京口重镇的形成》，《当代名家学术思想文库·田余庆卷》，沈阳：万卷出版公司，2011年，第230—285页。

[2]　田余庆：《桓温的先世和桓温北伐问题》，《当代名家学术思想文库·田余庆卷》，第286—336页。

的批评，都表明如果在清谈时不能参与其中的话，就会被人鄙视。被鄙视或是鄙视人，都可能造成严重的后果。鄙视人的一方自然会觉得被鄙视的一方和自己是属于两类人，自己是高一等的，在这样的心理下，当鄙视人的一方觉得自己所看不上的一方居然身居高位时，也自然会有不满心理，桓温的造反之心也就跃然纸上了。在这里，桓温是序言所说的第一种观众，他的反应体现了他对参与者的评价，但是我们并不应该全面接受他的判断；在我们和他之间，还有刘义庆这位观众，他没有对桓温和其他人作出直接评价，可他的叙述让我们有了足够的想象空间。无论这则故事暗讽的是桓温还是二王，都表明如果无法欣赏名士的清谈，那么作为观众都会被鄙视。

四　对清谈中哲学问题的新诠释

既然清谈的才能和被赏识之间有着直接的关系，那么才能应该如何培养呢？《世说新语》给出的答案有些让人感到绝望。在刘义庆看来，清谈的才能来源于天分。《文学》篇第13则说：

> 诸葛厷年少不肯学问，始与王夷甫谈，便已超诣。王叹曰："卿天才卓出，若复小加研寻，一无所愧。"厷后看《庄》《老》，更与王语，便足相抗衡。

这表明一个人如果具有天赋，是不需要经过系统学习，也不需要老师指点的，只要自己看点书就可以了。

庚子嵩则认为连看书都是不需要的。据说他看《庄子》的时候，看了没多少就合上了，说"了不异人意"（《文学》篇第 15 则）——也就是说《庄子》的观点和他自己的差不多。庚子嵩的观点也许有点极端，因为像向秀这样给《庄子》作注释的也为数不少。不过他的态度直接指向了两个关键的问题：第一，当名士们在谈论庄子的时候，究竟谈的是庄子思想，还是以庄子的思想为酒瓶装上自己的思想？第二，当一个人自己的思想和庄子的思想相通时，他还有没有必要再读《庄子》？

这两个问题和魏晋清谈的主要话题密切相关，无论是言意、有无、才性等话题都可以由此展开。因此庚子嵩的这个故事也是管窥魏晋名士对哲学和生活关系理解的一个支点。

（一）言意之辩：哲学与语言位置的互换

也许我们应该从"言意"的关系谈起，因为清谈首先是"言"的活动。言意关系是中国哲学——也是所有哲学——一直关注且无法回避的话题：语言究竟能否准确地表达言说者的真正所想（意）。如果不能，那么哲学论述就失去了让人信服的基础；而如果能，那么为何对某位思想家的某一句话又有着那么多不同的诠释。面对这个问题，主要有三种主张，而这三种主张都有着自己的理论来源。[1]

第一种认为语言是无法表达或是无法完全表达言说者心中所想的，也就是传统所谓的"言不尽意"，这种观点可以说源自《易》。这一主张的最大特点，就是严格区分圣人和非圣人。《易·系辞》说："子曰：'书不尽言，言不尽意。'然则圣人之意，其不可见乎？子曰：'圣人立象以尽意，设卦以尽情伪，系辞焉以尽其言……'"这段话经常作为"言不尽意"的最早来源而被引用，但是这段话的目的其实在于说明圣人之意是如何传达的。答案很明确：通过"象"。与此同时，它在圣人和非圣人之间划了一条不可逾越的界限：在圣人立象之后，其他所有人都不再有资格立象，他们说的话也就再也无法完全地表达"意"。在魏晋时期，这一观点的推崇和发扬者是荀粲。一般认为，"荀粲是首位将'言不尽意'思想引入玄学领域之人"[2]。在这一思想的基础上，荀粲认为"六经"是"圣人之糠秕"，因为既然圣人靠的是以象达意，那么那些文字当然就没有什么价值了。

第二种观点认为一方面说者言能达"意"，另一方面听者能以言得"意"，但是语言只是达"意"和得"意"的工

---

[1] 笔者在汤用彤《魏晋玄学论稿》（上海：上海人民出版社，2015年）的基础上有所发挥。

[2] 沈维华：《魏晋三玄与言意之辨》，台北：文史哲出版社，2018年，第81页。

具，当听者领会了说者之意后，言本身就不再重要，这就是所谓的"得意忘言"，这种观点源自《庄子》。《庄子·外物》说："筌者所以在鱼，得鱼而忘筌。蹄者所以在兔，得兔而忘蹄。言者所以在意，得意而忘言。"魏晋时期持"得意忘言"说的代表人物是王弼，他认为"尽意莫若象，尽象莫若言"，"故可寻言以观象"，"寻象以观意"。同时他也认为，"言者，象之蹄也；象者，意之筌也"，因而"得象而忘言"，"得意而忘象"。如果他只是停留在这一步，那么忘言只是得意和得象后的一个自然过程；但是他接着提出"得意在忘象，得象在忘言"，这就说明忘言是得意的必要前提。

在这种观点中，语言的功能得到了明显的肯定，但是它的地位依然低下。我们不禁会想，当王弼运用庄子的观点来诠释《易》时，他究竟把庄子之"言"看作是鱼还是筌？

第三种主张则是"言尽意"，顾名思义，这个观点明显和前两种呈对立之势，认为语言可以完全表达说者心中之意。尽管楼宇烈等学者引用《墨子·经说上》和《吕氏春秋·审应览·离谓》的文字来证明先秦就有这样的观点[1]，然而我们不得不承认的是"言尽意"这种说法的正式提出是在魏晋时期，通常认为提出"言尽意"这一观点的是西晋的欧

---

[1] 楼宇烈：《欧阳建〈言尽意论〉正读》，《温故知新——中国哲学研究论文集》，北京：商务印书馆，2004年，第590—599页。

阳建。然而有趣的是,《世说新语》并没有讲述关于欧阳建清谈的任何故事,而只是在《仇隙》篇中提到孙秀因为怨恨石崇不肯将爱妾绿珠送给自己,从而在平定淮南王造反之时处死了石崇和他的外甥欧阳建。在提及"言尽意"时,反而说的是王导"过江左,止道声无哀乐、养生、言尽意三理而已"。(《文学》篇第21则)事实上,言意关系是当时清谈的热门话题,而清谈的辩论一般要从正反两方面入手,因此当有人持言不尽意的观点时,必然会有人持言尽意的观点进行反驳。在这样的情况下,可以想见"言尽意"应该不是欧阳建一个人的主张,而是喜爱作反面文章的名士们的共同观点,欧阳建的《言尽意论》也许只是其中较为出色的罢了。

从《世说新语》来看,言意之辩之所以是一个重要的清谈话题,是因为它直接决定了清谈的价值与意义。如前所述,清谈是为了通过表演而"知",而在表演的过程中语言是最直接的工具,因此清谈者的言语是否能表达他们的"意",决定了清谈作为一场竞赛的评判标准究竟为何:清谈者言语背后的哲理与逻辑,言语本身,抑或其他?

先前所讲的故事已经告诉我们,名士们在清谈中在乎的不是哲理,还是言语之美。这充分表面他们在整体上其实受到了广义的"言不尽意"观念的影响。既然语言无法表达言说者的想法,那么就没有必要以他们的思想内涵来论高下,不如就直接来较量言语本身。"三语掾"的故事中,当阮脩回答了"将无同"时，刘义庆明确写到"太尉善其言"。王衍并不在乎阮脩的逻辑以及他对老庄和儒家思想的看法，他赞叹的是阮脩回答的语言本身。同样，当王羲之被支道林所折服时，《世说新语》提到的也是支道林"洋洋数千言"，丝毫未及其言中之义理。

当然，在服虔的两则故事中，郑玄和崔烈都佩服的都是其注释的内容，而何晏对王弼的《老子注》也极为推崇。《世说新语》通过其叙述，暗示我们的是在东汉末年到正始年间，"言不尽意"也许还没有广泛的影响，而随着清谈越来越流行，这一观点所造成的影响越来越大，清谈的侧重点也就从思想转向了语言本身。因此，王濛、刘惔、殷浩等很多著名的清谈名士并没有留下什么重要的哲学观点，他们之所以著名，更多的应该是由于他们的口才。

但是，魏晋的名士们似乎又没有受到言不尽意观念的影响。无论是言不尽意还是得意忘言，对语言的评价都不高。在这样的情况下，名士们依然执着于言辞的雕琢，而不设法去揣摩圣人之意，似乎有得筌忘鱼之嫌。这种看似既受影响又没受到影响的状态，可以用庾子嵩的另一个著名故事来说明。《文学》篇第75则说：

　　　庾子嵩作《意赋》成，从子文康见，问曰："若有意邪，非赋之所尽；若无意邪，复何所赋？"答曰："正在有意无意之间。"

庚子嵩写了一篇《意赋》，他的侄子庚文康见了，就刁难他说，如果你有意，那么你的赋就不能完全表达它，如果你没有意，那么又为什么要写这篇赋。庚子嵩的回答可谓千古名句，"正在有意无意之间"一句完美地概括了魏晋名士对生活和哲学的态度。说言不尽意有影响，似乎又不尽然，说没影响，却又多少有一点，就是这种模糊的状态让庚子嵩和其他名士进退自如。而思想与生活这样的模糊关联，是先秦和汉代所没有的。这不得不说是魏晋名士所"开创"的一个新局面。

说是进退自如的新局面，却是无奈和潇洒并存。名士们在追求华丽言语的时候，已经表明放弃了向圣人迈进的可能。从孔子以降的儒生们都向往通过"学"而一步步成为君子，最终期望成为圣人，而在魏晋的名士们看来，圣人和自己之间有着不可逾越的鸿沟。也许有学者会说，这是因为汉末儒家内部的种种问题导致大家对经学的信任不再[1]，但是从思想和生活的角度来说，依然视孔子为圣人的魏晋名士们却不再像前辈儒者那样以圣人为自己学习的最终目标，而是对思

---

[1] 汤一介：《谈魏晋玄学：当时的玄学家怎样调和自然与名教的争论——魏晋玄学的第一个目的》，《汤一介集》第一卷《哲学家与哲学工作者》，北京：中国人民大学出版社，2016年，第1—13页。

想和生活之间的关系有了重新理解。有趣的是，当他们把自己的目标降低之后，他们本身的思想和生活之间的差距也许反而缩小了，哲学思想和哲学实践在一定程度上更加一致了。

刘义庆还吸引我们注意到一个现象，就是无论对言意之辩持哪种观点的名士，都热衷于清谈。以言不尽意闻名的荀粲，非常喜欢和傅嘏争辩。这不禁让我们去思考，荀粲到底是不是真的相信言不尽意：既然言不尽意，那么荀粲所表达的就不能完全代表荀粲的想法，而傅嘏所表达的也不能完全代表傅嘏的想法，两个人所争论的，只是他们的语言本身，而不是他们的哲学见解；而根据刘义庆的描述，他们的争辩是由于所谈的见解不同，一个"善言虚胜"，一个"谈尚玄远"，如果他们的辩论为的是讨论观念孰优孰劣，则根据言不尽意，讨论本身就不可能有结果。简言之，荀粲好清谈的生活做派和他言不尽意的观点本身就是相矛盾的。

同样，刘义庆也微妙地描述了王弼的思想和生活之间的差异。王弼主张"得意忘言"，准确来说是"得意忘象""得象忘言"。他认为言是表达象的最佳载体，而象则是用来表达意的最佳载体，但是在得到意之后就应该舍弃象，在得到象之后则应该舍弃言。简言之，意是交流的本质，而言只是载体。那么，如果一个人了解了老子思想的真谛，似乎就不必再拘泥于老子的文字，也不用将自己对老子思想的理解写下来。因此，王弼为《老子》作注释并热衷于和他人清谈，或多或少也和"得意忘言"的观念相左。

而持"言尽意"观点的王导,也同样是热衷清谈之人。在前面的故事中,王导在和殷浩谈了通宵之后,说"向来语,乃竟未知理源所归,至于辞喻不相负,正始之音,正当尔耳"。这段话表面他们谈了一晚上,都不知道义理究竟为何,但是王导觉得重要的是"辞喻"体现了高水平,而且他想象当年何晏、王弼在正始年间的清谈,也应该如此。刘义庆通过王导之口,为正始到东晋的清谈作了一个总结性的描述:重要的是辞喻,不是理源。至于在20世纪被认为是"言尽意"论代表的欧阳建,《世说新语》只是告诉我们他参与政治斗争,跟错了队伍被杀罢了,和20世纪下半叶各种《中国哲学史》中唯物主义者的形象没有半点关系。[1]

由此可见,就言意关系无论持什么哲学观点,都不会影响名士们对清谈的热爱。也就是说,哲学观点的不同并不会影响他们的生活方式。这也许意味着,哲学在当时的地位不再像汉朝那样重要。尽管有人认为魏晋玄学是中国哲学史上的一座高峰,其独特的思辨性是其他历史时期所不具备的[2],然而这完全可能是客观的结果——他们在不断清谈的过程中自然而然地会提高论辩的逻辑,而在主观上,他们对哲学思

---

[1] 关于20世纪后半叶中国大陆所编撰的各种《中国哲学史》对欧阳建的评论,可参看楼宇烈《欧阳建〈言尽意论〉正读》。

[2] 江建俊:《魏晋玄理与玄风研究》(上),第2页。

想的重视也许并不一定如其他时代的士人们。

（二）有无关系的形而下诠释

哲学和语言之间的关系在魏晋的对换，也许可以让我们更好地理解另一个魏晋玄学的重要话题：有无之间的关系。这个话题原本可能显得有些抽象，但是通过《世说新语》的叙述，我们能够有更为形而下的生活化诠释。

有无关系是和本末关系紧密相联的。作为魏晋玄学最杰出哲学家之一的王弼，在《老子注》中提出：

> 天下之物，皆以有为生，有之所始，以无为本。将欲全有，必反于无也。（四十章注）

通常认为这是魏晋时期对于"以无为本"的最著名诠释。既然有本，就会有末，什么是本，什么是末，本末之间又有着怎样的关系，这似乎是本末问题的核心。通常说起本末，大家会和所谓的本体论联系在一起，也就是说"本"指的是世界万物的本源，那么相对应的"末"则指的是世界万物。一般对王弼这一观点的诠释也多是从这一角度入手的。[1]

事实上，中国的哲学家们在谈到天、宇宙或是本源之类

---

[1] 陈来：《王弼及魏晋玄学的"有""无"范畴》，《陈来自选集》，第47—58页。

的问题时，本质上都是为了给解决社会问题的方法提供一个合理的理论基础。[1]由于中国哲学相信人类社会和天有着高度的相似性，剖析了天的规律就可以给从个人修养到治国平天下的方方面面给予借鉴性的启示。简言之，当一位中国哲学家在说天如何如何的时候，他不过是用比喻的方式说人和社会如何如何。近年来越来越多的学者对荀子"制天命而用之"的观点作了去自然化的解读[2]，即使是对宇宙有着诸多论述的《淮南子》，不少学者也认为就本质来说，它也只是为了阐述一个道家化的政治乌托邦[3]。因此，如果去掉所谓世界本源的外衣，王弼的"以无为本"又可能是在讲什么呢？

实际上，本末关系也许并不存在着谁比谁更重要的问题，没有本固然没有末，但是没有末的话本也就无从得以体现。从哲学意义来说，本还是先于末的，这里的先于不是时间上的，而是逻辑上的，从时间上来看，世界出现之时，它的本和末是同时出现的，可是从逻辑来说，是因为有了这个

---

[1] Franklin Perkins, *Heaven and Earth are not Humane: The Problem of Evil in Classical Chinese Philosophy,* Bloomington, USA: Indiana University Press, 2014, p.219.

[2] 参看陈哲儒：《节遇之谓命——试探〈荀子〉文献中的天命关系》，《宗教哲学》季刊第85期，2018年9月；伍振勋：《荀子〈天论〉的旨趣："知天"论述的主题》，《台大中文学报》第46期，2014年9月。

[3] Charles Le Blanc, *Huai-nan Tzu: Philosophical Synthesis in Early Han Thought*, Hong Kong, CHN: Hong Kong University Press, 1985.

世界的本，才可能出现了这个世界。然而从现实意义而言，末也许先于本，因为人们总是会先认识自己所处的社会和世界，才可能继续思考和探索它们的本源，对普通人来说，末也许反而比本来得重要。因此，本末之间的关系和言意之间的关系就有些相似了。言意之间原本意是本而言是末，可是在清谈之中名士们却舍本逐末，索性抛弃了对义理的追求而推崇言语的优美。从一定程度来说，原本应该是"本"的哲学（意）在魏晋时期变成了清谈中的"末"，而原本应该是"末"的语言（言）则变成了"本"。这样的本末倒置可以让我们更好地诠释魏晋名士们对"以无为本"的理解。

《世说新语》中讲述王弼谈论"无"的故事主要是《文学》篇第8则：

> 王辅嗣弱冠诣裴徽，徽问曰："夫无者，诚万物之所资，圣人莫肯致言，而老子申之无已，何邪？"弼曰："圣人体无，无又不可以训，故言必及有；老、庄未免于有，恒训其所不足。"

裴徽的问题有两种理解的角度：第一，他也接受以无为本的思想，只是有些疑惑，因此向王弼请教；第二，他反对以无为本，因而故意质问王弼。不管是哪一种情况，有两点是王弼和裴徽的共识：第一，孔子是圣人，而老子不是；第二，圣人没有阐述"无"，反而是不是圣人的老子反复地在说"无"。原本孔子作为圣人，他和老子的关系应该与本末相对应，可是却是孔子（本）在阐述有（末），而老子（末）在论述无（本）。本末的关系同样有了微妙的倒置。王弼进一步指出，阐述有（末）的孔子却是了解无（本）的，而讲述无（本）的老子却是只是了解有（末）而已。本末的关系再次有了微妙的倒置。

这样反复的本末倒置给人的感觉是，本末其实并没有明确的界限，也许一切都在"有意无意之间"，万事万物也都在"本末之间"，因此名士们的生活也不一定要依循哪一种规则。学者们早就指出，魏晋玄学的主旨是对儒道两家进行调和[1]，在儒家哲学继续为根本意识形态的前提下，用老庄思想进行补充和改造。调和当然会遇到一个不可避免的理论问题，就是哪一种思想是主导。而"以无为本"是解决这一问题的最佳答案。一方面，它继续承认儒家为主体的地位；另一方面，它也肯定了老庄思想自身的价值。如果"本"不是无，而是"有"，那么"有"就需要有具体的呈现和描述，说明"本"到底是怎样的。有了明确的"本"，那么再加上别的思想进行调和的时候，就难免会出现矛盾之处。因此，

---

[1] 汤一介:《谈魏晋玄学：当时的玄学家怎样调和自然与名教的争论——魏晋玄学的第一个目的》,《汤一介集》第一卷《哲学家与哲学工作者》, 第1—13页。

为了让各种思想都有参与调和的可能，"本"就必须是不确定的，也就是所谓的"无"。

从这样的语境看来，王弼很可能并不是想抽象地讨论世界的本源，而是想在儒家思想式微的情况下，为儒道的调和打下一个理论基础[1]，也为自己既给《周易》作注又给《老子》作注作一个最好的解释。也只有在这样的语境下，裴頠的《崇有论》才可以被合理地视为在为儒家思想背书。

《文学》篇第12则说：

> 裴成公作《崇有论》，时人攻难之，莫能折。唯王夷甫来，如小屈。时人即以王理难裴，理还复申。

这则故事值得关注的地方是裴頠写了《崇有论》，当时的人们会"攻难"之。换言之，从叙述的口吻来说，是别人对裴頠进行挑战，而不是裴頠与别人主动辩论。之所以要作这样的区分，是因为很多学者都把裴頠视为斗士，认为他之所以主张"崇有论"，是为了去除迷惑人的虚无思想，重建儒学教化的社会，以端正社会不良风气。[2]这样的看法包含了成见，但也有其合理的一面。所谓成见，就是以为"以

---

[1]　罗宗强：《玄学与魏晋士人心态》，第28页。
[2]　陈惠玲：《魏晋反玄思想论》，第160页。

无为本"崇尚的就一定是虚无的生活方式，让个人生活堕落、社会动荡。如上所述，"以无为本"很可能是王弼为了调和儒道两家而提出的命题，与所谓虚无的思想和生活没有必然的联系，而且儒家教化既然在东汉末年都不能遏制社会的不良风气，又如何能指望在西晋可以力挽狂澜。而之所以说这样的看法有一定的道理，则是不可否认裴頠的确有着很深的儒学背景，而且崇有论也的确可以被看成为儒学扬声的号角。如前所述，当时公认的圣人是孔子，公认的"本"是儒学，因此王弼才要用"无"来虚化"本"，而裴頠提出"本"是"有"，是确然的，具体的，这样儒家的地位自然就会高于道家。但是，这并不意味着裴頠全然否定儒道的融合。

前文曾讲过，《世说新语》中有故事说"中朝时怀道之流"前去王衍处，想与王衍探讨老庄思想，恰逢王衍身体不适，就推荐他去问裴頠。这表明裴頠对于道家思想也是非常熟悉而绝不排斥的。崇有论和以无为本的最大差异，最主要的就体现在对道家思想地位的认同上。对前者来说，儒家思想占据着主导地位而道家思想是补充；而对后者来说，儒家思想虽然在名义上还是"本"，但由于它是不可描述的"无"，因此道家思想在实际上和儒家思想就相对平等地融合在了一起。而我们进一步看到的是，在《世说新语》的描述中，崇有的裴頠和贵无的王衍虽然对有无本末持不同的观点，却能经常在一起清谈，足以证明彼此关系不错，并没有在生活态度上有大的分歧。而王衍对"怀道之流"说裴頠"亦近在此"，表明他们两人甚至住得都很近，生活的圈子自然也就相仿佛，他们显然是通过清谈而相"知"之人。因此，崇有和贵无究竟是势同水火的两派观点，还是清谈中只是为了凸显自己的才华而选择的一个论点而已？

当然，《世说新语》不会给我们明确的答案，但是它的叙述却意味深长：裴頠的崇有论只有在王衍面前才被辩得有点理亏，但是别人用王衍的逻辑来和裴頠辩论的时候，裴頠又能讲得头头是道。这意味着王衍能战胜裴頠靠的并不是义理逻辑，而是口才。这再一次表明在清谈中，哲学义理其实只是口才的附属品，更多的是表演的客观产物，是为了交流而存在或出现的载体，因而对名士们哲学观点有分歧也就大可不必想得那么剑拔弩张。

（三）才性：思想和生活的多元化

如果我们认为在清谈中哲学在相当程度上只是作为语言的附属品而出现，那么一位名士在侃侃而谈其道德观点并且征服观众之时，征服观众的是他的才华，而不是他的品性。如前所述，当孔子或是孟子在谈道德的时候，他们的才华和品性是同时体现在他们的论述之中的，因为他们说的道理也正是他们生活中所遵循的。而魏晋的名士在谈论哲学的时候，想的更多的是如何比别人说得更加"美"，这些哲学义理并不必然成为他们生活的指引。《世说新语》对郭象的描写就指明了这个情况，《文学》篇第17则说：

> 初，注《庄子》者数十家，莫能究其旨要。向秀于旧注外为解义，妙析奇致，大畅玄风。唯《秋水》《至乐》二篇未竟而秀卒。秀子幼，义遂零落，然犹有别本。郭象者，为人薄行，有俊才，见秀义不传于世，遂窃以为己注。乃自注《秋水》《至乐》二篇，又易《马蹄》一篇，其余众篇，或定点文句而已。后秀义别本出，故今有向、郭二《庄》，其义一也。

这一段叙述看似平淡无奇，整段话以陈述事实为主，除了"妙析奇致，大畅玄风"形容向秀的《庄子注》外，只有"为人薄行"和"有俊才"是用来形容的句子。不过这两句用来形容郭象为人的话就足以凸显整段叙述的核心问题：才和德性的矛盾。虽然经常有学者用这段话来说明向秀和郭象《庄子注》的关系，但是其实很明显这段话的逻辑存在着一定的问题。如果向秀注已经"大畅玄风"，就说明它非常流行，应该很多人都看到过，那么怎么可能出现郭象独自盗用而不为他人所知的情况呢？不过有趣的是，看似逻辑存有矛盾的叙述却很好地凸显了郭象作《庄子注》的混乱背景。他究竟如何剽窃向秀是一笔糊涂账，而他的为人和才华也是一个混合体，这样的双重混乱让人直面一个"混乱"的问题：才性。

讨论才性关系的话题被称为四本论，也是魏晋清谈中主要的话题之一。之所以说它"混乱"，是因为关于这个问题的答案比言意和有无问题的分歧更大。所谓四本论，是说对才性——才华与德性——的关系有四种看法，即才性同、才性异、才性合、才性离。一般认为傅嘏论同、李丰论异、钟会论合、王广论离，他们四人分别是四种观点的代表。[1]

《世说新语》对四人都有记载。在《识鉴》篇第3则中，何晏、邓飏和夏侯玄想要和傅嘏结交，但是傅嘏始终不答应。他们便央求荀粲做说客（这也证明了之前所说的傅、荀二人观点虽异而交情不错），荀粲对傅嘏说这三个人都是杰出之士，劝他与之交往。傅嘏指出他们虽然看起来有才华，但是其实由于品性上存有问题，那些所谓的才华都各有缺陷，因而不可接近。《世说新语》虽然没有直接讲述傅嘏对才性的观点，但是通过他对何晏邓三人的评价，已经向我们委婉地展示了傅嘏的态度：如果德性存在问题，那么就不可能拥有真正的才华，就会像何晏、邓飏一样"有为而躁，博而寡要"，实则毫无才华可言。可见对傅嘏来说，才和性是

---

[1]　牟宗三：《魏晋玄学》，第1页。

等同的。当然，这则故事也说明荀粲虽然和傅嘏经常一起清谈，但是却并没有真正"知"他。如果荀粲真的了解傅嘏，也就不会前去劝说了。

认为才和性是两个不同品质的李丰是一个帅哥，《容止》篇第4则说他"颓唐如玉山之将崩"。他以善于识别人物而著名，不过《世说新语》并没有直接记载体现其这方面才能的故事，反而是在《贤媛》篇第13则讲述了他女儿的故事。李丰的女儿嫁给了贾充，李丰被杀后，她离婚并被发配边疆。后来被赦免回来时，贾充已经娶了郭配的女儿。晋武帝特定允许贾充立两位夫人，但是李氏不肯回家。郭氏前去探望李氏，穿了盛装，带了很多婢女，非常气派，进了李氏的门之后，李氏起身迎接，郭氏不由自主地两腿打弯就跪了下去。《世说新语》的叙述告诉我们，李氏即使没有任何的排场，都有着令人敬畏的仪态。这一场表演，当然是李氏完胜。而有趣的是，在郭氏去之前，贾充提醒她说李氏"刚介有才气"。刚介是德性的写照，贾充用"刚介"和"才气"来同时描述李丰的女儿，不知道是否受到了李丰的影响：才和性是两种不同的品质，需要分开形容。《贤媛》篇第14则接着讲述了李氏作《女训》流行于当世。看其女儿的品德和才华，李丰的形象也已经跃然纸上。

而认为才和性是没有必然联系（离）的王广同样出现

在《贤媛》篇之中，第9则载王广娶了诸葛诞的女儿，洞房当晚王广第一句话就对妻子说她长得不如她父亲，妻子反击说你自己的为人不能像你父亲那样。刘孝标在注解中说，王广一代名士，不可能说出这样的话来。从《世说新语》的整体来看，荀粲喜好美色被归于《惑溺》篇，而《贤媛》篇中许允嫌弃妻子太丑，也受到了批评，因此在刘义庆的眼中，王广这样的话应该是有失名士身份的。但是，这并不意味着王广就不可能说出这样的话，《世说新语》的描述恰恰暗合了王广的观点，即名士的才华和德性是可以分离的，一代名士同样可以品德低下，重色而不重德。而在一千多年后的我们看来，王广的话反而是流露了真性情，凭空有一份可爱之态。

之所以最后才提到钟会，是因为钟会在《世说新语》中的故事颇多，而其关于四本论的故事更是非常著名。《文学》篇第5则说：

> 钟会撰《四本论》始毕，甚欲使嵇公一见。置怀中，既定，畏其难，怀不敢出，于户外遥掷，便回急走。

通常钟会和嵇康的关系会结合着《简傲》篇第3则的故事一起讲：

钟士季精有才理，先不识嵇康。钟要于时贤俊之士，俱往寻康。康方大树下锻，向子期为佐鼓排。康扬槌不辍，旁若无人，移时不交一言。钟起去，康曰："何所闻而来？何所见而去？"钟曰："闻所闻而来，见所见而去。"

因为不受嵇康待见的缘故，钟会被很多人斥为小人，甚至认为由于嵇康不搭理钟会，所以后者怀恨在心，才有后来的嵇康之死。[1]这样的诠释多少是出于成见。在这两则故事中，应该是《简傲》篇第3则发生在前，因为当时钟会还不认识嵇康。钟会带着一群名士前去，这对于钟会和嵇康来说都是极好的表演机会。嵇康旁若无人地锻铁究竟是在展现对他人的蔑视，还是期望通过观众的见证以表现自己的与众不同，抑或是想通过表演来了解不曾相识的钟会的为人不得而知，但从《世说新语》的叙述来看，在这一次会面中，钟会和嵇康的表演配合得很是合拍。嵇康的"特立独行"和钟会对长辈的尊重都得到了众人的见证，"移时"一词强调了钟会耐心等待的时间之久，而且最后的一问一答表明两人是完全有默契的。这一次会面，见证了之前所听闻的关于对方的种种评价，"见所见而去"意味着实现了"知"的目的。钟会既

---

[1]　牟宗三：《魏晋玄学》，第28页。

亲自了解了嵇康，也让嵇康了解了自己。

正是在这样的前提下，《文学》篇第5则才告诉我们钟会一写完（始毕）《四本论》就想给嵇康看，征询他的意见。"始毕""甚欲"两词说明了他的急切心情，而称"嵇公"则表明他对嵇康心怀尊敬。如果之前他已经怀恨在心的话，是不可能有这样的举动的。但是他又怕嵇康批评自己的观点，所以迟迟不敢见面，最后把文章直接丢到了嵇康的家里就赶紧跑掉了。难怪刘大杰感慨说："钟会是一个聪明可爱的青年。"[1]

《世说新语》的《文学》篇中还经常提到另一个擅长四本论的清谈高手殷浩。《文学》篇第34则说殷浩虽然善于清谈，但是并不是什么话题都谈得很深入，不过只要谈到四本，他的言论就如"汤池铁城"，别人根本不能攻下。而在其他故事中，殷浩也同样是一个可爱之人。《文学》篇第31则说：

> 孙安国往殷中军许共论，往反精苦，客主无间。左右进食，冷而复暖者数四。彼我奋掷麈尾，悉脱落，满餐饭中。宾主遂至莫忘食。殷乃语孙曰："卿莫作强

---

[1] 刘大杰：《魏晋思想论》，贺昌群、刘大杰、袁行霈：《魏晋思想》（甲编三种），第187页。

口马，我当穿卿鼻！"孙曰："卿不见决鼻牛，人当穿
卿颊！"

殷浩和孙盛的表演生动地告诉观众：他们所讨论的哲学问题
是没有明确答案的。而他们的互相攻击则直接展现了才和性
的无关——即使是擅长清谈之人，也可能会计较口舌之利，
更重要的是，两位在观点上相左之人，在讥讽对方上却又是
一致的。

才性的关系是个没有明确答案的问题。关注这一话题的
名士们有着四种答案，而他们的行事做派也各不相同，其中
既有像傅嘏、李丰这样的律己者，也有王广、钟会和殷浩这
样的"可爱"者。《世说新语》虽然没有具体论及四本论的
具体内容，但是它对于这些热衷于四本论的名士的叙述清晰
地展现了他们生活方式的多元性，而这样的多元性和他们在
思想上的多元性并不是必然保持一致的。

中国哲学的发展到了魏晋时期出现了新的局面。哲学思
想的交流主要是在名士们的清谈中进行的，而名士们之所以
热衷于在公共空间进行带有表演和竞赛性质的清谈，主要是
为了通过交流彰显自己的才能，从而获得他人的"知"，也
就是赏识。简言之，擅长清谈的人会受到普遍的尊重，而不
善于清谈的人则会受到鄙视。因此，所谓的个体自我意识的

觉醒，所谓的浪漫主义时代，所谓的"人格思想上之大自由时代"[1]，或多或少是一种美化之后的错觉。事实上，魏晋的名士们和前人一样在意他人的欣赏和肯定，并且和前人相比，有了独特的公共空间进行互相交流和竞争。

这一方面使得哲学交流变得普遍，而反复的辩论在客观上则促进了对玄理的深入探讨，从而使魏晋玄学在思辨性上达到了前所未有的高度；而另一方面则使得哲学成了清谈的载体，由于名士们在清谈中更为重视的是言语的美感，清谈中义理本身的重要性大大下降。在这样的情况下，哲学和语言的地位有了微妙的变化。

正是这样的变化促使魏晋的名士们不再将哲学明确作为他们生活的指引。在他们看来，很多义理在极大程度上不过是辩论的产物，表演的需要，并不必然是他们所信仰的。因此，以为好谈"以无为本"的名士一定持虚无主义的态度而过着颓废生活的观点是一种成见，而以为主张逍遥的名士在生活中一定洒脱豁达也是一种错觉。当然，这样的错觉在西方哲学界也一样存在，最典型的代表就是斯多葛学派。由于斯多葛学派相信，人们应该认识并区分自己所能控制和无法控制的事情，也就是庄子所说的"知其不可奈何而安之若

---

[1] 关于前人对魏晋时代的褒扬，参见江建《魏晋玄理与玄风研究》（上，第1页）。

命"(《庄子·人间世》)，后人就认为"斯多葛派信徒倾向于摈弃社交，遗世独立"，而事实上他们"一方面让人们观照内心，另一方面又鼓励人们参与社交"[1]。而斯多葛派的杰出代表塞内卡，正是在主张人应该过着约束自己的生活的情况下，作为尼禄的老师而过着奢靡的生活。[2]

事实上，从先秦开始就形成的哲学观念和生活信条保持一致的传统，在魏晋时期被打破了，哲学素养和生活中的德行开始没有了必然的联系，持不同哲学观点的人也可以拥有相似的生活方式。至少，公共空间的清谈是大部分名士都喜欢的展现自己的手段。

然而名士们并不真的不需要哲学的引导。他们需要的是哲学与生活的一种模糊的关联，也就是所谓的"有意无意之间"，而言意之辩、有无问题以及四本论等魏晋清谈所探讨的热门话题，都可以被视为是为这种既受到哲学影响又不受哲学影响的生活方式做可能的背书。

不过，真正在清谈中出类拔萃的名士并不多，就一场表演来说，观众总是多过演员。那么，口才不那么出众的名士又如何在公共空间的表演中崭露头脚呢？接着往下看。

---

[1] 马西莫·匹格里奇著，王喆译：《哲学的引引：斯多葛哲学的生活之道》，北京：北京联合出版公司，2018年，第3页。

[2] 参见James Romm, *Dying Every Day: Seneca at the Court of Nero*, New York, USA: Vintage, 2014。

第二章
人为什么要长得帅

一　男性之美、"知"与中国传统

　　对于魏晋时期名士的帅，最常见的错觉之一就是似乎只有这个时期的中国男人才讲究美，以为这样的风气和前代相比是一个巨大的变化，例如江建俊说："（魏晋）士人以'美'为第一要求，由于玄学讲寄言于意遗形取神，启迪艺术心灵，于是他们发觉人类本身的神姿风貌之美。"[1] 按照江建俊的逻辑，是由于玄学的流行，才导致了名士们对于自身容貌之美的发现、重视和追求的。这样的观点不但认为魏晋以前没有重视男性容貌之美的传统，而且肯定了玄学对美的影响。可是众所周知的是，《老子》对所谓的美从根本上持一种怀疑态度，认为"天下皆知美之为美，斯恶已"（《老子》

---

[1]　江建俊：《魏晋玄理与玄风研究》（上），第2页。

第二章），而《庄子·齐物论》则强调美丑的相对性，指出"厉与西施……道通为一"，既然最丑的和最美的女子在道的层面来说都是一样的，那么庄子也就彻底否定了美的意义和价值。因此，受到老庄思想影响的魏晋玄学和对容貌之美的追求之间究竟有否紧密关联，是值得怀疑的。

而对于魏晋时期名士的帅，最常见的成见之一就是似乎名士们一旦重视了自己的外貌之美，就会"重美不重德"，从而导致大家"不拘德行，唯任情欲的发泄"[1]，进而造成社会风气的混乱。有人把始作俑者定为何晏，认为从他开始"至于傅粉施朱以求美……贵胜年少，乐此不疲，而于实务则多所不经"[2]，也就是说对美貌的重视会让大家没心思去做实事。这种对追求"美"和道德的负相关观念完全忽略了连儒家也一直对服饰仪容的规范非常重视的事实。[3]就中国的文化传统来说，对仪态容貌的重视是绝对不会和对道德的追求相矛盾的。春秋时期著名的宋文公（公子鲍）就分明是既"美而艳"，又"礼于国人"。（《左传》文公十六年）

以上的错觉和成见都忽略了一个事实，就是对于男人容貌仪态的重视最晚在汉朝就已经是非常普遍的了。司马迁明

---

[1] 陈惠玲：《魏晋反玄思想论》，第152页。

[2] 江建俊：《魏晋玄理与玄风研究》（上），第2页。

[3] 王岫林：《魏晋士人之身体观》，新北：花木兰文化出版社，2009年，第46页。

确地把男人的容貌和他们所可能取得的成就作了正相关的阐述。在《史记·高祖本纪》中，他清楚地描写了刘邦"隆准而龙颜，美须髯"，以至于吕后的父亲一看到他就知道日后必将飞黄腾达，所以要把女儿嫁给他；同样，在《史记·陈丞相世家》中，司马迁也说丞相陈平"长大美色"，而陈平未来的丈人富人张负认为"人固有好美如陈平而长贫贱者乎"，也就是说长得像陈平那么帅的人必然会取得富贵。而公孙弘也是"状貌甚丽"，他以六十高龄而获得汉武帝的赏识，就是因为长得帅的缘故。

在这三个例子中，"美"都促成了"知"。这也是唐君毅所说的"从人之外在的身体上之表现，以观其内具之情性之思路"[1]。在这一过程中，值得注意的是"知"都是（当时）地位在上之人对地位相对较低之人的赏识，而这些地位较低之人的"美"并不是人人都有能力欣赏的。无论是吕公还是张负都有着普通人所未有的识鉴能力，而汉武帝当然本身就非常人。在他们看来，"美"是当时男人事业成功的充分条件，只要"美"，就必然会大富大贵。

对于男人容貌的重视，和阴阳五行学说有着紧密的关系。西汉著名思想家董仲舒在《春秋繁露》中指出：

---

[1]　唐君毅：《中国哲学原论·原性篇》，台北：台湾学生书局，1991年，第144页。

为生不能为人，为人者天也。人之人本于天，天亦人之曾祖父也。此人之所以乃上类天也。人之形体，化天数而成；人之血气，化天志而仁；人之德行，化天理而义。人之好恶，化天之暖清；人之喜怒，化天之寒暑；人之受命，化天之四时；人生有喜怒哀乐之答，春秋冬夏之类也。(《为人者天》)

也就是说，人是天创造的，因此人从形体、德行、情感乃至一切都和天相对应。天有春夏秋冬，人就有喜怒哀乐。在这样的逻辑下，董仲舒下面的论述也就顺理成章：

人有三百六十节，偶天之数也；形体骨肉，偶地之厚也……是故人之身，首而员，象天容也；发，象星辰也；耳目戾戾，象日月也；鼻口呼吸，象风气也；胸中达知，象神明也；腹胞实虚，象百物也；百物者最近地，故要以下，地也。天地之象，以要为带，颈以上者，精神尊严，明天类之状也；颈而下者，丰厚卑辱，土壤之比也；足布而方，地形之象也。是故礼，带置绅，必直其颈，以别心也。带而上者尽为阳，带而下者尽为阴，各其分……(《人副天数》)

因为人的一切都符合天的特点，天一年有300多天，人身上就有300多块骨头。由此类推，天有阴阳，人也必有阴阳。从大的分类来说，男是阳，女为阴；从人的身体来说，有两条重要的阴阳分界线：第一是腰，第二是颈。腰是阴阳的分界线，腰以上为阳，腰以下为阴；而颈则是人类精神和肉体功能的分界线，颈以上是阳中之阳，和天一样负责精神尊严，以下则像地一样负责生养，相对卑微。很明显的是，颈以上的人脸既然是阳的体现也是天的象征，那么当然是身为阳的男性所需要重视的；而女性的关注点则体现在象征着土地生育能力的下半部分身体之中。因此，董仲舒从哲学理论上为男人容貌的重要性作了诠释。同时，这一理论也暗示如果女性过于关注容貌，那就属于阴阳的颠倒，不符合天之道而可能造成大乱。刘向《列女传》中对各种贤能女子的外貌都没有作描写，而提及美貌的女子则都是祸国殃民之人。这也是汉朝一直不重视女性容貌的原因。

因此，魏晋时期名士们对美的推崇其实是汉朝传统的延续，和前代相比并没有划时代的改变。从当时男性之美的标准来说，和阴阳观念也有着紧密的关联。董仲舒在《春秋繁露·天地之行》中明确指出："天地之行，美也。"人是天的子孙，既然天是美的，那么人当然也要追求美，这既是容貌的美，也是人格的美，道德的美。从本质来说，容貌之美和道德之美、人格之美是统一的。被认为对魏晋时期的人物评判树立了普遍标准的刘劭《人物志》，在根本上也继承了汉朝以来的阴阳理论[1]，认为人"禀阴阳以立性"。(《人物志·九徵第一》) 高华平也指出在《人物志》详细阐述人的外貌和才性之间联系的背后，也是为了培养理想的人格或是"美的人格"。[2] 从《世说新语》的叙述来看，其所展现的魏晋名士对美的追求，也并不局限于容貌本身，而是希望通过容貌而被知，进而实现人生抱负。用李泽厚的话来说，名士们所关注的"核心仍然是如何才能成为统治万方的'圣人'"[3]。

二　魏晋容貌之美的标准

从《世说新语》来看，魏晋名士们对容貌之美的理解也符合从《春秋繁露》到《人物志》的观点。刘义庆的叙述告诉我们，男人容貌之美有几个评判的标准。第一个标准是"肤白"。《容止》篇第2则载：

> 何平叔美姿仪，面至白；魏明帝疑其傅粉。正夏月，与热汤饼。既啖，大汗出，以朱衣自拭，色转皎然。

---

[1] 牟宗三：《才性与玄理》，第50页。

[2] 高华平：《魏晋玄学人格美研究》，成都：巴蜀书社，2000年，第27、37、42页。

[3] 李泽厚：《中国古代思想史论》，北京：人民出版社，1985年，第195页。

这则著名的故事从几个角度来说明何晏的肤白，以此来表明肤白的重要性，也说明了美貌与"知"的关系。第一，连魏明帝都怀疑他的白是抹了粉的缘故，这说明他的白已经惊动了皇上；第二，魏明帝怀疑他抹了粉，说明抹粉在当时并不少见，很多人的白可能正是抹粉后的效果，这更加凸显了何晏真白的可贵[1]，而魏明帝的怀疑则表明他对何晏不"知"；第三，夏天和热面条两个极端的条件合在一起促成了大汗，充分证明了何晏的白不可能掺假，从而使得魏明帝"知"何晏；第四，何晏用朱衣擦汗，红白相衬，更是一幅生动的画面，用色彩的对比突出了何晏的肤白。

朱衣的重要性不止于此。根据张万起、刘尚慈的注解，朱衣是红色的官服。[2]这表明魏明帝给何晏吃面不是在私下的场合，而是在公共的场景之下。魏明帝所做的一切在客观上完美地配合何晏完成了一场展现自己容貌的表演。值得注意的是，在这故事的叙述中，除了"魏明帝疑其傅粉"是内在心理描写之外，其他的所有描写都是外在事实的描述，也就是说只有"魏明帝疑其傅粉"不是人人都看得到的事实，

[1] 有学者认为敷粉是当时流行的风气，而何晏则是其中的代表。但值得注意的是，这些证明何晏爱敷粉的材料（例如《魏略》），都没有在《世说新语》中出现，笔者认为这样的反差恰恰说明了刘义庆对此的价值判断。参见王岫林：《魏晋士人之身体观》，第180页。

[2] 张万起、刘尚慈：《世说新语译注》，北京：中华书局，1998年，第587页。

这形成了一种强烈的对比，而这样的对比意味着魏明帝的疑惑很可能是出自观众的揣测（至于这个观众是当时现场的观众，还是刘义庆，我们在稍后会作讨论）。而如果魏明帝的怀疑只是一种揣测，那么我们就可以猜测魏明帝其实在主观上也是在配合何晏，或者说两人其实是在相互配合：这样的表演既可以证明何晏之白，也可以彰显魏明帝对"真"白的重视和对"假"白的打击。我们可以想象观众中那些敷粉之人，有多么害怕魏明帝给他们吃热面条而被撕下假面具。同时，魏明帝和何晏也合力反驳了那些抨击何晏是爱美的鼻祖从而带坏了世人风气的言论，事实上，何晏之美是不需要着力修饰的。

之所以如此诠释这则故事，是因为《容止》篇中紧接下来的故事也和魏明帝有关。《容止》篇第3则说："魏明帝使后弟毛曾与夏侯玄共坐，时人谓'蒹葭倚玉树'。"这则故事虽短，但是有趣的地方很多。作为观众的"时人"认为毛曾和夏侯玄在一起两人的高下立现，毛曾是草，而夏侯玄则是玉树——这表明夏侯玄也很"白"。很显然，在这一场极不对等的表演中，夏侯玄获得了广泛的肯定。可是，刘义庆的叙述微妙地告诉我们，这一场表演的导演是魏明帝，是他"使"两个人坐在一起。那么，魏明帝让毛曾坐在夏侯玄身边的目的是什么呢？

有人以为魏明帝此举是滥用自己的权势，让出身相对低下的妻弟高攀夏侯玄，这样的诠释不合理之处颇多。[1]以夏侯玄在当时的声望，魏明帝不可能不知道他的帅气是毛曾比不了的，若为了提高毛曾的声誉却反而让毛曾被嘲笑，岂不是自讨没趣？同时，刘义庆在《世说新语》中对故事有着清楚的分类，具有政治嘲讽的故事会列于其他篇中，而《容止》篇中的故事则明确和容止有关。其实，刘义庆的叙述很有节奏感，第2则故事的人物有魏明帝和何晏，第3则是魏明帝和夏侯玄，第4则有夏侯玄。当时人觉得"夏侯太初朗朗如日月之入怀"。(《容止》篇第4则) 如果将这三则故事连在一起，再来解释《容止》篇第3则，那么有两点是叙述者试图告诉我们的：第一，夏侯玄的"白"而帅是著名的；第二，魏明帝对于他人的"白"是很敏感而重视的。因此，魏明帝让妻弟毛曾坐到夏侯玄的身边，很可能就是让观众注意到两者的极大反差，从而彰显他对于男性之"白"的重视。尽管《魏书·夏侯玄传》说夏侯玄对这样的安排非常生气，"不悦形之于色"，而魏明帝也因此而"恨之"，但是刘义庆的叙述中并没有这样的情节，这表明他认为这一表演的核心在于魏明帝此举的动机与"美"的关系。丁爱博（Albert Dien）也曾指出，同时期的《洛阳伽蓝记》等作品会描写政治人物仇杀、乱伦等事件，而《世说新语》对此

---

[1] 王晓毅：《论曹魏太和"浮华"案》，《史学月刊》1996年第2期。

几乎只字未提，笔墨所触都是生活中的高雅。[1]如果按照这一思路将2、3两个故事连在一起，我们也可以推测在《容止》篇第2则中认为魏明帝有疑惑的是当时之人，而不是刘义庆，因为在刘义庆看来，魏明帝坦率推崇男性之"白"，对夏侯玄的白持如此的肯定态度，应该不需要这样算计同样肤白的何晏，他和何晏的故事很有可能是互相配合的一次表演。

对于肤白的推崇，和阴阳理论有着直接的关系，阳本身就是白而亮的，而《容止》篇第3则中则微妙地把白和"玉"联系在了一起。在中国的传统中，玉和君子有着紧密的关系。[2]《礼记·玉藻》说："古之君子必佩玉。"玉是君子的象征。我们也已经知道和氏璧的故事和"知"之间的关系。因此，肤白间接地意味着君子，也意味着能够得到他人的赏识和认可。在《世说新语》中，除了"玉树"之外，还有玉人、玉山等词来形容名士。比如《容止》篇第12则说："裴令公有俊容仪，脱冠冕，粗服乱头皆好。时人以为'玉人'。"而时人也以"玉山之将崩"来形容李丰、嵇康等人。

男性之美的第二个标准是"貌美"。这在《容止》篇第

[1] 丁爱博著，李梅田译：《六朝文明》，北京：社会科学文献出版社，2013年，第399页。

[2] 关于魏晋时人对身体和玉之间关系的看法，可参见王岫林《魏晋士人之身体观》（第60—63页）。

12则中已经提到——"裴令公有俊容仪"。裴楷的貌美已经到了不需要冠冕来修饰的境界。同样以貌美著名的还有潘安。《容止》篇第9则说潘安"妙有姿容"，年轻时带着弹弓出洛阳，一路上的妇人都拉着手将他包围。这样的表演完全是在公共的空间里，潘安也由于貌美而获得了"知"。

　　然而值得注意的是，这个故事中的观众很明显地分为两个层面：第一层面是那些妇人，在她们眼里潘安是表演者；而第二层面的观众则将妇人和潘安都视为表演者。就第一层观众来说，潘安是个成功的表演者，他的表演获得了她们的彻底肯定；而就第二层的观众来说，妇人簇拥之下的潘安究竟是否表演成功，则需要打个问号。首先潘安的道具值得质疑，东汉王符在《潜夫论·浮侈》篇中说道："今民奢衣服，侈饮食……或以谋奸合任为业，或以游敖博弈为事；或丁夫世不传犁锄，怀丸挟弹携手遨游……"很显然弹弓出游是一副过着奢靡生活无所事事的形象，和不穿戴冠冕都貌美无比的裴楷相比，需要这样的道具才出游的潘安明显要稍逊一筹。其次，在其他的场合，对夏侯玄、裴楷以及其他帅气名士夸赞的都是男性，而在整个《容止》篇中只有这则故事中的潘安受到了妇人的赏识。因此，刘义庆在此也许暗示潘安虽貌美，表演却并不成功，并不能得到士人的欣赏和肯定。这则故事的下半部分和上半部分形成了鲜明的对比：左思很丑，也模仿潘安一样出行，结果妇人们一起向他吐唾沫。在这里，刘义庆并不仅仅想告诉我们潘安美而左思丑的简单事实，更重要的是想表明获得妇人的褒誉或唾弃是不足为凭的，而男性之貌美也是不需要其他饰物来显现的。

《容止》篇第9则说：

潘安仁、夏侯湛并有美容，喜同行，时人谓之连璧。

这一段描述看似简洁，实则含义良多：此时的潘安已经成熟，了解到美容本身的魅力所在，因此和夏侯湛一起获得了时人的夸赞。从有弹弓到没弹弓，从妇人夸到时人赞，体现了貌美自身的重要性，也表明"知"或赏识的主体也是有界定的，被没有品味的人夸奖反而可能是一种羞辱。《春秋繁露·五行五事》中指出王者所需要重视的五事中第一就是"貌"，而貌的关键是要"恭"，因为恭才能敬。《世说新语》的《容止》篇本身并没有强调"恭"，但是根据其以《德行》篇居首的布局，再加以这两则故事的叙述，单纯能引得轻佻围观的美貌或多或少带有一点讥讽之意。而在《容止》篇中，当人们在夸赞名士的容貌时，大多是带着敬仰之情的。例如《容止》篇第5则说："嵇康身长七尺八寸，风姿特秀。见者叹曰：'萧萧肃肃，爽朗清举。'"《容止》篇第12则说："见者曰：'见裴叔则如玉山上行，光映照人。'"这些赞赏和包围着潘安的妇人形成了鲜明的对比。

　　当然，这并不是说道具对于有着美貌的名士来说就一定是多余或负面的。同样貌美的王衍就是因为道具而平增魅力。《容止》篇第8则说："王夷甫容貌整丽，妙于谈玄，恒捉白玉柄麈尾，与手都无分别。"在这里王衍的道具是麈尾。与弹弓象征着纨绔少年不同，麈尾是清谈的标志[1]，而清谈则是名士显示自己才华的方式。因此，美貌加上出众的清谈才能，意味着王衍在当时以多重的魅力为时人所欣赏。同时，白玉柄的麈尾也衬托出王衍的肤白，因为当他把麈尾拿在手上的时候，白玉柄和手已经无法分别了。这则故事在强调了肤白和貌美的重要性的同时，也体现了一件具有内涵的道具对于公共空间的表演会起到关键的作用。

　　男性之美的第三个标准是"眼亮"。《容止》篇中多则故事讲到了眼神。《容止》篇第10则说到貌美的裴楷有一次生病了，很是萎靡，晋惠帝就派王衍去看望。裴楷本来对着墙壁躺着，听说王衍来了就勉强翻身过来。即使是这样病重的状态，裴楷的眼神还是非常犀利，王衍出来后对人说："（裴楷）双眸闪闪若岩下电。"可以想象如果是健康的话，裴楷的眼神会有多亮。

　　自己"眼亮"的裴楷也非常注意别人的眼神，比如他就说王戎"眼烂烂如岩下电"。（《容止》篇第6则）这是一个

---

[1]　白化文：《麈尾与魏晋名士清谈》，《文史知识》1982年第7期。

有趣的评价，也反映了刘义庆对于容貌的判断尺度。王戎身材不高，并非传统意义上的美男子，但是刘义庆以裴楷之口告诉我们王戎外貌的过人之处在于眼神，而只凭借过人的眼神，王戎就可以跻身于美男之列。

同样以眼神出名的还有杜弘治。高傲的王羲之都赞叹他说："面如凝脂，眼如点漆，此神仙中人。"（《容止》篇第26则）在这里，杜弘治眼睛的黑亮和皮肤的白皙并提。关于眼睛的重要性，《人物志》有着明确的阐述："夫圣贤之所美，莫美乎聪明；聪明之所贵，莫贵乎知人。……夫色见于貌，所谓征神。征神见貌，则情发于目。故仁，目之精，悫然以端……"简而言之，眼睛亮就可以"知"人，而具有知人的能力才有可能称为圣贤。而《春秋繁露·五行五事》也指出："三曰视……视曰明，明者知贤不肖者，分明黑白也。"也就是说，眼神的美，其实是"以智为美"[1]。

三　举止：比容貌更重要

不过刘义庆明确地告诉我们，肤白、貌美和眼亮等只不过是容貌，所谓"容止"，容貌之外，还有举止。因此，单纯用长得好来形容魏晋时的帅哥是不全面的。在刘义庆的叙

---

[1] 张钧莉：《魏晋美学趋势》，新北：花木兰文化出版社，2011年，第95页。

述中，有关举止的故事通常更为生动——这当然可能是因为举止本身就是动作，而动作则具有更强的表演色彩。

《容止》篇第35则说海西公司马奕在位时，大家每次上朝的时候朝堂还昏暗，只有会稽王司马昱来的时候，器宇轩昂，像是朝霞进来了一样。其他上朝之人站在昏暗的朝堂之中，正是理想的观众，而司马昱的器宇轩昂也被他们所见证。这样的情况下，司马昱的容貌如何已经不再重要，观众已经被彻底折服。这则故事中最关键的一个词是"每"，所谓"诸公每朝"，即当大家每一次上朝都有这样的印象时，司马昱也就成了他们心中不会磨灭的印记。事实上，这则故事虽然看似只字未提及政治，但却是不折不扣的一个政治预言。刘义庆同时代的读者肯定都了解晋废帝司马奕在被桓温废黜后，接替其位的正是简文帝司马昱，而朝霞和太阳（天子象征）的联系也属于常识。西晋诗人张协的《杂诗》中便有"朝霞迎白日"这样的诗句。因此，刘义庆在这里从容止的角度来解释桓温废司马奕而立司马昱的原因：给昏暗的朝堂带来亮色的是司马昱，而不是当时的皇上司马奕，司马奕在举止上完败于司马昱。难怪有的学者认为《世说新语》所描写的公共场合虽然看似轻松愉快，实则却是一场不折不扣的竞争比赛。[1]

---

[1] Mark Edward Lewis: *China Between Empires: The Northern and Southern Dynasties*, p.47.

《容止》篇第38则的故事也颇为有趣：

> 庾长仁与诸弟入吴，欲住亭中宿。诸弟先上，见群
> 小满屋，都无相避意。长仁曰："我试观之。"乃策杖将
> 一小儿，始入门，诸客望其神姿，一时退匿。

如果说司马昱的直接观众是众位朝臣的话，那么这则故事
中的观众首先是客舍中的老百姓，也就是"群小"。也许有
人会问，"群小"有没有足够的判断和鉴赏能力，孔子不是
将"小人"和女子并提的吗？既然前文中潘安携弹弓出洛
阳被妇人包围可能暗带讥讽，那么这里是否也对庾统有所
微词呢？

事实上，作为间接观众的刘义庆已经给了我们明确的答
案。潘安是被妇人轻佻地包围的，而庾统则使"群小"自动
地让开。这意味着庾统的举止神态中自含着"恭"，从而可
以让"小人"感到敬畏。司马昱能获得同侪的赞赏，而庾统
则能令他人敬畏，刘义庆告诉我们这才是魏晋名士的容貌和
举止所应有的效果。而这两则故事的共同点则在于，刘义庆
其实根本就没有写司马昱和庾统的具体举止，两人的举止完
全是通过观众的反应让我们自己想象的。也就是说，和容貌
有着相对具体的标准相比，举止实际上并没有可以遵循的准
则。如果容貌是"有"，那么举止则是"无"，它的评判标准

是依赖于观者的反应的。

当举止的重要性大于容貌的重要性时，男性之美的定义已经悄悄有了变化。这意味着那些长得并不貌美、肤白或是眼神炯炯的名士们，也能够靠举止和气度来获得他人的肯定，甚至在公共空间的间接比拼中战胜别人。在人们耳熟能详的名士名单上，刘伶就是一个长得又矮又丑却很著名的人物。《容止》篇第13则说："刘伶身长六尺，貌甚丑悴，而悠悠忽忽，土木形骸。""土木形骸"是个颇有意思的形容，一般指的是不加修饰，《晋书·嵇康传》中也用这个词来形容嵇康，因此在当时应该算一个褒义词。如果和之前所说的魏明帝与何晏的故事，以及对裴楷的描述联系在一起来看，何晏（至少在《世说新语》中）也并不敷粉雕琢，而裴楷"粗服乱头"也很好，尽管没有人用"土木形骸"来形容何晏和裴楷，但是三则故事对崇尚自然的推崇却是一致的。在整个《容止》篇中，并没有笔墨述及名士们如何细心打扮，也没有任何当时的评论赞叹名士们的装扮，也许我们可以大胆地推测，刘义庆所想展现的魏晋名士对所谓人本身之美的态度，是在重视容貌举止的同时又崇尚自然，反对人为的修饰。这样对美既重视又不重视，正是清谈之时"有意无意之间"的原则在容止上的体现。

而提出"有意无意之间"的庾子嵩对容止的态度也正是如此。《容止》篇第18则说他"长不满七尺，腰带十围，颓然自放"。很显然单从外面来看，庾子嵩是一个矮胖子，但是他似乎并不在乎自己的外表，"颓然自放"正给人一种颓放不羁的感觉。[1] 说是似乎，是因为既然刘义庆在《容止》篇中提到他，那么说明庾子嵩矮胖而颓放的容止在当时应该具有相当的知名度。事实上，在《赏誉》篇第33则中，刘义庆借庾亮之口明确地夸赞了庾子嵩。当时司马越的府上有很多名士，都是当时的俊秀出众之人，而庾亮说："见子嵩在其中，常自神王。"在这么多的名士之中都能脱颖而出，充分说明外表非常普通甚至有些丑陋的庾子嵩在风度神态上完胜他人。不在乎外表而能获得关于容止的正面评价，这表明庾子嵩在客观上获得了他人的肯定，而其主观究竟是否有这样的动机，则可能是在有意无意之间吧。

在刘伶和庾子嵩的对比之下，回头再看《容止》篇第9则中同样长得很丑的左思，就可以比较出他的境界低于刘、庾二人了。左思长得丑，这本来并不是问题；他的问题在于他想拙劣地模仿潘安，寄希望于用弹弓来增加自己的魅力，而不知道魅力其实就在于自身的不加修饰。实际上，以左思之才，如能颓然自放，必也是一时风流人物。不过值得注意

---

[1] 何薳《春渚纪闻·琴趣》："如孙登弹琴，颓然自得，风神超迈，若游六合之外者。"《明史·唐寅传》："寅诗文，初尚才情，晚年颓然自放，谓后人知我不在此，论者伤之。"皆此意。

的是，左思和潘安年纪相仿，在他想要"东施效颦"般模仿潘安的时候，也是一个年轻人。众所周知，左思在二十二岁左右因妹妹左棻入宫而举家迁入洛阳，在此之后左思花了十年时间才写成《三都赋》。[1]也就是说，当他初到洛阳想要模仿潘安的时候，他对自己的文才——或者说对自己——还没有后来的那般自信，因此才希望通过所谓的风流举止来获得他人的肯定，以至于反而受到了羞辱。那么，刘义庆在叙述中是否暗含了对年轻人的批评，认为懂得安于貌丑需要生活阅历和年龄呢？从《容止》篇来看，答案似乎是肯定的：受到赞赏之人，几乎都是有一定年龄和地位之人。这也就更加证明了当时对于男性之美的态度："才"才是根本，是比单纯的美貌更重要的元素，也就是说，"才大于貌"，貌需要在和才相称的情况下才是有意义的。而对于才的理解，不能简单地理解为狭义的才华，有学者指出"才"可以被视为"人的品貌气质等内在才质"[2]，因此，本章中所说的"才"，主要指的是一种超然自得的气度。

东晋时的丞相王导对自己儿子王恬的评价就充分体现了这一原则。《容止》篇第25则说："王敬豫有美形，问讯王公，王公抚其肩曰：'阿奴，恨才不称！'"有趣的是，故事

---

[1] 顾农：《左思〈三都赋〉及其序注综考》，《广西师范大学学报》（哲学社会科学版）2005年第1期。

[2] 张钧莉：《魏晋美学趋势》，第97页。

中在王导这句话的后面，还有一句他人的评价："敬豫事事似王公。"

这个故事可以有多层次的解读，不过无论哪一层面的解读都凸显了才对于貌的重要性和优先性。首先，我们可以理解为王导真的对儿子王恬不满意，认为他有貌而少才。如果是这样的诠释，那么后一句话就可以有两种理解：我们可以将它理解为对王导的暗讽，既然他儿子王恬处处都像他，那么王恬没有才的话，王导也就自然地缺乏才华；我们也可以将它理解为对王恬的夸赞，虽然王导对儿子不满意，但是这是他对王恬要求过高，事实上王恬和他一样优秀。

同样，我们也可以把王导对儿子的评价理解成一种表演。也就是说，王导并不是真的不满意他的儿子，而是希望通过对儿子的感慨来让世人知道才的重要性，也让世人不要片面地重视和欣赏美貌。这样的表演正是孔子和学生之间表演的延续。如前所述，孔子指责樊迟或是宰我这样的学生，很可能并不是真的认为他们不行，而是通过指责他们，来警示他人或是后人要注意相关的问题，所以从本质来说孔子对爱徒的指责是他们合作的一场表演。为了让表演具有震撼力，孔子往往会挑选自己的得意弟子进行批评。如果我们对王导的话作这样的诠释，那么王导选择爱子王恬作为批评的对象也就可以理解了，因为这样可以更好地让他人了解其观点。而当他人说王恬处处都像其父王导时，他们可能是真的在体会到王导的苦心之后，对王导和王恬父子作了夸赞。

　　从《世说新语》其他几则关于王恬的故事来看，他似乎是一个在被赞扬和批评之间的人，批评他的是自己人王导，赞扬他的则都是外人。《德行》篇第29则说王导见到长子王悦就很开心，见到王恬就"嗔"；而《赏誉》篇第106则中简文帝夸王恬为"朗豫"，刘孝标引《文字志》注解说："恬识理明贵，为后进冠冕也。"把王恬作为后辈的榜样，这样的评价不能不说非常高。《简傲》篇第12则中谢万想去拜访王恬，谢安事先劝他说王恬不一定会招待你。结果谢万去后，王恬果然洗头又晒头发，就是不肯搭理他。谢万生气而回，谢安评价说，王恬只不过是不做作而已。谢安事先事后所言，都表明他对王恬非常了解而且欣赏。如果我们参考阮裕对谢万的评价，就知道王恬不屑与谢万交往是有缘由的。《简傲》篇第8则中，谢万当着兄长的面就要尿壶。当时阮裕在座，就说："新出门户，笃而无礼。"正是由于谢万这样的做派，当王恬看似对他"怠慢"时，反而体现出王恬的价值判断。

　　即使是在《忿狷》篇第3则中，王恬面对言语有冒犯之意的族兄王胡之变了脸色，也是不做作的表现。在这几则故事中，王恬很显然是一个有"才"之人，其做派完全符合当时的名士之举。如此看来，被王导批评而被外人赞扬是《世说新语》中王恬的人设，《容止》篇第25则并没有脱离这一模式。因此，将王导的批评视作一种孔子式的表演，也属合乎情理。当然不管怎样，这则故事最重要的是王导要告诉我们，如果没有才，那么貌也就失去了基础，当然，这里的才指的还是气度，而不是普通意义上的才华。

《容止》篇第21则中，周伯仁评价王濛的父亲王讷说"形貌既伟，雅怀有概"。这也是从才、貌两方面来赞扬王讷的：魁梧而俊美，又有高雅的情怀和非凡的气度。而周伯仁的下半句话也值得玩味，"保而用之"，王讷才可能卓有成就。也就是说，貌和才是需要珍视、保持并在生活中发扬光大体现出其价值的。这则故事的重要性在于，周伯仁的这句话指出了貌和才需要持续性，这意味着灵光一现的人是不会得到真正的肯定的。

之所以说才大于貌，从某种意义上也正是因为和貌相比，"才"的持续性有着更大的难度。虽然通常有美人迟暮之叹，但是既然有公孙弘花甲之年以貌美而被赏识的先例，已经充分说明在古人看来，男性貌美的持续性并不短，短的是"才"，因为有些人的才可能是假装的，对于假装有气度的人来说，也许只有在假装的一刻才显得"有才"，而在生活中的大部分时间里不过是个俗人。

《世说新语》讲述了庾亮因气度不凡而被人怀疑假装的故事，这表明在当时假装有气度的人应该不在少数。《雅量》篇第17则说，庾亮风度仪表都非常出众，举止又端庄持重，当时的人都以为是假扮的。庾亮的长子才几岁，就和他父亲一样端庄持重，大家都知道这是天性。温峤有一次躲在幔帐后面吓唬他，这孩子还是神色恬然，且慢慢跪下问温峤为什么要这样做。大家都认为他完全不输给自己的父亲。有的人说，看见庾恭的样子，就知道庾亮的气度不是假的。

如前所述，学潘岳的左思就有想假装风流的意思。而在《假谲》篇第13则中，范玄平就是想假装对做官没兴趣却被人识破，从而丧失了他人的赏识。话说有一次他刚好丢了官，因桓温在南州势力很大，他就前去投奔。桓温正想招揽人才，之前也知道范玄平的名声颇好，所以很高兴。一开始两人相谈甚欢。桓温对袁虎说："范公且可作太常卿。"很显然这时候范玄平的"才"获得了桓温的肯定。然而这样的肯定是短暂的，因为范玄平的伪装支撑不了太久。虽然其实他是真的来投奔桓温想捞个一官半职的，但一听桓温这么说，就怕别人觉得自己过于功利从而损了自己的名声，于是赶紧说自己之所以到这里来是因为儿子葬在此处。桓温马上就对他特别失望，之前的好感也消失殆尽。由此可见，某些人的才可能是伪装出来的，所以像庾信这样的真才才更为难得！也正因如此，才才比貌更为重要。

才比貌更重要的另一个原因是美貌只能吸引俗人，而气度才能征服名士。这并不是说貌美之人就一定没有才，而是说美貌本身是外在的，即使是普通人都能够发现并欣赏，而且普通人只会停留在欣赏美貌的层面。同样，这也并不说明名士们就只重视才而不在乎貌，相反，他们也一样欣赏男性之美貌，但他更欣赏的是才。

《容止》篇第19则所讲的故事最为戏剧性地体现了俗人欣赏美的方式。当时著名的帅哥卫玠从南昌到南京，因为他实在太出名了，所以前来看他的人多得像一堵墙一样。卫玠本来身体就不太好，在这样的情况下更是累得不行，就生了病直至去世，当时人把这称作"看杀卫玠"。

这则故事所蕴含的可悲之处在于卫玠其实除了貌美之外，具有真正的才华，无论是气度还是清谈都属一流。当初卫玠从洛阳到南昌投奔王敦时，王敦"相见欣然"（《赏誉》篇第51则），欣赏的正是卫玠之才，但是俗人们只能欣赏外在的容貌，而且是以破坏性的方式粗暴地欣赏，最终甚至导致了卫玠之死。

而真正的名士们才可能既欣赏他人之貌，又欣赏他人之才，而且这样的赏识是具有活力的，甚至能让被赏识者绝处逢生，与卫玠被看杀成鲜明的对比。《容止》篇第23则说苏峻叛乱后，东晋政局动荡，温峤和庾亮想要去江西投奔陶侃。陶侃说苏峻作乱本来就是庾家多人造成的，就是应该让他们都被杀了。当时庾亮在后面听到了很是担忧。改天温峤劝庾亮去拜见陶侃，庾亮很是犹豫。温峤就说我很了解这家伙，你去好了，不用担心。结果庾亮"风姿神貌"，陶侃一见面就改变了态度，又边吃边谈了整日，"爱重顿至"。

　　这则故事中的"容止"和"知"的关系至少有两层。第一层当然是庾亮和陶侃之间的。原本恨不得庾亮去死的陶侃在一见庾亮之后顿时改观，这是由于庾亮的貌美；而两个人能谈一整天，最后使得陶侃对庾亮"爱重顿至"，这是由于庾亮的才。如果庾亮没有貌，陶侃可能一开始就不会好好招待他；而如果庾亮只有貌，那么在一天的谈话中陶侃也可能会失望。一方面庾亮在容止的两方面——才与貌——都出类拔萃，另一方面陶侃也能够发现并欣赏庾亮的才貌。因此庾亮才在绝望之时迎来了转机，可以说在这一次的比拼中庾亮获得了完胜。

　　而第二层关系则是庾亮和温峤的。两人是多年的好友，故事中也充分体现了温峤对庾亮的"知"。在前面所讲的故事中，当有人认为庾亮的举止是假扮的时候，是温峤出来吓唬庾亮的儿子。如果孤立地来看那个故事，很容易以为温峤也觉得庾亮是假装有气度的。可是当遇到危难之际，温峤还是如此相信庾亮的才貌足以征服陶侃，说明他对庾亮非常了解。那么回头再看他吓唬庾亮儿子的举动，就完全有可能是他为了打消他人对庾亮的怀疑而和庾亮儿子所作的一场表演。这其中小朋友当然并不知情，但是温峤也非常了解庾亮爱子，相信即使小朋友事前并不知道他的苦心，表演也不会砸。这正是从容止到知的完美展现。

　　在两人投奔陶侃的过程中，有一个细节特别值得关注，就是当最初陶侃对庾家的态度非常糟糕时，庾亮很是担忧，不知所措。这样的举止，似乎和我们想象中的潇洒淡定完全不同。当然，陶侃是没有看到这一场景，可是在温峤看到庾亮这副模样的时候，难道没有觉得他不够超脱恬然吗？

庾亮的慌乱看起来当然是缺点的表现，关于缺点我们在第五章还会详细论述。但是庾亮的慌乱首先是一种自然的表现，一种不加掩饰的表现。即使是被当时名士认为是圣人的孔子，在得意弟子颜回过世之时，也会悲恸地哭喊说"天丧予"。庾亮自然的慌乱和孔子自然的悲恸，从本质来说是一样的举止，因此温峤并不会以此而看轻庾亮。如果和前文所述裴楷的容貌作一个对比，那么裴楷不戴冠冕头发乱糟糟的模样，是在容貌层面的自然而乱，而庾信的慌乱则是在举止层面的自然而乱。[1]两者在赏识之人看来，都是"乱而好"的。

而对于貌相对不出众的名士来说，也许让他人欣赏到自己的才就比较困难。这使得能"知"才之人更加难得，也显得相对藏于深处的"才"更为珍贵。《容止》篇第32则说有人对谢尚评价不高，桓温慧眼独具地说，大家不要随便下结论，仁祖（谢尚）踮着脚在北窗下弹琵琶的样子，"自有天际真人想"。这则故事的独特之处在于并没有直接的表演者，而是一群观众

---

[1] 关于魏晋时期对"自然"的理解，可参看林朝成、卢建荣《魏晋玄学的自然观与自然美学研究》（新北：花木兰文化出版社，2009年）。

在谈论表演者，而通过谈论谢尚，观众本身也成了表演者。众
所皆知，北窗借代的是"寄傲怀高和闲情逸致"[1]，而琵琶则在
《世说新语》所展现的名士圈子中属于相对小众的乐器[2]——
琴在《世说新语》中出现的次数明显要多得多[3]，"企脚"（踮着
脚）则又表明谢尚有所期待[4]。谢尚自得其乐地在内室弹琵琶，
并不刻意地想让别人听到，却又若有所待。这就是魏晋名士所
推崇的"有意无意之间"的气度。而颇能识人之才的桓温，在
肯定了谢尚之才的同时，也表现出自己高于同座之人的"知"
人能力，从而也让后人知道了他自己的"才"。

四　反思对"美"的错觉与成见

《世说新语》中对"容止"的描述，很大程度上否定了

---

[1] 王书艳：《北窗考》，《西安文理学院学报》（社会科学版）2008年第4期。

[2] 《艺文类聚》载：《释名》曰："琵琶本于胡中，马上所鼓也。"《风俗
通》曰："谨按：琵琶近世乐家所作，不知谁作也。长三尺五寸，法天
地人与五行也，又四弦象四时也。"由此可见，琵琶是胡人音乐和汉
人理念的结合，相对于传说由舜创造而可于宗庙演奏的琴来说，琵琶
在当时显然处于较为另类的地位。

[3] 关于琴在魏晋文化中的地位，参见亢娟莉《魏晋名士与古琴》（《西北
大学学报》〔哲学社会科学版〕2005年第2期）。

[4] 企脚（踮着脚）的意象，最早当出于《诗经·卫风·河广》中的"谁
谓宋远，跂予望之"。李晓红对这一意象有所诠释，见李晓红《卞彬
童谣与宋齐革易之历史书写——从〈南齐书·卞彬传〉据〈南史〉补
字说起》（《中山大学学报》〔社会科学版〕2015年第5期）。

人们对魏晋名士爱美的错觉和成见。一般持正面态度的认为魏晋名士的爱美是自我意识觉醒的体现，而持否定意见的则主张爱美是放纵和堕落的体现。事实上，在刘义庆的笔下，魏晋名士对"美"的追求也处于"爱与不爱之间"。他们的确对容貌非常重视，但是这样的重视并非魏晋人士的创造，而是汉朝以来普遍的传统，而这一传统和中国哲学中的阴阳理论有着紧密的关联。

正是作为对传统的继承，魏晋名士对男性貌美的追求并不局限于容貌，而是更为看重举止和气度，也就是广义的"才"。《容止》篇的第1则故事就很明确地为这一主张打下了基调。该则说，曹操要接见匈奴的使者，他自以为长得丑，不够威风，所以找了崔季珪代替他见面，他自己拿着刀站在胡床前。见面结束后，他派人去问匈奴使者觉得魏王怎样。匈奴使者回答说魏王雅望非常，但是那个床头捉刀人才是真英雄。曹操听说后就派人追杀这位使者。这则故事值得探讨的点很多，但是最主要的是连匈奴的使者都知道貌固然重要，但"才"比貌要更重要，真正的英雄是有"才"之人。[1]那么，曹操为何会在见面之前担心自己的容貌而要别人代替呢？难道他缺乏自信，不知道自己有才，更不了解才

---

[1] 张钧莉在《魏晋美学趋势》（第92页）中指出，英雄在魏晋是"智"与"力"的统一，而在笔者看来，在《世说新语》中，似乎更注重的是以气度为主的才。

比貌更重要这个道理吗?

刘义庆在整个《容止》篇中都暗示才比貌重要这一原则是名士阶层的共识——不了解这个道理的只有妇人和"小人",因此喜欢"以英雄自比"的曹操没有理由不知道这一点。[1] 曹操之所以找人代替他,很可能是以为匈奴人不懂得这个道理,只喜欢看高大帅气的男子。为了迎合匈奴人的品味而让他们知道魏王根据他们的审美标准是出类拔萃的,曹操才找了崔季珪代替他。如果匈奴使者为崔季珪所折服,那么曹操在这一次较量中就获得了胜利。而事实上匈奴使者也已经懂得了才貌之间的关系——也许这是受到了汉文化的影响,当使者说出捉刀人才是真英雄的时候,在"知"的较量上曹操已经输了:匈奴使者了解汉人心中真英雄的标准,而曹操对匈奴使者的了解则有所偏差。

关于曹操为何要追杀使者的问题和本章的话题无关。[2]我们所要关注的是才比貌重要的观点是如此的普遍,而之所以如此普遍,是因为当时的名士们追求貌和才的最终目的还是为了通过"知"和"被知",获得治国平天下的机会,实

---

[1] 张钧莉详细讨论了曹操和英雄观念之间的关系(《魏晋美学趋势》,第91页)。

[2] 关于匈奴和汉人的交往历史,可参看王柏灵《匈奴史话》(西安:陕西人民出版社,2004年)。也有学者讨论过曹操要杀匈奴使者的原因,见张珠容《匈奴使者缘何被曹操斩杀》(《思维与智慧》2017年第21期)。

现成为圣贤的理想。从这一角度来说，他们又不是真的那么爱"美"，爱美不过是他们的一种手段或是途径。在《世说新语》的叙述中，找不到单纯对美貌偏执追求的名士，更没有对一心只追求容貌之美的名士的夸赞。他们对容貌和举止的追求，本质上和对道德的追求并不矛盾，也并不会由于对美貌和举止的重视而造成道德的沦丧，因为从中国传统的观念来看，身和心是合一的[1]，魏晋的名士在整体上保持了这一传统。因此，牟宗三所说的"魏晋人不再以道德之有无来作为标准，才华、气质和神韵成为新一代的审美准则"可以说只对了一半[2]，"才"固然成为最高的审美准则之一，但是道德却并不是全然不重要的。

不过，在对传统继承的基础上，魏晋名士对美的重视当然也有着自己的独特之处，主要体现在两点。第一，是他们对容貌和举止的评论非常依赖公共空间。在不同的公共场合，对自己容貌和举止的展现以及对他人容貌和举止的评判成为一种普遍的风气。这样的风气在客观上的确可能给人一种比前朝更为重视外表的印象。不过，有学者认为魏晋名士的审美推崇"唯我之风"，把自己当作评判的唯一标杆，而全然排除道德价值[3]，这样的观点完全忽略了名士们对公共

---

[1] 孙世民：《魏晋身体修养论》，新北：花木兰文化出版社，2012年，第3页。

[2] 牟宗三：《才性与玄理》，第66页。

[3] 张钧莉：《魏晋美学趋势》，第108页。

空间中他人对自己评价的依赖和重视。以《世说新语》叙述的故事来看，容止和公共空间是紧密相联的，而这样产生的评价最后必然和道德有所联系——因为道德也是公共空间的产物。

第二，他们所追求的容貌和举止，在很大程度上是以自然为原则的。这是因为他们认为人的美与才是先天决定的，所以不需要后天的刻意雕琢。[1] 从孔子开始，儒家就对君子的外在非常重视，但这样的重视通常要求具有极强的仪式感。在《论语·尧曰》中，子张问孔子怎么才可以从政，孔子说要"尊五美"，其中之一就是要"威而不猛"，而孔子认为要做到这一点，君子就要"正其衣冠，尊其瞻视，俨然人望而畏之"。而魏晋名士追求的则是更为纯粹自然的气度，一种不需要衣冠就能够让人倾心的容止。这在一定程度上也可能会给人一种不拘于礼俗之感。从整体来说，《世说新语》所展现的魏晋名士的确是爱美的，然而和其他时代的士大夫相比，却并没有特别地爱美，更没有因为爱美而导致道德沦丧和社会动荡。

在讨论了魏晋名士对容貌和举止的态度之后，我们要探讨下一个错觉和成见的"重灾区"——酒在魏晋名士思想和生活中的地位。

---

[1]　孙世民：《魏晋身体修养论》，第27页。

第三章

嗜酒：一种瘾还是一种态度

一 嗜酒与名声

说起魏晋，似乎每一个人都会想到酒。普遍的印象是这一时期好酒的文人特别多。而对于好酒的原因，则不少人会归于动荡的社会背景。这样的逻辑听起来简单而合理：由于政治黑暗，名士们便容易苦闷，而酒则是发泄情绪排解痛苦的最佳选择[1]；由于政治黑暗，名士们便蔑视所谓的名教和礼法的虚伪，"故而纵酒放达，诋毁礼法"[2]；由于政治黑暗，名士们便担心惹祸上身，而饮酒则成为了避祸全身的工具[3]。

---

[1] 宁稼雨：《魏晋士人人格精神——〈世说新语〉的士人精神史研究》，天津：南开大学出版社，2003年，第240页。

[2] 王妙纯：《魏晋士人的生死关怀——以〈世说新语〉为核心的考察》，台北：文津出版社有限公司，2012年，第204页。

[3] 同上，第198页。

　　这种简单的逻辑至少忽视了两个事实：一、从先秦以来，每个时期都有爱酒之人；二、自先秦以降，政局稳定的时期也并不多，即使是政局相对稳定的时候，政治本身的黑暗性和危险性也并不小。因此，这种简单的逻辑几乎在任何一个时期都可以被套用。用这样的逻辑来解释魏晋时期名士们好酒的原因，也就等同于一句空话。

　　伴随着这一逻辑的当然还有常见的错觉和成见。错觉就是饮酒意味着名士们对自由和自我的追求，是对传统礼教的反抗，饮酒对魏晋的哲学、文学、美学都有着重要的影响。[1] 而成见则是好酒导致社会风气的败坏，"由于正始、竹林名士之风流成为一代之价值观，士人……追逐嵇阮纵酒的旷放，故导致两晋衣冠沉浸在一片不婴世务、依阿无心、空说终日、纵酒肆欲的糜烂生活之中，至此，士德荡然无存"[2]。这两点对于酒的错觉和成见，和前一章所讨论的对于男性之美的错觉和成见相仿佛。

　　《世说新语》中的一些故事看起来似乎符合上述的成见。《任诞》篇第20则说，张翰放纵不拘，当时人把他称为"江东步兵"——也就是江东的阮籍之意。有人对他说，你为了一时的放纵舒适，难道不考虑身后名吗？他回答说，给我身

---

[1] 参见袁济喜：《论宗白华的魏晋美学解读》，《中国人民大学学报》2003年第4期。

[2] 陈惠玲：《魏晋反玄思想论》，提要。

后名，还不如现在有一杯酒。紧接着的《任诞》篇第21则讲到，毕卓说一手拿着蟹腿，一手拿着酒杯，就这样在酒池中浮着，这一生就足够了。

这样的描述看起来很容易让人觉得张、毕二人是典型的生活放浪之士，他们公然地宣称酒肉的满足比包括声名在内其他一切都要重要，也就是说愿意为了酒而放弃自己的名声。然而刘义庆的叙述暗示我们一个事实，就是声称不在乎自己名声的张翰、毕卓等人已经留下了身后名，无论是作为观众的刘义庆还是作为观众的我们，都知道他们的名字，并知道他们看淡世俗名声而追求潇洒不羁的生活。也就是说，事实上由于酒的关系，反而使他们成功地留下了身后名。

因此，刘义庆引导我们思考一个问题：身后名和一杯酒之间的关系究竟是不是矛盾的？在他的叙述中，两者的关系在实际上并不矛盾：看起来象征着及时行乐的酒，却恰恰是获得生前身后名的一种有效方式。这样的吊诡吸引着我们继续思考另一个问题：酒为何有着给人带来声誉的力量？

二　酒以成礼

这就需要对酒在当时社会中所承载的文化内涵进行剖析。如果嗜酒只是一种瘾癖的表现，那么魏晋时期全社会性的瘾癖并不少，赌博就是其中之一。魏晋南北朝赌博盛行，可是好赌之士并没有获得好酒之人那样的声名。[1]若是将嗜酒和赌博或是其他瘾癖等同，认为它不但会使个人痴迷于其中而不务正业，而且会败坏整个社会的风气，那么阮籍等人就不会因嗜酒而和张翰他们一样被后世所赞誉。

当一种行为在一定程度上能受到他人的赞扬时，这种行为或多或少都会符合社会的某些价值标准。那么，嗜酒既然能得到赞扬，就表明酒本身就有值得肯定的文化内涵。而《世说新语》中的故事并不直接却很明确地指出了酒在中国传统文化中的地位。《言语》篇第4则说：孔融有两个儿子，大的六岁，小的五岁。白天的时候孔融在睡觉，小儿子就在床头偷酒喝。大儿子问他你为什么不拜呢？小儿子回答说，既然是偷酒，那就不用行礼了。这则故事非常有趣地告诉我们，即使连小朋友都知道喝酒是要行礼的，因此酒与礼之间的密切关系在当时显然是一个共识。而更有趣的是，刘义庆通过孔融两个儿子的一问一答告诉我们，酒和礼之间的关系又是可以被破坏的，当以偷这样不合礼的方式来对待酒的时候，酒和礼之间的关系就会自动解除。

《言语》篇第12则中有一个极其相似的故事。钟毓、钟会兄弟小的时候，也恰好有一次遇到他们的父亲昼寝，于是

---

[1] 张丽君：《魏晋南北朝赌博研究》，江西师范大学2009年硕士学位论文。

就一起偷父亲的药酒喝。父亲当时已经醒来了，就假装睡着看他俩的举动。钟毓先拜然后再喝，钟会则喝而不拜。后来父亲就问钟毓为何拜，钟毓回答说："酒以成礼，不敢不拜。"然后又问钟会为什么不拜，钟会回答说："偷本非礼，所以不拜。"

前两章已经见到多次《世说新语》用几乎同一结构来讲述不同人物的故事。这两个故事的结构也非常相似：都是两兄弟，都是小孩子，都是趁父亲昼寝而偷父亲的酒喝，而且都是兄长在偷酒之时依然想着要守礼，而兄弟则在偷酒的过程中忘记了礼仪。同时，两则故事也有着明显的互相补充：第一则故事标明了父亲的名字而没有提及孩子，第二则故事则指明了两个孩子的名字而没有提及父亲。因而从整体来说，两则故事更像是一个整体的两种表述，它们合在一起，强烈地表达了酒和礼之间的密切关系：酒以成礼。也就是说，从本质而言，酒本身不但不是破坏或蔑视礼教的工具，反而是礼仪的必要条件，两者是正相关的关系。正如王岳川所指出的："中国的酒神精神跟中国的礼教文化紧密相关。"[1]

在这两则故事中，正是因为酒和礼之间有着紧密的关系，我们不禁要想，四个孩子偷酒是因为酒的味道，还是因为

---

[1] 王岳川：《酒文化：国学与传统艺术之重要维度》，《陕西师范大学学报》（哲学社会科学版）2011 年第 6 期。

酒的象征性。这两者也许不能完全分开，但是在此作适当的区分还是必要的。如果他们只是为了酒的味道而偷酒喝，那么酒对于他们来说只不过是一种大人不让他们喝而他们想喝的饮料；而如果他们认为能喝酒就意味着长大，并且因为渴望像自己的父亲一样通过饮酒而彰显对礼仪的掌控，所以才偷酒和模仿，那么酒就成了一种象征着礼仪、地位和权力的文化符号，其背后的文化内涵无疑就显得更加地具有影响力。

两则故事也微妙地表现了酒和礼之间关系的另一种内涵，那就是一方面酒和礼有着密切的关联，但另一方面连小孩子都可以打破酒和礼的联系。酒本身是用来成礼的，理论上应该具有神圣性；然而当小孩子为了喝它而偷的时候，酒和礼之间关系的——或者说酒本身的——脆弱性就一览无遗了。在中国古代传统中，和礼仪相关的事物不少，然而很少有酒这样神圣性和脆弱性兼备的，以至于一方面很多礼仪都离不开酒，几乎人人都嗜酒，而另一方面则因为酒可能损害礼本身，会出现禁酒令。这也注定了名士对它的态度：一方面非常重视，另一方面又可以利用它来表达自己的态度。

我们先来考察一下《世说新语》所阐述的酒与礼之关系。全书共有100多则关于酒的故事，占总数的10%以上，这充分说明魏晋时名士生活是离不开酒的。而如前所述，酒在当时的生活中首先是礼的体现。

《德行》篇第6则说：

> 陈太丘诣荀朗陵，贫俭无仆役。乃使元方将车，季方持杖后从。长文尚小，载着车中。既至，荀使叔慈应门，慈明行酒，余六龙下食。文若亦小，坐着膝前。于时太史奏："真人东行。"

原本是一位名士携儿孙拜访另一位名士的私人之举，却获得了太史的关注。这使得这场聚会充满了公共的色彩。而在这场表演中，酒尽管没有得到浓墨重彩的描写，其地位却在实际上获得了肯定：即使是以清贫著称的陈、荀两家聚会，酒也是必不可少的待客之物，那么在其他正式的公共场合，酒自然是礼仪中不可或缺的组成部分。[1]

为了凸显酒在礼仪中的地位，刘义庆讲述了两则关于阮籍的著名故事。第一则故事来自《任诞》篇第2则：

> 阮籍遭母丧，在晋文王坐进酒肉。司隶何曾亦在坐，曰："明公方以孝治天下，而阮籍以重丧，显于公坐饮酒食肉，宜流之海外，以正风教。"文王曰："嗣宗毁顿如此，君不能共忧之，何谓？且有疾而饮酒食肉，固丧礼也！"籍饮啖不辍，神色自若。

这则故事被作为阮籍蔑视礼教的证据而广为传述。这样的解

---

[1]　参见李兆：《酒与两汉社会》，山西大学2014年硕士学位论文。

读显然出于前文所述的常见错觉：以为阮籍的好酒是缘于对当时政权和礼教的不满和反抗。[1]有的则认为阮籍立了一个坏的榜样，使得社会风气败坏："居丧之际，饮酒食肉，由阔人名流倡之，万民皆从之。"[2]因此，我们要思考的问题有三个：一、阮籍此举究竟是否合乎礼？二、如果是，为何会有何曾这样的人提出质疑？三、如果否，那么阮籍为何要用酒来挑战礼教？事实上，如果从公共空间的角度将刘义庆的叙述看成是一场表演，那么完全可能得出与常见的错觉不同的诠释：这则故事中阮籍的所作所为恰恰是为了说明对礼的重视。

首先，这则故事可以看作是阮籍和晋文王司马昭之间的合作表演，或者说是晋文王和阮籍的合作表演更为准确，因为这一场表演的目的就是让公众知道晋文王对孝和礼的重视，从而彰显"以孝治天下"的意识形态。为什么说晋文王和阮籍的言行是互相合作的结果呢？很明显，阮籍在晋文王面前喝酒吃肉，是晋文王允许的，当何曾对阮籍之举进行批评时，晋文王的回应明确地维护了阮籍。而晋文王维护的原因很简单：阮籍这么做是符合丧礼的。《礼记·曲礼上》说：

---

[1] 参见罗宗强对阮籍的描述（《玄学与魏晋士人心态》，第105—125页）。

[2] 鲁迅：《魏晋风度及文章与药及酒之关系》，《魏晋思想》（乙编三种），台北：里仁书局，1995年，第10页。

"居丧之礼……有疾则饮酒食肉，疾止复初。"

也就是说，居丧之时，身体不适是可以喝酒吃肉的，因为这样有助于身体康复而不至于过度毁伤，一直到身体痊愈才不能喝酒吃肉。如果按照这个逻辑，那么阮籍之所以要喝酒吃肉是因为身体不好，而之所以身体不好是因为母亲过世他很悲伤，而之所以母亲过世他很悲伤是因为他很孝顺，这一切都表明阮籍是一个极其孝顺的儿子，而且是一个守礼的孝子。这意味着阮籍看似极端狂妄的无礼之举，恰恰可以戏剧性地用强有力的方式来彰显晋文王的治国之策。如果阮籍母丧之后只是在家喝酒吃肉，那就不会有这样的宣传效果。因此，阮籍在晋文王面前喝酒吃肉，极有可能是两人的合作表演。他的所作所为都是在晋文王允许的前提下进行的。而母丧、酒肉、阮籍的知名度再加上君王（晋文王虽未称帝，却是当时的实际掌权者）之前这四个因素，也都将这一场表演推向了极致。可以说晋文王无法找到更好的表现孝之重要性的机会，而阮籍也无法找到比这更好的体现自己个性的机会——这里所谓的个性并不是狂放不羁，而是在守礼不守礼之间找到自己的平衡之处。通过这则故事，我们不但知道了晋文王对孝的推崇，而且也明白了酒和丧礼之间的紧密关系。

同时，这则故事也可以看成是晋文王、阮籍和何曾三人的合作表演。事实上，看似要诋毁阮籍的何曾恰恰给了晋文王诠释酒、礼和孝之间关系的绝佳机会。如果没有何曾的质疑，阮籍表演的目的就无从说明。因此，看似被晋文王的话所打击的何曾，也很有可能是晋文王所安排的角色。

《任诞》篇第9则再次讲述了阮籍和酒的极端故事，它也同样经常被人视为阮籍不满礼教放荡不羁的证明，而在公共空间的视角下，它也同样可以被诠释为对孝和礼的凸显。《任诞》篇第9则说：阮籍在即将给母亲下葬之时，蒸了一只小肥猪来吃，喝了两斗酒，然后在诀别时大叫"穷矣"，吐了很多血，身体衰弱了很久。

这则故事的表演场合也非常难得。葬礼可谓是古代最主要的礼仪之一[1]，这意味着它是阮籍的"表演"能够获得最多观众的场合之一，其受关注的程度和在晋文王身边喝酒相仿佛。阮籍身体的衰弱说明他对母亲去世的伤心，表现了他的至孝，甚至于他大叫的"穷矣"二字，也并非没有出处，而用的是他的观众们所能懂得的特殊词汇。根据公共空间的理论，一定的公共空间的形成会有一些特定的行为模式用以和其他人群相区别，前文所说的清谈当然是名士用来区别自己和他人的一种方式，而他们所用的修辞也同样会起到这样

---

[1] 参见周苏平《中国古代丧葬习俗》（西安：陕西人民出版社，2004年）导言。

的作用。[1]阮籍的"穷矣"二字也正有着这样的功能。[2]在司马迁笔下，孔子在西狩遇到麒麟时就说了"吾道穷矣"。（《史记·孔子世家》）而《庄子·让王》则讲述了孔子和众弟子被困于陈蔡之间时，子路问孔子这样的情况是不是可以称得上"穷矣"，孔子则驳斥了子路的观点。对孔子和庄子都非常熟悉的阮籍，在喊出"穷矣"二字的时候，究竟表达了什么样的内心想法，我们作为观众并不能明确地知晓，然而作为观众的我们面对如此戏剧化的表演场面，第一反应就是阮籍在极端悲恸的情况下，用于表达其心情的依然是孔子或其弟子的话。

这一声"穷矣"微妙地表明了他深受儒家思想以及儒家所提倡的礼教和孝道的影响。而酒则是阮籍这一场表演的核心道具，没有酒就无法体现阮籍对于礼教和孝道的推崇，因此酒在魏晋名士生活中的重要地位再次得以凸显：酒不但和礼有着紧密关联，而且通过礼这一桥梁，和孝也有了间接的关联。也就是说，阮籍的两则故事告诉我们，在魏晋名士的心中，酒在相当程度上成为礼和孝的符号与象征。这意味着

---

[1] Jürgen Habermas, *The Structural Transformation of the Public Sphere: An Inquiry into a Category of Bourgeois Society*, p.8.

[2] 罗伯特曾以陶渊明为例，论述了魏晋名士们在遣词造句时对《论语》中相应词汇的运用，参见拙文《作为儒家思想家的陶渊明：论罗伯特的陶渊明研究》（《国际汉学》2016年第1期）。

当名士们谈到酒或是喝起酒的时候，酒很有可能首先代表着一种对礼教的严肃态度，而并非放荡不羁的生活理念。

诚然，魏晋之际先有曹操禁酒令，后有刘伶《酒德颂》，嗜酒似乎成了违背礼教的代名词。但事实上，从汉代以来不断有人为酒本身作辩护。扬雄在《酒赋》中明确质问"酒何过乎"，而建安七子之一的王粲在《酒赋》中写道："醲沉盎泛，清浊各异，章文德于庙堂，协武义于三军，致子弟之孝养，纠骨肉之睦亲，成朋友之欢好，赞交往之主宾，既无礼而不入，又何事而不因……"这段话很好地概括了酒的功能：无论是在朝政、军事这样的国家层面领域，还是在父子、兄弟和朋友这样的私人关系中，酒都起着重要的作用。"既无礼而不入，又何事而不因"两句，则不但肯定了酒和礼之间的紧密关系，而且再次凸显了酒在生活中无处不在的事实。另外，晋朝的张载在《酃酒赋》中也说酒的创造是"应天而顺民"之举。因此，在魏晋之际，至少有相当一部分名士认为酒可以作为礼和孝的象征，而刘义庆的叙述则体现了这一部分名士对酒的意象的理解。

需要指出的是，20世纪初以来不少中国学者就魏晋时期名士好酒之风所作的评价，基本是以刘伶的《酒德颂》为依据，从而把酒视为名士们个性解放的工具，并在此基础上认为酒是造成社会风气沦丧的元凶之一。这样对酒的理解固然也是中国的传统，但是对这样的诠释持如此压倒性的赞同态度，却并非中国的传统。如前所述，王粲等人分明对酒和礼的内在联系作出了诠释，但很多学者对此却视而不见。这其中的原因，在很大程度上是受到了西方哲学中"酒神"观点的影响，其中最重要的无疑是尼采对酒神的论述。

众所周知，对酒神的阐述在尼采思想中有着重要的地位。尼采认为人类社会历史受制于两种基本的冲动：一是对个体内在情绪的抒发，即所谓的"酒神精神"；一是对外在理性所标画的超越世界的追寻，即所谓的"日神精神"。[1]而尼采的思想对梁启超、鲁迅等现代中国学者都有着广泛的影响。[2]在这样的背景下，学者们倾向于把魏晋时期的酒作为对礼教反抗的符号，而不是对礼教尊重的象征，也是完全可以理解的。然而如上所述，当我们从公共空间的视角来剖析阮籍以酒为道具的表演时，却发现酒恰恰是礼教的最佳符号之一。

三　酒的威严与公共性

正是因为酒是礼教的符号，本身具有威严性，它才可以在生活中被用来作为惩罚犯人的手段。《德行》篇第33则

[1] Kathleen Marie Higgins, *Comic Relief: Nietzsche's Gay Science*, London, UK: Oxford University Press, 2000, p.162.

[2] 参见张辉：《尼采审美主义与现代中国》，《中国社会科学》1999年第2期。

说，谢奕担任剡县县令时，有一老翁犯法，谢奕就用醇酒罚他，直到他喝得大醉还不停。这时候谢安只有七八岁的年纪，穿着黑布裤子，坐在他兄长谢奕的膝盖旁，劝兄长说老翁可怜，何必这么做呢。谢奕于是改容说，你想把他放了吗？然后就把老翁放了。

釜谷武志指出，中国古代的刑罚具有报复性的一面，而他借用富谷志的观点说明，像"黥刑"（脸上刺字）或是"劓刑"（割掉鼻子）这样的刑罚，则正是由于脸或鼻子的重要性而使得它们成为了刑罚的手段或对象，让受到惩罚之人感觉到被放逐——不再属于原有的文化群体。[1]中国人认为"身体发肤，受之父母，不敢毁伤"（《孝经·开宗明义》），"黥刑"或"劓刑"之所以让罪犯不再属于原有的文化群体，正是因为他们失去了守礼的根本要素——身体。把让罪人喝酒至醉作为惩罚，在一定程度上也符合这一原则。在适当的场合饮酒是符合礼仪的（相当于身体的完整性），而在违法后受到惩罚，饮酒到醉的程度则不再符合礼仪（相当于身体的完整性被破坏），于是老翁不再属于原有的文化群体，正式成为一个"礼"外之人。德克海姆（Durkheim）关于惩罚的著名观点也认为，惩罚是为了宣扬社会的价值，是为了让

---

[1] 参见釜谷武志：《先秦至六朝时期的罪与罚》，《复旦学报》（社会科学版）2015年第1期。

人的行为符合社会的礼仪。[1]在这样的意义上，这一则故事很清楚地告诉我们，酒有着让人失去守礼资格的功能，而这正是因为酒是礼的象征之一。

　　酒与礼的紧密联系让它具有了强烈的公共性，因为礼本身就是公共性的主要体现者之一。[2]酒的公共性使得魏晋的名士们喜欢在公共空间喝酒，喝酒成为一种公共行为。毫无疑问，在这样的公共空间内，加上酒这样自带公共性的道具，名士们的才性才会更好地为他人所赏识。《任诞》篇第8则讲了一个关于阮籍喝酒的著名故事。阮籍邻居有一个美妇人开着一个酒肆，当垆酤酒，阮籍经常和王戎一起去她那里喝酒。阮籍醉了之后，就睡在妇人的旁边。妇人的丈夫一开始很怀疑阮籍，观察了半天，发现阮籍没有别的不良企图。这则故事通常被视为阮籍蔑视礼教的证明。[3]这当然又是一种错觉。从公共空间的角度来看，这则故事中的阮籍又完成了一场精彩而成功的表演，而从效果来说，他无疑向世人极好地展现了自己。

[1]　David Garland, "Durkheim's sociology of punishment and punishment today", in *Emile Durkheim: Critical Assessments of Leading Sociologists*, ed. W.S.F. Pickering, vol.4, 2000, pp.257–268.

[2]　Perri Six, "Rituals Elicit Emotions to Define and Shape Public Life: a Neo-Durkheimian Theory", *The Journal of Modern History*, vol.59, No.4, 1987, pp.651–679.

[3]　姜广辉：《汉末魏晋的名士风度》，《河北学刊》1994年第3期。

　　首先，阮籍选择了在公共空间喝酒。如上所述，《世说新语》所展现的喝酒行为都具有公共性，这则故事中的阮籍也不例外。他并没有在家独自喝酒排解苦闷，而是选择去酒肆。而且从故事中我们可知两个细节，一个是他经常去这个酒肆，另一个是这个酒肆就在他家附近，可见他将在公共空间饮酒作为自己生活的重要组成部分。

　　其次，阮籍的表演是自带配合对象与观众的。他每次去都带着王戎，后者作为忘年知己可以成为他在公共空间表演的最佳证人。极为有趣的是，当阮籍喝醉酒躺在妇人身边时，王戎却似乎消失了。故事中并没有说他在做什么，这时候的王戎就抽身成了一个旁观者。他在观看什么，抑或在证明什么？

　　再次，故事中妇人的角色很值得玩味。她很美丽，上一章讲过根据阴阳理论，有德行的女子不应该美丽，因此她看起来可以成为阮籍脱离礼教的诱因。但与此同时，她又在卖与礼有着紧密关系的酒。那么，她与礼究竟是什么样的关系呢？是否也是在有意无意之间？同样，当阮籍躺在她旁边的时候，她也在一定程度上消失了，她本人并没有表现出任何的态度。

　　最后，妇人丈夫的角色同样值得玩味。他自己并没有卖酒，而是在最后才出现的。从某种意义来说，他充当了阮籍这场表演的观众：他看着妻子卖酒，看着阮籍和王戎喝酒，看着阮籍喝醉躺在妻子身边，然后出场看看阮籍到底有没有邪念。读者是最终通过他的判断，确定阮籍没有邪念。在此，读者和他在一定程度上是同一的。

之所以说是一定程度，是因为有着判断能力的读者（观众）从一开始就知道阮籍是不可能有邪念的，这一点王戎和妇人也同样知道——这也是他们在阮籍睡下后就"消失"的原因，他们不会大惊小怪。阮籍、王戎和妇人通过在酒肆这一公共空间的交往，已经做到了互相"知"，整场演出中不知道的只有妇人的丈夫——至少根据故事的叙述，他和酒并没有直接的关系。因此，对于王戎和妇人，阮籍已经不需要表演，而其表演的直接目标观众，正是对他不了解的妇人丈夫。阮籍要用自己夸张的行为，告诉妇人的丈夫即使是在喝醉酒而美色当前的情况下，他也不会违背礼教。

王戎和妇人丈夫是两种完全不同的观众。王戎代表的是既"知"阮籍也了解酒与礼之关系的一批观众，他们从一开始就知道阮籍不会有逾礼之举；而妇人丈夫则不了解阮籍，也不了解酒的象征意义，他们需要反复地用自己的标准来观察才能确定阮籍的行为。而妇人则是一块试金石，以王戎为代表的观众知道阮籍从她身上看到的是酒和礼，而以其丈夫为代表的观众则从她身上看到的是美色可能造成的诱惑。事实上，这两种观众代表了对这则故事的两种不同解读。作为最终观众的读者，在了解了酒在魏晋的文化内涵后，就自然像王戎一样会预知阮籍这样的嗜酒之人在公共空间内必然是守礼之士；而对酒怀有错觉和成见的读者，则会像妇人的丈夫一样，对醉后的阮籍——其实正是他们自己——充满了狐疑，而对阮籍毫无逾礼之举则感到讶异。因此，这则故事可谓是理解酒、礼和公共空间三者关系的理想文本。

而两则关于刘伶的故事同样以极端戏剧性的方式体现了酒的公共性。《任诞》篇第6则说：

> 刘伶恒纵酒放达，或脱衣裸形在屋中，人见讥之。伶曰："我以天地为栋宇，屋室为裈衣。诸君何为入我裈中！"

这则故事已经在前言中提及，当时只是指出了刘伶此举的公共性，而未讨论其中酒的功能。另一则故事出自《文学》篇第69则的注解："（刘伶）肆意放荡，以宇宙为狭。常乘鹿车，携一壶酒，使人荷锸随之，云：'死便掘地以埋。'"这两则故事都用了一个表示频率的词："恒"和"常"。这表明刘伶经常喝酒之后放达，在屋里脱衣服裸着只不过是放达的其中一种行为，而意味着不拘礼俗的放达则必然是需要在他人面前才能得以展现的——真正的一个人独处就无所谓放达；同时他也经常乘着鹿车外出喝酒。这表明在刘伶看来，酒和公共性有着紧密的联系。如果没有酒，他可能就无法放达，在众人面前来脱衣裸形表现自己；而如果没有酒，他也就可能不会坐着鹿车外出。

在第一则故事中，有的人讥讽刘伶，根据刘伶的回答，他们所讥讽的应该是刘伶的脱衣服，而不是他的喝酒。这一点和前文所述关于张季鹰的故事相似。张季鹰"纵任不拘"，有人才对他说你这样放纵难道不想为自己的身后名考虑吗？对张季鹰劝说或是批评之人，其所劝谏的也是张季鹰的"放达"。是张季鹰自己在回答中提到了酒，说"使我有身后名，不如即时一杯酒"，从而给后人造成了身后名和一杯酒相对立的错觉。事实上，在《世说新语》中极少对喝酒本身进行批评，何曾对阮籍的批评也是因为他丧母之故。为众人熟悉的对刘伶嗜酒作批评的是其夫人。《任诞》篇第3则说刘伶喝酒太多，于是他的夫人把酒倒掉，摔碎了装酒的瓶子，哭着规劝刘伶说："君饮太过，非摄生之道，必宜断之！"刘伶假装答应，说要在鬼神面前发誓戒酒，就让夫人准备酒肉供神。夫人在神位前摆好酒肉后，刘伶说"妇人之言，慎不可听"，就把酒肉都吃喝了。第二章中已经指出，妇人对潘安外貌的追捧，并不能证明其容止脱俗；同样，妇人对刘伶嗜酒的批评，也无法证明当时人对酒本身的否定，而刘伶的"妇人之言，慎不可听"已经充分地表明了他以及当时名士的态度。

因此，在刘伶喝酒后脱光衣服这则故事中，大家所在意的并不是他喝醉酒，而是喝醉后的脱衣裸形。当普通人认为当众脱衣裸形有悖礼俗之时，刘伶认为自己是穿着衣服的——天地就是自己的衣服。这其实恰恰表明，刘伶和众人的观点是一致的：人应该穿着衣服。刘伶无非是偷换了衣服的概念，他并没有否认作为日常礼仪一部分的衣服的重要性。于是，这则故事出现了一个有趣的吊诡，批评刘伶的人和刘伶原本看起来是持不同观点的，可是两者却在一定程度上支持了同一个观点。刘伶看起来是想显示自己的与众不同的，然而他却没有真的彻底与他人不同。刘伶和讥讽他的人之间的观点差异，也就正在"同与不同之间"。而这样"同与不同之间"的关系，正是通过酒或是喝酒才得以体现的。

我们已经知道清谈是名士们之间的一场比赛，而喝酒同样是一种比赛。酒后给了名士们表演的机会，而表演的成功与否则体现了各人的高下。刘伶在这里展现了自己和他人对衣服重要性同样的重视，而在此基础上表达了对衣服和天地自然之间关系的理解，从而在不脱离名士群体的情况下显示了自己高于其他名士的才华。这一方面是因为酒的公共性——喝酒都是在有他人的场合下进行的；另一方面则也是因为酒和礼的微妙关系。如前所述，在适当的场合饮酒是符合礼仪的，而饮酒到醉的程度则不再符合礼仪，当众人以为刘伶已醉而破坏了礼仪之时，刘伶却用极端的行为表明自己没醉，自己的行为只是以另一种方式来展现衣服／礼仪的重要性，而酒正是这种看似违背礼仪实则在礼仪之间玩文字或是思想游戏行为的工具，也成了刘伶被人所知的最佳道具。

刘伶的鹿车出行同样充满了戏剧性和极端性。解读这则故事的关键在于一个量词："壶"。以刘伶的酒量，一壶酒根本不可能让他喝醉，更不可能让他喝醉而死。[1]因此，当他派人拿着锄头跟在他后面，说死了就挖个坑把我埋了的时候，其实他所说的死和酒并没有必然的联系。甚至，整个故事都没有说他喝酒，只是说他拿了一壶酒。因此，他的这壶酒是一个让观众产生无限联想的道具，有些人会因为这壶酒而本能地以为刘伶在鹿车上是时刻准备喝醉而死。正是从这个意义上说，这则故事具有强烈的戏剧性。而所谓极端性，则是刘伶提到了死这样极端的状态。为什么带着一壶酒坐在鹿车上外出，就会想到死呢？

根据常见的错觉和成见，一般会认为这是由于时代的黑暗、政局的混乱，因而刘伶才时刻想喝酒解脱，"借酒所催发出来的原始生命力，使其心灵超脱"[2]。这样的解释多少流于模式化。事实上，《文学》篇第69则所提到的刘伶《酒德颂》充分表明，刘伶的生死观来自庄子的思想，非常豁达。他认为"天地为一朝，万期为须臾"，既然如此，长寿与否

---

[1]　汉人平均日饮酒量在一斗到一石之间。参见梁允华：《论汉代的酒风》，郑州大学2011年硕士学位论文。

[2]　曾春海：《竹林七贤与酒》，《中州学刊》2007年第1期。

也是相对的，人们也就没有必要执着于死生。那么，刘伶应该并不害怕死亡，也应该不会因在动荡的时代朝不保夕而感到哀伤，这样只会让刘伶和其他名士没什么区别。面对死亡这一常人感到害怕的极端状态，刘伶的态度是自己坐着鹿车随时准备去死，这就使他显得比别人要更加的超脱。那么，在这样经常进行的表演中，酒究竟充当着什么角色呢？

如前所述，一壶酒是不可能让刘伶喝醉的，因此这壶酒应该不是用来喝的。这壶酒很可能是和那个跟随者刘伶的仆人以及他所带的锸有着相同的功能：用来准备在刘伶死的时候随时给他进行葬礼的。锸是用来挖坟的工具，酒则是用来祭奠的[1]，而仆人是用来完成这场随性而简约的葬礼的。也就是说，在这则故事中，刘伶用酒来表明，即使自己对死亡的态度很豁达，在哪里死了就可以让仆人就地把自己埋了，但是也希望有酒来完成自己的丧礼。在此，从直观上讲，刘伶用一壶酒表现自己对死亡超脱的同时也表现了对酒的依赖，一种即使是自己死了也需要酒陪伴的依赖，但是他间接地用酒表达了对传统礼俗既超脱又遵守的态度，表明自己和他人正是在"同与不同之间"：既没有完全抛弃他人所遵循的社会习俗，又在一定程度上比他人逍遥。由于和礼的紧密关系，酒的公共性也就再次完美地被刘伶所借用。

---

[1] 王仁湘：《中国古代的酒》，《书摘》2009年第4期。

刘伶唯恐他人不知道自己好酒，这究竟是什么心态？当然如前所述，好酒可以分成三个层面：第一是纯粹地喜欢喝酒；第二是喜欢利用纵酒来进行表演；第三是喜欢用酒的文化含义来表达自己的观念。这三个层面其实是紧密相关的，而第三点才是最为根本的目的所在。这说明酒是被知的一种有效手段。如果说清谈被人赏识的是一种才华，那么通过酒而被人所知的更多是一种态度。而之所以要通过酒来让他人了解并欣赏自己的态度，则或多或少是出于一种渴望与众不同的无奈。这种无奈和社会的黑暗、政局的动荡无关，而与重视"知"的中国传统紧密相连。

四　变态嗜酒的无奈

这种无奈很好地体现在以"将无同"三字而闻名的阮脩身上。《任诞》篇第18则说，阮脩经常走路去酒店，一路上把钱挂在自己手杖的头上，到了酒店之后就一个人酣畅地独饮，即使是当世权贵也不肯一起喝。我们不禁要问，如果阮脩喜欢独饮，那么他为何还要到酒店去喝酒？答案很可能是，阮脩就是想让大家看到他喜欢独饮。一方面他似乎看不上那些权贵，但另一方面他同样在乎大家的评价，希望大家了解并欣赏他看不上权贵的态度。这也许正是他说"将无同"的意义所在，信奉老庄逍遥之旨的他（们）和信奉儒家名教之人之间，并没有本质的不同。一个真正看破一切的人，应该不会在意别人的欣赏。然而，和刘伶一样，阮脩的潇洒却仍在停留在希望被人了解自己潇洒的层面，这就是一种无奈，一种渴望与众不同的无奈。而这种无奈最好的表现方式之一，就是"变态"地嗜酒。

"变态"嗜酒才能表现自己的独特，其原因是显而易见的。嗜酒是魏晋时期流行的时尚和风气，当几乎所有的名士都嗜酒的时候，一个人要显得独特，就只有两条路：第一是"变态"地嗜酒，第二则是索性不饮酒。然而由于魏晋名士喜欢服用五石散等药物，而五石散需要通过吃冷食、饮温酒、洗冷水澡以及散步来发散药性[1]，这就意味着名士们是不可以选择不饮酒来显示自己与众不同的。

《任诞》篇第51则所载的故事很好地解释了名士不能不喝酒的原因。王恭问王忱阮籍和司马相如相比怎样？王忱回答说阮籍"胸中垒块"，因此需要用酒来浇它。由于没有直接的语境，王恭这个问题就显得具有歧义，我们无法轻易断定在王恭的问题中，阮籍和司马相如相比的究竟是什么？为人、容貌、文采、还是酒量？不过从《任诞》篇第50则到53则这四则故事都和酒有关，我们可以推测王恭所比较的是两人对酒的态度，同样好酒的阮籍和司马相如相比究竟有何不同？王忱的回答也语带双关。有人认为"胸中垒块"是一

---

[1] 费振钟：《药石时代的文学身体》，《上海文学》2008年第10期。

种比喻，指的是阮籍心中郁结有烦恼，但是事实上，王忱更可能指的是阮籍在服用五石散后的身体状况。在服用五石散后，人可能出现心烦意乱、内脏燥热的情况[1]，在这样的情况下，就需要喝酒来行散。因此，在王忱看来，阮籍和司马相如的不同在于，前者的好酒在相当程度上是生理的需要，不得不喝。

从这个角度来理解王忱的话比较合理，是因为王忱自己就对药和酒有着深刻的体会。紧接着这则故事的《任诞》篇第52则载，王忱说，三天不饮酒，就觉得"形神不复相亲"。也就是说，如果不喝酒的话，身体就不再受到精神的控制，这样的恍惚也是五石散可能带来的副作用之一。为了精神可以控制身体，王忱就必须喝酒，这一点和阮籍的故事相呼应。

而《任诞》篇第50则以更为戏剧化的场面讲述了服散和饮酒之间的关系。桓玄被召作太子洗马，赴任途中船停在荻渚，王忱在服了五石散之后带着醉意去看望桓玄。桓玄设酒招待他，但是王忱不能喝冷酒，就一次次地对下人说"拿温酒来"。桓玄于是呜咽哭泣，王忱看了就要走。桓玄用手巾擦泪，对王忱说："犯了我的家讳而已，和你没关系。"王忱感叹说："灵宝真是旷达。"因为桓玄的父亲是桓温，所以

---

[1] 费振钟：《药石时代的文学身体》。

王忱说“温酒”的时候，无意间触犯了他的家讳。王忱再一次说明了酒对于名士来说是生理上的必需品。

如果把这三个故事连在一起看，就可以发现当王恭让王忱就阮籍和司马相如作比较时，其实很有可能问的并不是阮籍，而是王忱自己。《任诞》篇中关于阮籍的故事很多，但是除了这一则，都是在很前面。因此，从整个《任诞》篇来看，我们完全可以认为这一则故事中表演的主角是王忱——事实上这三个故事作为一系列的表演，其主角都是王忱，（至少）其主旨之一是为了说明由于药和酒的关系，王忱才出于生理原因而无法离开酒。

在此还有一个小问题值得我们去思考：阮籍为什么可以用于指代王忱？其实，前文已经讲到张季鹰被称为江东步兵，而步兵指的正是阮籍。由此可见阮籍在当时已经成了好酒之人的代名词。因而尽管王恭问的是阮籍，事实上问的是王忱自己；而王忱回答的是阮籍“胸中垒块”，实际上也是他自己的亲身体会。

正因为当时的名士们为了吃五石散而必须喝酒，所以他们要在“酒”的世界里显得与众不同只有一条路可以走，那就是“变态”地好酒，用其他人所没有采用过的方式来表现自己对酒的喜爱，在纵酒之后用看似不可理喻的方式进行表演。只有这样，他们才可能显得比同侪优秀，于是就有了在我们这些千年后的观众看来几近怪诞的表演。

五 共饮与相知

在这些和酒有关的表演中，一个名士如果主动愿意和别人共同饮酒，那么这就意味着他对于他人的肯定，这不但表达了他对对方的"知"——也就是了解和欣赏，而且也能让他人了解和欣赏自己。于是，酒就不再仅仅是一种饮料，而是成了一种价值判断的符号，而饮酒则同样不再仅仅是一种普通的行为，而是成了表达价值判断的行为。如前所述，根据哈贝马斯的理论，在欧洲的封建社会，徽章、衣服、特定的行为、语言等都可以用来显示任何证明自己所处团体的身份。在魏晋时期的名士们看来，如何饮酒也是人与人之间作区分的标准之一。

在已经讲过的故事中，阮脩即使在公共酒店里都不肯和他人一起喝，从而来表现自己的价值判断，表达自己和他人的不同，但同时也希望以此能让他人肯定自己。而两则关于刘昶的故事很好地从多角度说明了共饮背后的文化内涵。《任诞》篇第4则说，刘昶不作任何选择，和谁都能一起饮酒，有的人就讥讽批评他。刘昶回答说："胜公荣者不可不与饮，不如公荣者亦不可不与饮，是公荣辈者又不可不与饮。"因此他每天都和别人共饮而醉。

如前所述，在一个几乎人人都好酒的时代，要想在酒的世界里脱颖而出是不容易的，刘昶就选择了一种与阮脩截然相反的方式：他和谁都能在一起喝酒。很明显，他非常了解大家所接受的共饮原则：欣赏谁才和他共饮，和谁共饮表明和他具有相同的观点或是才华。因此他反其道而行之，认为与谁都可以共饮。他的逻辑看似很简单：比我有才华的，我当然愿意和他们一起喝酒，既然如此，那些才华不如我的也会愿意和我喝，那我也应该和他们一起喝酒，而和我才华相当的，本来就应该和他们喝。但事实上，刘昶的话中暗含着对《论语》中思想的诠释：喜欢与比我有才华的共饮，和比自己优秀的人交友，是"无友不如己者"（《论语·学而》）；可是同时又考虑到不如自己之人的感受，这是"己欲立而立人"（《论语·雍也》）。甚至"不可不"这样的句法，也让人联想到《论语·泰伯》中曾子著名的话："士不可以不弘毅，任重而道远。"

在这样的前提下，刘昶又接受了当时流行的准则：与自己才华相当的人共饮。和刘伶等好酒之人一样，刘昶也显示了自己与他人在共饮态度上的"将无同"，也就是有所不同却又并不完全不同。更重要的是，这样和任何人都共饮的态度从哲学层面上显示了一种博大的包容。当其他名士们用饮酒的态度来区分不同群体时，刘昶用饮酒来表明人与人之间并没有本质的不同，而这种"人与人之间没有本质不同"的态度，却又恰恰显示了刘昶和他人的不同。

在这则故事中，刘昶是主要的表演者，对他进行批评嘲讽的人是观众。值得注意的是，在张季鹰、刘伶脱衣裸身和刘昶的这三则故事中，都有一个（群）批评讥讽的人存在。作为表演者，他们当然需要观众，但是在这里观众不再仅仅是被动的见证者，这些观众同时也通过自己的言语进一步凸显了主要表演者的与众不同，因此，观众也就成为了表演的参与者。主要表演者和"观众"之间的关系就变得互相依赖，两者之间的界限从而变得模糊。[1]与清谈和容止的表演相比，与酒相关的"观众"在这一点上尤为明显。在清谈和容止有关的表演中，评论者以正面的褒扬居多，夹杂着一些反面的评价。而在这三则故事中，第一层面的观众都是以与主要表演者不同的立场和姿态出现的，而主要表演者的回答都在直接解释自己为何与观众不同的同时，又间接地表示了与他们的相同之处。主要表演者和观众之间无论在角色上还是思想上都是"将无同"的，所不同的是，主要表演者能认识到这种界限模糊的"将无同"，而观众却是持非此即彼的两分观念的，也许这正是观众对酒的认识不够深刻的缘故吧。

《简傲》篇第2则所讲述的故事中刘昶则看似不是主角。王戎在弱冠之年拜见阮籍，当时刘昶也在座。阮籍对王戎

---

[1]　关于"观众"的理论，参见Nicholas Abercrombie, *Audiences: A Sociological Theory of Performance and Imagination* (New York, USA: Sage Publications Ltd, 1998, pp.39–77)。

说，我恰好有两斗美酒，应该和您一起喝，那个刘公荣没得喝。两个人于是开始觥筹交错，喝得很尽兴，而刘昶则一杯都没有喝。但是三个人还是很正常地清谈聊天。有人问起这件事，阮籍回答说："胜公荣者，不得不与饮酒；不如公荣者，不可不与饮酒；唯公荣，可不与饮酒。"

阮籍的回答阐明的其实并不是为何不给刘昶喝酒，而是为什么可以不给刘昶喝。这两个问题是关联而不同的。刘昶作为阮籍家中的座上宾，能和阮籍、王戎二人清谈甚欢，这足以证明阮籍是"知"刘昶的，对其是了解而欣赏的。因此，阮籍不给刘昶喝酒，不是因为他看不上刘昶而不愿意与之共饮，而是为了向王戎展示为何可以不给刘昶喝酒。要理解阮籍的行为，就要从王戎的拜访开始分析。很显然，这时候的王戎与阮籍还只是初识，并非忘年的好友，阮籍称王戎用的还是"君"，并不是"卿"。但是作为长辈的阮籍对王戎非常赏识，于是拿出两斗好酒，是为了表示自己对王戎的欣赏和肯定。这就是酒身上所蕴含的文化象征：当阮籍拿出酒的时候，就表明已经把王戎当作了自己所在公共空间中的一分子，因此他们的共饮可以说具有相当程度的仪式性。

阮籍显然还想向年轻的王戎传授更多的内容。在名士的圈子里，不欣赏的不一起喝酒，欣赏的一起喝酒，而共饮并不是"知"的最高境界，能和对方共饮而也可以不给对方喝，这才是名士间"知"的更高境界：因为阮籍明确地知道刘昶的气度，他不会因为没酒喝而生气。事实上，当阮籍用几乎和上则故事中刘昶所言一样的句型——"不可不"——来解释时，就已经说明了阮籍对刘昶的肯定。同时，阮籍的回答与上一则故事中刘昶自己的话有着几乎同样的逻辑。两人都以刘昶为参照物，把人分成了三类：比刘昶优秀的，不如刘昶的，以及刘昶。所不同的是，刘昶认为的第三类是和自己一样的人，而阮籍则认为并不存在和刘昶一样的人，第三类中只有刘昶自己。无论阮籍内心对刘昶究竟持何看法，至少在阮籍的眼中，刘昶的独特性已经得到了认同。阮籍不给刘昶喝酒，并不是因为他不"知"刘昶，而正是因为他非常地"知"刘昶。

因此在这场表演中，阮籍更像是一位编剧和导演，而刘昶才是主演，王戎则更像是一位观众。阮籍要求刘昶在没有酒喝的情况下表演出自己的淡然豁达，果然，刘昶非常完美地完成了演出，在不能共饮的情况下面不改色地和阮、王二人清谈，展现了异于常人的气度。而王戎则应该是最终理解了阮籍的苦心，最终成为阮籍的忘年好友。

而在我们这些观众看来，阮籍和刘昶的合作以看似尴尬的场面让人记住了酒在公共空间内的重要性。刘昶正是因为没有酒喝，才显得无比的尴尬，因为当时的名士们把共饮作为相互欣赏的象征，把不愿共饮作为鄙视的标志。但是，刘昶的难能可贵正在于他突破了酒的这层社会含义，从自己出发做到和谁都能共饮，从别人出发则和自己共饮与否都能淡然处之。当然，能达到刘昶境界的人少之又少，用阮籍的话来说，只有刘昶一人而已。这说明绝大部分名士都将能否共饮视为是否互相欣赏互相肯定的一个标志。在这里，酒传达的是一个明确的态度。

通过酒而表达的互相肯定并不局限于友人之间，在上下级之间也是如此。《任诞》篇第29则说，卫永在担任温峤的长史时，温峤对他非常器重，经常带着酒肉去卫君长那里，两个人可以"箕踞相对弥日"，有时候卫永去温峤那里，两人也是如此。可见酒是互相欣赏的上下级之间交流的纽带，通过共饮，两人的上下级关系得到了淡化，而相互间的友情和欣赏则得以凸显。

与之相对的一则故事出自《方正》篇第63则：

> 王恭欲请江卢奴为长史，晨往诣江，江犹在帐中。王坐，不敢即言，良久乃得及。江不应，直唤人取酒，自饮一碗，又不与王。王且笑且言："那得独饮？"江云："卿亦复须邪？"更使酌与王，王饮酒毕，因得自解去。未出户，江叹曰："人自量，固为难。"

这一则故事和上一则形成了鲜明的对比。王恭无法得到江卢奴的欣赏，而后者拒绝长史的位置，并不需要直接的言语，只要通过"酒"这一载体就可以了。江卢奴故意自己喝酒，用这样的表演来拒绝王恭的邀请。他并不是一早起来就酒瘾发作才喝酒，而是借用酒来表达自己的态度，酒在这里成了语言的载体，或者说酒本身就是一种语言。对江卢奴来说，自饮意味着对王恭的否定，这种否定不仅是对于王恭的才性而言的，也是源于王恭对江卢奴的不"知"。既然王恭不了解江卢奴的性格，那么江卢奴对王恭的拒绝也就是自然的了。

而王恭的反应也侧面反映了刘昶的独特。王恭坚持向江卢奴要酒喝，在找了台阶"共饮"之后，才告辞离开，而没有能像刘昶那样淡然地面对不给酒喝的情况。同时，王恭的反应也为之前阮籍的话作了很好的注解。阮籍说不如刘昶的人也不可不一起喝，那是因为很多境界比刘昶低的人会主动要求一起喝，而在这样的情况下，即使是江卢奴甚至是阮籍自己也可能无法拒绝，这是因为很多人像王恭一样"不自知"。

强行共饮的情况并不少见，当然局面也不一定会是尴尬的，这取决于双方的"知"所达到的程度。《方正》篇第29则载：顾孟著经常要和周伯仁一起喝酒，周伯仁总是拒绝。顾孟著就对着柱子说："他是把自己当作了栋梁。"周伯仁听了反而很高兴，两个人于是成了好友。在此顾孟著对周伯仁的知显然比周伯仁对顾孟著的知来得全面，周伯仁并不了解顾孟著的气度和风趣，而顾孟著不但知道欣赏周伯仁，而且知道他会欣赏自己的风趣——这说明顾孟著还做到了"自知"。

在魏晋时期，以互相"知"而经常共饮最为著名的公共团体当属"竹林七贤"。《任诞》篇第 1 则说：

> 陈留阮籍、谯国嵇康、河内山涛，三人年皆相比，康年少亚之。预此契者：沛国刘伶、陈留阮咸、河内向秀、琅邪王戎。七人常集于竹林之下，肆意酣畅，故世谓"竹林七贤"。

刘义庆很明确地指出，所谓"竹林七贤"聚在一起，和哲学、文学或是政治观念没有直接联系，他们之所以在一起，是因为"酒"。他们在竹林之下，在清谈方面并没有独特之处，最大的标签是尽情畅饮。从刘义庆简洁的描述中，是完全看不出竹林七贤是自由和超越的，也不像有的学者所说的那样是"自命不凡而实有缺陷的人。他们恰如同病相怜者一样，需要相聚一起消愁解忧"[1]。第一种论断过于拔高了竹林七贤的境界。自由也好，超越也罢，都是现代的观众赋予他们的概念和观念，事实是根据刘义庆的叙述，竹林七贤并没

---

[1] 冈村繁著，陆晓光译：《汉魏六朝的思想和文学》，第 406 页。

有努力争取自由之意。后一种论断则多少有些过犹不及，在否定他们逍遥豁达的同时，认为他们在一起不过是发发牢骚而已。

从酒所代表的文化含义来看，竹林七贤在竹林下肆意共饮，首先表明了他们之间的互相认同。如果说清谈的双方还需要通过对话来分出胜负从而获得他人的肯定，那么一起共饮的名士之间则不再需要分个高低，甚至不一定再需要语言，他们只需要通过酒就可以表达彼此之间的欣赏。其次，他们的共饮还表达了一种公共性。他们首先正是一群在竹林里共同喝酒的名士。[1]这种公共性不仅表现在他们是在竹林这一公开的场所聚会，更体现在他们的一种开放性。简单来讲，开放性指的是在一个由一群有着共同兴趣和共同利益的名士们所组成的一个公共空间里，并不排斥他人的参与，而这个公共空间的成员也可能参与其他公共空间的活动。根据菲利普·卡特（Phillip Carter）的理论，"礼貌"（politeness）是哈贝马斯理论下的公共空间具有开放性的前提[2]，而竹林七贤之间的相互欣赏正是他们之间具有"礼貌"的基础。而一个公共空间的开放性经常体现在诸如大型晚会（rout）等社交活动之中。这些活动可能在较小的私人场所进行，也会

[1] 冈村繁著，陆晓光译：《汉魏六朝的思想和文学》，第406页。

[2] Phillip Carter, *Men and the Emergence of Polite Society, Britain, 1660-1800*, London, UK: Pearson Education Limited, 2001, p.37.

出现在较大的公共场所之中，参与者并不一定互相欣赏，甚至不一定互相认识。[1]竹林七贤也是一个这样的团体。尽管没有他们七人一起与其他名士喝酒的记载，但是在《世说新语》中，阮咸、刘伶等人都有着与他人一起喝酒的故事，说明所谓的七贤并不是排斥与他人共饮，也不是除了这一团体之外就没有其他朋友的。同时，就《世说新语》的叙述来看，七贤之间也经常分成小团体，比如阮籍和王戎就常常两个人一起喝酒。因此，竹林七贤绝不是一个严密的团体，把他们视为毫无差异的同一种人是一种错觉。这一团体的开放性意味着他们的身份认同是相对模糊的。这种模糊的身份认同表明竹林七贤并非一个在精神或境界上超越了当时其他名士的团体，也不是只有他们才需要同病相怜，他们在一起尽情喝酒，更多的也许是一种互相欣赏，而这样的互相欣赏也不是不变的，而是动态的。

六　酒与礼教的底线

正是因为酒同时代表了礼和知这两个层面的文化内涵，所以它可以被用作触及礼教底线的常用工具。一群人在一起喝酒可以是出于礼仪，也可以是出于欣赏。出于礼仪而在一

[1] Sumiao Li, *Fashionable People, Fashionable Society: Fashion, Gender, and Print Culture in England 1821-1861*, Ann Arbor, USA: University of Michigan, Ph. D. Dissertation, 2008, p.48.

起喝酒之人，有时候在心里并不一定互相肯定对方。鄙视对方之人就可以利用共饮的机会，借醉来表达对对方的不满或轻蔑。《言语》篇第101则载，桓玄有一次拜见司马道子，司马道子已经喝醉了，而当时座上有很多客人。他就问人说："桓温来欲作贼，如何？"桓玄听了伏地不敢起身。这时候身为长史的谢景重说："故宣武公黜昏暗，登圣明，功超伊、霍，纷纭此议，裁之圣鉴。"于是司马道子说："我知！我知！"然后他举杯邀请桓玄喝酒。

这一场面堪称一场精彩的表演。众多的客人是天然的观众，而司马道子和谢景重之间的配合可谓天衣无缝。桓玄的父亲桓温的谋反之心可谓人尽皆知，当司马道子在桓玄来到之后才问这样的问题，可以说是在"醉与不醉之间"，说醉了，那是因为不醉是不会说出这样的话的，说不醉，是因为他说话的时机是恰到好处。观众们可以自己判断司马道子的状态，而这样模棱两可的局面正是酒赋予司马道子的。他们甚至没有办法去批评他：在宾客众多的情况下，司马道子即使喝醉都是由于礼的缘故，每个客人来了作为主人都得陪着喝酒，客人多了他就自然醉了。而这些客人是不是司马道子在知道桓玄会来访的情况下故意请来作为观众和证人的，我们这些千年后的观众就不得而知了。

谢景重的回答看似是替桓玄解围，夸赞了桓温的功劳，将其比作了伊尹和霍光，两者都是位高权重却并没有谋反的典范。谢景重的话仿佛是在对司马道子和众人说桓温也是一位忠臣。然而，这段话完全可以被理解为是对桓温的警告，告诫他应该以伊尹和霍光为榜样，不要试图谋反。谢景重和司马道子的一问一答，正是借用酒在公共空间中的角色，对他们所看不顺眼的桓玄提出了劝诫，更是对在场所有人的一次劝诫。很显然，司马道子和桓玄之间并不互相肯定，但是由于和礼的紧密关系，酒依然给了司马道子借用的机会，让他可以公开质疑桓玄及其父亲。这种在清醒情况下属于"失礼"的话，在"醉"酒的场合就容易被人接受。

在《雅量》篇第21则中，身为弟弟的周仲智同样靠酒对大哥进行了挑衅。他在喝醉之后对大哥周伯仁说，你的才华不如弟弟我，却平白获得了赫赫名声。过了一会儿，他甚至举起蜡烛扔向周伯仁。周伯仁笑着说，你这样用火攻，是下策啊！周仲智对大哥的不满大约是由来已久，可是由于为弟须悌的关系，在正常的情况下，是不敢对周伯仁说如此无礼的话的。正是酒给了他这样的权力。

在严格的礼教中，周仲智的自我肯定在外在的压力下无法得以宣泄，向兄长挑衅是一种社会的禁忌。这样的压制也会进一步导致兄弟之间的紧张关系。而用以成礼的酒却能在很大程度上动摇这一礼仪结构的单一坚固性，让礼变得更有弹性。一方面，周仲智酒后的言行在一定程度上触犯了礼法，释放了内心的自我；但是另一方面，他的举动并没有从正面肯定自己，反而暴露了自己的狭隘，恰恰给了他的兄长周伯仁一个展示其雅量气度的机会。就这样，通过酒，周仲智用冒犯兄长的言行增加了兄长的威望，主观上触犯礼仪的行为却在客观上维护了礼仪。

然而，要使酒能起到通过触犯礼法而让礼法更有弹性的功能，也需要被触犯一方的配合。就本质而言，酒只是工具，重要的是使用工具的人。如果被触犯的一方只是把对方的行为看成是对自己的冒犯，而没有认识到礼的弹性，并利用这一机会展示自己的气度，那么就会变得尴尬。《方正》篇第54则载，王濛、刘惔有一次和桓温一起去覆舟山玩，酒酣后刘惔把脚放在了桓温的脖子上。桓温很是不开心，用手把刘惔的脚拨开了。回来后王濛对刘惔说，他难道可以对人发怒的吗？这则故事的微妙之处在于王濛的话并没有当着桓温的面说，而是在回去之后对刘惔说的。

刘惔酒后之举和上一则故事中周仲智所做的相似，都是借酒来做平时不被允许的无礼之举。王濛的话表明，这样的举动在酒后是被允许的，这是公共空间的游戏规则，因此桓温不应该发脾气。而王濛之所以不和桓温解释，也许是因为他觉得既然桓温不理解或是不接受这样的规则，那么桓温就是不属于同一公共空间的人，解释对他来说是没有必要的。在第一章中，我们已经讨论过桓温在清谈的场合对王濛等人表示了蔑视，可见王濛、刘惔等人和桓温之间不但没有互相肯定，反而是互相轻视的。可是，为何桓温和王濛等人相互看不上，却又保持着相对紧密的联系，经常在同一公共空间参与清谈或饮酒呢？难道不是互相欣赏之人才会选择共饮的吗？

对于这个问题，刘义庆的叙述并没有给我们明确的答案。但是这一现象告诉我们的一个事实是，魏晋名士参与公共空间活动的界限是模糊的。名士间的交往并不存在着非此即彼的原则，即使是自己所鄙视的人，也可能出现在相同的公共空间内。对于一部分人来说，可能会选择坚决不与自己所不欣赏的人共饮，然而这样的坚持只能局限在相对封闭的空间之中。在较大的公共空间中，名士们有很多机会和各类人共饮，这也再次证明了公共空间的开放性。

《世说新语》中与酒相关的各个故事告诉我们，饮酒对于魏晋的名士来说，似乎并不仅仅是一种生理的需要，而且和个性无关。魏晋时期绝大部分的名士都有着酒瘾，这种瘾更像是布迪厄（Bourdieu）所说的生存心态（habitus）的体现。[1] 由于社会对酒的推崇，在名士们的个人意识中充满了对酒的向往，从而试图从多方面通过酒来展示自己。这种瘾更多的是来自内心，是一种渴望在公共空间中"战胜"他人

---

[1] 关于布迪厄的生存心态理论，参见其 *Distinction: A Social Critique of the Judgment of Taste*（Cambridge, USA: Harvard University Press, 1984）。

的社会需求。他们通过酒来展示自己的个性和态度，也表达了自己对他人的判断或欣赏，而重要的是，他们所显示的价值判断表明，好酒所蕴含的文化意义并不是全然的颓废或逃避，也不是彻底的狂放，更不是一种对现实反抗或是对自由的追求，而是在遵循一定的社会礼仪、习俗和规则的情况下，对自己才性的展现。

嗜酒的名士们同样遵循着"将无同"的原则，一方面认可酒与礼的密切关系，在公共空间内通过酒来表明自己对既有社会体系的认同，而在另一方面，则利用酒可以让人"醉"的特点，通过各种极端的方式来表现自己对于礼仪、社会和他人的独特见解。也就是说，名士们在酒的世界里所展现的个性，并不是要从根本上对抗这个社会的规则，而是对这个社会的规则作了自己的诠释。而这样的诠释和清谈有着一样的效果，可以让他们在与同侪的竞争中脱颖而出。

《豪爽》篇第13则中说，王敦每次酒后就吟诵"老骥伏枥，志在千里。烈士暮年，壮心不已"，然后用如意击打唾壶，壶口都破损了。这则故事很好地说明了名士如何通过酒来表达自己的态度。王敦所吟咏的是曹操的诗句，而曹操的身份人尽皆知，王敦此举从广义来说是用曹操的诗句来激励自己，而从狭义来说则是向大家表明自己的野心——要成为曹操这样手握大权之人。然而，王敦在且只在酒后吟咏，这首先是因为他要表达的是对当前社会体系的认同，他不想公然做一个乱臣贼子，同时他也想展示的是在认同的前提下，对当前社会的不满以及做出相应改变的抱负，然而这种理想绝不是要从根本上否定社会的制度。至于他究竟是想篡权夺位，还是想做一个匡时救世的重臣，这就让观众有了自己判断的自由。这样"有意无意之间"地表述自己的态度，正是由酒赋予了这种可能性，而在抛却一般的善恶准则的前提下，王敦通过酒所表达的态度是积极的，正面的，而不是消极的，颓丧的。这正是《世说新语》向我们所展示的名士们和酒之间的关系。

和酒一样让名士们可以在有意无意之间表达自己态度的，还有魏晋时期公共空间中常见的幽默。在下一章中，我们就将探讨名士们是怎么通过幽默来展开竞争的。

第四章
幽默的正确打开方式

一 作为竞争的幽默

幽默是《世说新语》叙述语调中的主旋律之一。如果我们把名士们之间的对话视作一种表演，那么他们的演出多少带有一点喜剧色彩。

正如林语堂所说："幽默本是人生之一部分，所以一国的文化，到了相当程度，必有幽默的文学出现。"[1]而根据马哈德夫·阿佩特（Mahadev Apte）的观点，幽默是一种文化观念和现象，它通过对外在事件中所含的文化元素进行出人意料的组合，让人觉得夸张、扭曲、突兀，从而产生笑

---

[1] 林语堂：《论幽默》，收录于《林语堂散文精选》，武汉：长江文艺出版社，2013年，第75—85页。

意。[1] 两种论述都表明任何一种文化中都会有幽默，传统的中国文化也不例外。不过由于幽默经常是瞬间性地出现在某一个特定的场合，很难被复制，而且又主要是通过口语的形式出现，因此在被文字记载入典籍后，后世的读者——尤其是外国的读者——很难领会到当时场景出现的幽默的微妙之处。[2] 幸运的是，《世说新语》本身就以记"言"见长，刘义庆精妙的叙述给我们以充分的想象空间来还原当时的语境，体会当时的幽默，而这是在《世说新语》之前的文献中所见不到的。从这一角度来说，《世说新语》可谓是中国幽默文学的第一个高峰。

《世说新语》对幽默的重视也许并不是一个偶然。首先，幽默在本质上就是人与人之间的一场竞争，而《世说新语》所描述的则是魏晋名士们之间的相互竞争，幽默自然就成了其中的重要一环。为什么说幽默是一种竞争呢？尽管学者们对幽默的定义和特点有着不同的理解，但有一点是明确的，那就是如果一个行为或是一句话是幽默的，那么它就一定会让在场的人笑——无论是大笑还是会心一

---

[1] Mahadev L. Apte, "Humor Research, Methodology, and Theory in Anthropology", in *Handbook of Humor Research*, vol.1, No.1, 1983, pp.183-212.

[2] Christoph Harbsmeier, "Humor in Ancient Chinese Philosophy", *Philosophy East and West*, vol.39, No.3, 1989, pp.289-310.

笑。这样的笑并不是出于单纯的开心。当春日里阳光灿烂，人们见到百花盛开而微笑，这是源于自身的单纯的开心，并不依赖于他人的存在。而出自幽默的开心则大多在夸张或是扭曲的同时需要以取笑某一个（群）人为前提。有的是对话的双方共同以他人为取笑的对象，有的则是对话双方中的一方取笑另一方。当被取笑者就在对话的当场时，幽默的效果往往能最大化，而对被取笑者的一方来说，也可能会带来最大的耻辱感，同时，作为取笑者也能够获得胜利感，因而这两者之间的微妙关系就会变成竞争化的关系。在《世说新语》的语境下，名士们的言行之所以能让其他观众觉得有趣，在相当大的程度上正是以其中某一位（群）参与者的"丢脸"为代价，而在某一位（群）参与者失去了荣誉遭受到一定程度的羞辱时，另一位（群）参与者则会获得荣誉和好评，幽默就这样成了魏晋名士之间荣誉和耻辱的调节器。

其次，作为一种竞争，幽默的杀伤力并不会像清谈那样大。在很多情况下，清谈是可以明确分出高下的，其结果就是擅长清谈的人被人称颂，而清谈能力欠缺之人则为人所鄙视。如果说在清谈中名士们是从正面来凸显和坚持自己的才华，那么幽默的竞争手段则是通过反面——暴露的是对方的缺点。和清谈相比，幽默的胜负并没有那么明显，而随之带来的荣辱也就没有那么强烈。正如卡斯琳·希金斯

（Kathleen M. Higgins）所说，幽默产生的笑模糊了自己与他人之间的界限，肯定了自己与他人之间的互为影响，从而让自己的身份认同充满了灵活性。[1]在此基础上所产生的胜负或荣辱，就不再是全然敌我对立的，而是带有着嬉戏与调侃的性质。也就是说，幽默固然是一种竞争，却可以调节人与人之间的关系。

同时，幽默也可以让名士更好地审视自己。自省原本就是儒家的传统，而对魏晋名士有着极大影响的庄子也非常重视自省。[2]即使是再优秀的名士，在竞争中也会有自我怀疑的时候，而幽默可以让人不再通过强调自我的重要性来让自我怀疑消失，而是通过嬉笑来让缺乏安全感的自我获得肯定和自信。因此，与其说幽默是一种带有进攻性的竞争，不如说它是一种出于自我保护的比赛。它是在承认自己有所欠缺的前提下进行的竞争。而当一个人正视自己的弱点时，在一定程度上对其竞争对手也就具有了同情之心，不会在获得胜利的时候觉得自己占据着绝对的优势，也不会想和对方划清界限，而是会承认并接受自己和对方一样都存在不足。这种状态当然符合"将无同"的理念，也自然会成为魏晋名士风雅竞争的手段之一。

---

[1]　Kathleen M. Higgins, *Comic Relief: Nietzsche's Gay Science*, p.46.

[2]　关于庄子的自省，可以参看闫月珍《现象学与中国文艺理论沟通的可能性》(《文艺理论研究》2005 年第 2 期)。

最后，幽默既然是一种竞争，可以给人带来荣辱，那么它一定具有公共性。法国哲学家柏格森认为，如果要完全理解笑与幽默，那么就一定要在社会环境中来理解它们。[1]从西方的传统来说，幽默和公共空间有着紧密的关系。作为古典修辞学的重要组成部分之一，幽默本身就具有影响公共观念的潜能。人们可以用幽默更有效地在公共空间中传达他们对某些问题的看法。[2]从《世说新语》来看，名士们之间的幽默不但是在公共空间中展示的，而且要理解他们的幽默也需要了解当时的社会习俗。魏晋的思想和生活组成了名士们幽默的语境和内容之基础，因此幽默也成为深入考察魏晋思想和生活的主要切入点之一，可以让我们在莞尔一笑的同时了解当时人对多种问题的看法。而旨在多方面描写魏晋名士生活的《世说新语》，也顺理成章地记录了很多饱含着幽默元素的故事。

二　幽默与"知"

从清淡到容貌举止，再到幽默，体现的是《世说新语》对"知"一以贯之的叙述。对魏晋名士来说，幽默最主要

---

[1]　Martin Shuster, "Humor as an Optics: Bergson and the Ethics of Humor", *Hypatia*, vol.28, No.3, 2013, pp.618–632.

[2]　Elizabeth Benacka, *Rhetoric, Humor, and the Public Sphere: From Socrates to Stephen Colbert*, Lexington, USA: Lexington Books, 2017, p.1.

的意义在于通过一场戏谑的比试表演而达到"知"的目的。《世说新语》中的《排调》篇集中地体现了这种方式的比试，而"排调"二字，在吴越方言中，正是戏弄的意思。

《排调》篇第44则说：

> 郗司空拜北府，王黄门诣郗门拜，云："应变将略，非其所长。"骤咏之不已。郗仓谓嘉宾曰："公今日拜，子猷言语殊不逊，深不可容！"嘉宾曰："此是陈寿作诸葛评。人以汝家比武侯，复何所言！"

这则故事的幽默看似以"损人"为核心。郗、王两家虽然是亲戚，但是王家的几个兄弟一直以傲慢无礼而闻名，对郗家缺乏应有的尊重。因此当王徽之在郗愔拜官的大喜日子里说"应变将略，非其所长"时，很明显用的是其字面意思来讥讽郗愔。对于经典的断章取义在中国有着悠久的传统，在《左传》等典籍中多次在外交场合引用《诗》的例子，其中很大程度上所要表达的意思和原诗的含义并无直接关系，而只是借用了具体所引诗句的字面意思。金鹏程（Paul R. Goldin）指出，以经常被引用的《北山》（《诗经·小雅》）为例，"普天之下，莫非王土；率土之滨，莫非王臣"经常被人引用，但是几乎所有引用者都是为了强调帝王对天下统治的合法性，而并不在意原诗之意在于哀叹"劳于王事，而不得养父母"。[1]在这样的传统影响下，王徽之吟咏"应变将略，非其所长"当然不会是在夸赞郗愔。

然而，王徽之又没有直接贬低郗愔，他所说的话的确出自陈寿之语。因此，王徽之的话正在"贬与不贬之间"。如何去理解他的语意并对其调侃作出适当的回应，就体现了"知"的不同境界，相当于王徽之调皮地出了一道题，等着郗家的兄弟来解答，于是就变成了郗家兄弟和王徽之之间的一场竞争。而郗家两兄弟的反应也很好地表现了"知"的不同境界。郗仓对王徽之显然不够"知"，他只是觉察到了王徽之的傲慢，并由于感觉受到了冒犯而感到愤怒，但是却并没发觉王徽之在引经据典，也不觉得自己的愤怒恰恰暴露了自身的无知。因此，从"知"的角度来说，郗仓既不知人，也不自知，自然也就无法被他人赏识。因此，在王徽之和郗仓之间的竞争中，后者处于绝对的下风。

相反，当王徽之反复吟诵这两句话的时候，郗超完全了解对方所说的字面含义、语句出处以及背后所可能蕴藏的挑衅，因而不对他作直接的回应。郗超明白如果自己正面还击的话，就落入了王徽之的陷阱，而沉默则是最好的回应。郗超的沉默表明了自己的两种态度：其一，如果王徽之是在赞

---

[1] Paul R. Goldin, *After Confucius: Studies in Early Chinese Philosophy*, Honolulu, USA: University of Hawai'i Press, 2005, pp.19–35.

扬,则沉默表示不接受这样的褒扬,不敢把自己的父亲和诸葛亮相提并论,这显示的是谦逊;其二,如果王徽之是在讥讽,那么沉默表示的是不与对方计较,把对方的话当作对父亲的夸奖,这显示的是气度。当郗家人沉默而王徽之不断吟咏的时候,郗超主动避免自己成为表演者,而是作为观众和其他人一起观看王徽之的表演,从而在后世观众的眼里,成为成功的表演者。在这一场合下,"骤咏之不已"这句描写是关键。本来王徽之想调侃郗家,如果郗家兄弟们接话,他就不用长时间自言自语,结果当郗超们选择沉默后,王徽之就只能长时间尴尬地自我表演,反而成了被调侃的对象。如果说郗超与王徽之之间是一场较量的话,那么前者在知己知彼的情况下展示了自己的见识、谦逊与气度,成为胜利者。

而王徽之的心态也很耐人寻味,他究竟是想夸奖还是讥讽?如果他不了解郗家兄弟的话,那么说这样的话就可能导致纷争,在如此喜庆的场合出现这种情况,对王徽之本人来说也并无裨益。我们可以推测王徽之是了解对方的,他知道郗仓相对无知,但郗超却肯定了解这句话的出处,因此他知道说这话不会引起难堪的后果。那么,既然王徽之对郗家兄弟非常了解,就应该可以预见郗超是不会发难的,那么他为何不避尴尬地不断吟咏呢?

刘义庆的叙述将细心的观众引入了一个猜测,那就是王徽之和郗超有可能是在合力演一出戏。王徽之故意自取其辱般地吟咏，为的是突显郗愔之子的气度和见识。这出戏从第一层面看上去是王徽之在和郗家开玩笑，从第二层面来看是郗超故意沉默，从而开王徽之的玩笑，而从第三层面来看，则是两人合起来在开观众的玩笑，让观众先是惊讶于王徽之的无礼，再是折服于郗超的气度，而当观众觉得王徽之的不断吟咏有些滑稽的时候，也许王徽之和郗超两人正相视会心一笑。伊斯雷尔·瑙克斯（Israel Knox）认为幽默是一种自由，这种自由的出现依赖于两个条件：一是人们在经历一种看似混乱的局面之时感到独特的喜悦；二是人们原本认为这个局面应该是严肃而有序的。[1]根据瑙克斯的定义，这则故事中王徽之和郗超的表演无疑制造了幽默：在原本应该严肃喜庆的场合下，王徽之可以引经据典地开玩笑，而郗超则一声不吭让对方开玩笑，这让观众感到秩序被打乱，而表演者和那些能够领略他们表演的观众则会感到一种轻松有趣的自在感。

当这种由幽默带来的"自由"广泛出现于各种公共场合的时候，我们似乎很难认为这是政局动荡社会黑暗所造成的结果——这或多或少是一种成见，也无法把这样的生活态度和对社会的反抗联系在一起。斯宾塞和弗洛伊德等人的确认

---

[1] Israel Knox, "Towards a Philosophy of Humor", *The Journal of Philosophy,* vol.48, No.18, 1951, pp.541-548.

为幽默是人们释放心理压力的一种表现方式[1]，但是这样的压力在任何时代任何社会都存在，《世说新语》中魏晋名士对幽默的喜爱并不表明他们所受到的来自政治或是社会的压力和其他时代的文人相比特别大，也许只能表明《世说新语》记录语言的技巧和前人相比更为娴熟精巧。

名士们通过幽默所传达的轻松气氛给后世的观众以活泼之感，让我们感到名士们可爱可亲。通过幽默，他们所展示的是一种另类的竞争，在幽默的竞争中，他们也许依然在乎对自己才华与个性的展示，胜负本身反而显得并没有那么重要。因为这些言行是对现实秩序所作的暂时的甚至只是瞬间的破坏，所以无法用现实秩序中正常的标准来对这样的竞争进行评判，这注定了无论是表演者还是观众，都可以相对自由地对竞争作出评判。以上述故事为例，王徽之和郗超可能都认为自己获得了胜利，我们也可以各自选择心目中的胜利者。也就是说，尽管柏拉图、亚里士多德和霍布斯都曾指出，幽默是觉得自己对于他人有优越感的表现，但是在《世说新语》的幽默中，这样的优越感在很大程度上是相对的，在不同人的眼里完全可能有不同的胜利者。"将无同"的态度也同样适用于幽默，也许这正是《世说新语》幽默的基点。

----

[1] Thomas C. Veatch, "A Theory of Humor", *Humor*, vol.11, No.2, 1998, pp.161-215.

三 幽默的主要话题

在《世说新语》中，这种可以给名士们带来自由感的幽默主要来自几个方面，包括长辈、男女关系、地域、政治和生理缺陷等。这些方面一般来说都是需要特别注意言语的领域，谈论时的禁区较多，对言语的使用也比较讲究。正如瑙克斯所说，人们在谈论这些话题的时候，默认或预想的是一个严肃的语境，使用的是礼貌的语言。在这样的预设下，当秩序被某些出人意料的言语或行为所打破时，人们在意外的同时，情绪更容易得到释放，获得瑙克斯所说的情绪上的快乐与"自由"。

（一）长辈

《排调》篇第2则很好地诠释了当时的名士如何开对方长辈的玩笑：

> 晋文帝与二陈共车，过唤钟会同载，即驶车委去。比出，已远。既至，因嘲之曰："与人期行，何以迟迟？望卿遥遥不至。"会答曰："矫然懿实，何必同群！"帝复问会："皋繇何如人？"答曰："上不及尧、舜，下不逮周、孔，亦一时之懿士。"

众所周知，在中国传统文化中，称呼尊长必须要回避他们的名讳，直接称呼对方父亲的名字是一种无礼的行为。[1]
对自己父母以及他人父母的尊敬，是社会广泛接受的基本习俗。在第三章中我们已经看到，《任诞》篇第50则中当王忱问桓玄要温酒时，仅仅是因为提到"温"这个字，桓玄就觉得对方犯了自己的家讳而流泪，而王忱在意识到自己的错误时也夸赞了桓玄。可见对长者的尊重是当时的共识。正是由于对长者的尊重是正常社会礼仪的重要组成部分，使得对长者开玩笑具有了特殊的笑点。也就是说，最严肃的领域，恰恰是幽默的最大温床。在此，在原本个人应该用符合道德行为来彰显自己价值的领域，名士们选择用和道德行为相左的幽默来凸显个人的品性。

钟会和晋文帝等三人的对话表明了他们所处的公共空间的自由性。他们也许官职不同，地位有异，可是当他们相处之时，可以不顾及这些身份，自在地用言语开对方的玩笑。地位尊者不用忌讳自己对地位较低的人开玩笑而被他人认为仗势欺人，地位卑者也无须担心自己对地位较高的人开玩笑而遭对方报复。双方更多的是在语言上作较量，展示自己的应变能力和语言才能，用对方的长者作为开玩笑的对象不过是让较量充满趣味，而并没有真正的侮辱之意。在这则故事

---

[1] 何忠礼：《略论历史上的避讳》，《浙江大学学报》（人文社会科学版）2002年第1期。

中，双方作为讲笑话的一方和听笑话的一方都认同这样的文化共识，而这样的互相调侃则反而能让他们不但没有感到冒犯，反而会让彼此觉得更加亲近，因为只有亲近的朋友之间才会觉得这是一种幽默，而不是一种无礼的冒犯。[1]这也足以证明当时政治气氛的轻松，让观众去除魏晋之际政局动荡对人残酷束缚的成见。

"长辈"作为幽默的重要话题之一有可能会让人觉得冒犯，《排调》篇第33则说：

> 庾园客诣孙监，值行，见齐庄在外，尚幼而有神意。庾试之，曰："孙安国何在？"即答曰："庾稚恭家。"庾大笑曰："诸孙大盛，有儿如此！"又答曰："未若诸庾之翼翼。"还，语人曰："我故胜，得重唤奴父名。"

"盛"正是孙安国的名字，而"翼"则是庾稚恭之名，"诸孙大盛"和"诸庾翼翼"也意思相仿，在字面上都是在夸赞对方家族人才众多。而小朋友在回家后对人说自己赢了，因为他叫了对方父亲的名字"翼"两次，而对方只叫了一次。

这则故事表明，连小儿都知道一方面父讳是不可冒犯

---

[1] Jerry Palmer, *Taking Humor Seriously*, London, UK: Routledge, 2003, p.153.

的，而另一方面如果有人冒犯了，则可以且应该正面还击，而这样的还击，就是一场竞争或是交锋，因此齐庄会得意地说"我故胜"。不过，这也意味着这次交锋很可能只有庾园客从中感受到了幽默或是有趣：他是故意逗齐庄的，为的是试验一下小朋友的才华，因而当小朋友迅速回应的时候他哈哈大笑；而齐庄却是认真地把对方的话视为挑衅，对他来说很可能这本身并不有趣，赢了这场交锋才是意义所在。很显然，齐庄虽然才华过人，却依然是个小朋友，并没有理解庾园客开玩笑的初衷。因此这一故事中的"知"是单向的：只有孙盛了解并欣赏小朋友的才华。

　　这意味着对幽默的领悟需要一定的年龄和阅历。正如杰瑞·帕尔默（Jerry Palmer）所言，如果一个人在讲笑话的时候，听者无法感受到其中的幽默，反而觉得是一种冒犯，那么对他来说幽默就会失去功能。[1]但是，对讲述者来说，对方没有领会幽默却有可能反而让他觉得更加有趣，因而庾园客会哈哈大笑。对庾园客来说，自己在这一场对话中也获得了胜利，成功地逗得年幼的齐庄反击，而这样的反击正是庾园客所预想的。如前所述，幽默作为一种竞争可以让双方都获得满足，觉得自己是胜利者，而不像清谈那样有着较为明确的高下之分。庾园客和孙齐庄各得其所，这大约也正是幽

---

[1]　Jerry Palmer, *Taking Humor Seriously*, p.164.

默的社会功效吧。

（二）男女

男女关系也是《世说新语》幽默的内容之一。和古希腊人动辄用性器官开玩笑相比，魏晋名士的幽默之言有趣而不流于粗俗。《排调》篇第 11 则说：

> 元帝皇子生，普赐群臣。殷洪乔谢曰："皇子诞育，普天同庆。臣无勋焉，而猥颁厚赉。"中宗笑曰："此事岂可使卿有勋邪！"

这则故事的幽默来自晋元帝司马睿，从中也可以体会出司马睿和大臣之间友善的关系。在这一场景中，殷洪乔并不是司马睿讲话的唯一听众，其他大臣以及作为读者的我们都感受到了司马睿的幽默。这一方面表明司马睿的应变能力很强，可以轻松地把原本显得有些尴尬的"马屁"转化成幽默，而他的话中所包含的幽默，可谓是历时而不衰的，一千多年后的读者依然可以感受到有趣而会心一笑。不需要用任何一个与性器官有关的字眼，就可以让大家对男女之事心领神会，这也许就是中国式幽默的特点之一。

另一方面，这个故事也说明当时的君臣关系相对比较随性而融洽，这或多或少是由于司马睿势力不强，需要依赖以王导为首的群臣支持，但客观上则在原本应该是严肃的场合呈现出一种自在的局面。这样的自在并不是个人打破礼教的结果，而是作为君王的司马睿通过幽默来传达的。

值得注意的是，在这则故事中，司马睿开的其实是"自己"的玩笑。当他对殷洪乔说这件事情你怎么可以有功劳的时候，其实自己也成了玩笑的一部分。由此可见司马睿并不在意自己成为玩笑的对象。这也许是因为主动让自己成为玩笑的对象可以让别人更好地通过"笑"来了解自己的气度。

《排调》篇第8则所讲的故事中，王浑的妻子也是主动开自己的玩笑，而这个玩笑也和男女关系有关。这或许告诉我们和男女关系有关的玩笑最好是自己开自己的，如果是开别人的玩笑，就有可能沦为下流。这则故事说，王浑和妻子钟氏一起坐着，看见儿子王武子从院子里走过。王浑开心地对妻子说，生了这样的一个儿子，真的足以让人感到开心啊。钟氏笑着说，如果让我和你弟弟王湛结婚，那么生出来的儿子应该比这样的还要好。

王浑的妻子钟琰出身于名门，曾祖乃是钟繇。她在这里所开的玩笑，即使以现在的标准来说，尺度都不可谓不大。当一位女性对她丈夫开这样的玩笑时，很难说她丈夫不会多心或是介意。如果说司马睿是因为身处高位——既是君王又是男性，所以可以主动让自己置身于玩笑的中心而不用担心丢面子或是被斥责的话，那么钟琰身为王浑的妻子，完全没有司马睿所拥有的地位，为何也敢于让自己和自己的丈夫成为玩笑的对象呢？

经常有学者用魏晋时期妇女个性解放来诠释钟琰这样的行为："（魏晋时期）妇女以反传统的姿态登上了社会舞台……自由表达自己的个性。"[1]这样的解释忽略了女性在公共领域和家庭内部的多重关系。事实上，当女性可以表达自己个性时，意味着作为妻子、女儿或是母亲，她们的所言所行都可以为她们的丈夫、父亲或是儿子所接受。因此，钟琰开玩笑同时也是王浑境界的反映，表明了王浑的胸怀；也是钟琰父亲影响的体现，甚至还是其子王武子包容的证明——这种对于自己血统的玩笑，不少儿子是很介意的，莎士比亚笔下的哈姆雷特可正是为了父亲而向叔叔与母亲寻仇的。因此，钟琰看似是在贬低自己的丈夫，而事实上则恰恰凸显了丈夫的大度以及她家人的涵养。她知道无论是王浑还是王武子都不会因自己的玩笑而生气，这也说明了钟琰对王浑的"知"。

美国社会学家塞拉·本哈比（Seyla Benhabib）认为，性别本身就决定了谈话的方式、内容和所使用的词汇、语言，并且体现了整个社会的集体观念。[2]这是就男女两性的差异

---

[1]　庄华峰：《魏晋南北朝妇女的个性解放》，《中国史研究》1993年第1期。

[2]　Seyla Benhabib, "Feminism and Postmodernism: An Uneasy Alliance", *Filosoficky Casopis*, 46(5), 1998, pp.803-818.

而言的。而《世说新语》中钟琰和司马睿各自所开的玩笑，却表明两者虽然存在着性别的差异，但是在对男女关系开玩笑这方面却具有相似性，也就是说本哈比的理论在此并不适用。按照她的观点，男女由于性别的差异会对同一问题有着不同的叙述手法和态度，那么作为男性代表的司马睿可以自然地开男女关系的玩笑，而作为女性代表的钟琰则应该对此有所顾忌。而在刘义庆的叙述中，性别的差异并没有决定性的影响，钟琰和司马睿都对男女关系持非常开明的态度。

这也许表明在当时男女之间，达到了哈贝马斯所说的"相互主体性"的认同。哈贝马斯指出，只有通过相互之间的认可，人们才具有自己的身份认同。也就是说，在人与人之间的交往中，并不是只有强势的一方才具有主体性，而弱势的另一方只能被动地了解并接受对方；相反，在理想的状态中，交流的双方都具有主体性，而每一方的主体性也依赖于对方的了解和认可才得以完善。[1]在这种状态下，双方的相互影响是通过交流的方式——而不是完全竞争的方式——来实现的。在哈贝马斯看来，交流性的相互作用意味着大家具有一些公认的规则，并以此来展开合作、交往和对话。他们并不试图通过威胁制裁对方来获得对方的臣服，也不存在着一边倒的

---

[1] Jürgen Habermas, "Reflections on Communicative Pathology", *On the Pragmatics of Social Interaction*, Cambridge, USA: MIT Press, 2001, pp.129–170.

一方听从另一方的关系。[1]因此,《世说新语》中的女性可以和男性一样开男女关系的玩笑这一事实或多或少表明,当时男女之间在一定范围内存在着性别间的平等。尽管相对而言女性是较弱的一方,但是她们还是可以通过幽默来与男性互动,从而促进男女双方对自己与对方都有更为深入的了解。[2]

抑或,这则故事和上一则故事一起,在一定程度上是当时不少名士对夫妻关系态度的反映。毋庸置疑,从礼教来看,夫妻是极为重要的人伦关系,对于婚礼重视的故事在《世说新语》中也有记载。对原本应该严肃对待的关系开玩笑,究竟是表现了对这一关系的轻视,还是从反面表达了对这一关系的重视,也许答案也在有意无意之间。

（三）地域

名士间经常开玩笑的还有"地域"。例如《排调》篇第10则说:

> 陆太尉诣王丞相,王公食以酪。陆还遂病。明日与王笺云:"昨食酪小过,通夜委顿。民虽吴人,几为伧鬼。"

---

[1] Jürgen Habermas: "Reflections on Communicative Pathology", *On the Pragmatics of Social Interaction*, pp.129–170.

[2] Mary Crawford, "Gender and Humor in Social Context", *Journal of Pragmatics*, vol.35, No.9, 2003, pp.1413–1430.

美国人类学家阿兰·堂德斯（Alan Dundes）在谈到犹太人很喜欢笑话的原因时指出，犹太人之所以有着无穷无尽的笑话，是因为笑话可以帮助他们抵御长达多个世纪的歧视和偏见。[1] 从某种意义来说，幽默和压抑是一对双胞胎。这一点在《世说新语》有关地域的笑话中体现得特别明显。正如学者们所指出的那样，魏晋南北朝时期的南北民族一直处于不断冲突和融合的状态之中。[2] 在这种情况下，在政治、军事上处于劣势的南人也自然地会像犹太人一样，通过幽默来调侃现实、调侃北人，同时也调侃自己，来表达内心的愤懑，从而调节心态更好地面对现实，完成从冲突到融合的过程。

关于陆玩和王导之间的交往，《世说新语》在《政事》篇中也有讲述。《政事》篇第13则说，陆玩和王导商量事情，经常谈完后就变卦。王导对此感到诧异，就问陆玩缘由。陆玩说："公长民短，临时不知所言，既后觉其不可。"陆玩这样回答，当然也是出于戏谑幽默的口吻。和前一则故事相同的是，陆玩用了"民"这个称谓来指代自己。南北之间的不同，就这样微妙地被暗示成了民和公之间的差异。虽

---

[1] Alan Dundes, *Cracking Jokes: Studies of Sick Humor Cycles & Stereotypes*, USA: Quid Pro Books, 2017, Chapter 6.

[2] 参见王娟：《冲突与融合：魏晋南北朝时南人北迁研究》，上海师范大学2013年博士学位论文。

然在此"公"特指贵为丞相的王导，但是从广义来说，北方人的政治地位的确要比南方人高。因此，陆玩反复用"民"自称，恐怕代表的不仅仅是其本人。在"乳酪"故事中，看似陆玩强调的是南北之间饮食习惯的差异，实则暗含了南北方地位的差异——身为南方人的陆玩即使吃不惯乳酪也要吃，即使身体会不舒服。

　　当然，身为北人而贵为丞相的王导也明白这种南北之间的冲突存在。因此，当陆玩一次又一次地以开玩笑的方式指出南北（民公）之间的差异时，王导虽然没有直接回复，却以沉默来表明自己对陆玩所言的包容。如果不是默许而是不满，那么陆玩就不会有再次开玩笑的机会。也许，陆玩的玩笑并不是想表明对北方食物的嫌弃，而是试图让王导明白南北方之间的差异，从而让后者用不同的方式进行管理——如果一味地用北方的方法管理或结交南方人，就可能像给南方人吃乳酪一样，造成后者的不适。在《政事》篇第13则中，陆玩也是通过近乎行为艺术的方式，促使王导发问，从而有机会指出"公"和"民"之间的问题，即北方的统治者和南方的被统治者之间存在的难题，那就是"民"（南方人）可能在"公"（北方人）面前紧张而不知道说什么，从而给后者造成一种"民"善变的错觉。

　　《方正》篇第24则很好地证明了陆玩对南北差异的自觉认识：

王丞相初在江左，欲结援吴人，请婚陆太尉。对曰："培塿无松柏，薰莸不同器。玩虽不才，义不为乱伦之始。"

王导刚到江南时，想结交吴地之人，就向太尉陆玩提出结成儿女亲家。陆玩回答说，小土丘上长不了松柏，香草和臭草不放在同一个花瓶里，即使我不才，按道理也不能带头做出破坏人伦的事情。这个故事比较直接地表达了陆玩对于南北融合的拒绝和排斥。在这里处于相对弱势一方的南方人陆玩和谈及乳酪时一样，用看似自谦的话展现出自己对北方种种的优越感，凸显了南北方之间的矛盾。

当我们发现刘义庆在不同的章节里反复讲述陆玩和王导之间就同一问题所展开的对话时，也许我们应该再次用表演和观众的理论来诠释它们。在刘义庆笔下，当陆玩和王导同时登台的时候，他们的表演就是为了展现南北地域的矛盾。根据胡宝国所说，轻视和排挤那些到南方的北方人的并非是南方的土著，而是更早过江到南方的北方人。[1]因此南北之间的对立不但存在着多重的关系，也不能够通过简单的比较或争执来解决。那么在与陆玩的幽默竞赛中，王导可能并

---

[1] 胡宝国：《晚渡北人与东晋中期的历史变化》，《北大史学》2009年第1期。

不是一个被取笑者，他完全有可能是和陆玩一起进行了这场表演。

通过作为下级的南方人不断取笑作为上级的北方人，他们让当时其他观众更好地了解南北方的差异，从而寻求更合理的方式相处。而一千多年后的我们之所以还能够从他们的表演中感到幽默，那是因为无论是现在中国的南方与北方，还是整个世界的东方和西方之间，都依然需要面对由地域差异和歧视而造成的各种问题。正如拉贾葛佩尔（A. Rajagopal）在反思哈贝马斯公共空间理论时所指出的，地域、语言和阶级的差异会导致公共空间的分裂。[1]陆玩和王导所处的东晋，可能同样面临着不同地域和阶层的名士无法在同一公共空间下和谐交流的危机，而他们正是用幽默来尝试化解这一潜在危机的。

（四）政治

《排调》篇第5则所讲的故事，也和南方与北方的相对性有关。晋武帝司马炎问孙皓，听说你们南人喜欢作《尔汝歌》，你是不是也擅长呢？当时孙皓正在饮酒，于是举杯向武帝进酒说："昔与汝为邻，今与汝为臣。上汝一杯酒，令汝

---

[1] Arvind Rajagopal, *Politics after Television: Hindu Nationalism and the Reshaping of the Public in India,* Cambridge, UK: Cambridge University Press, 2001, pp.151–155.

寿万春!"晋武帝听了之后非常地后悔。

和陆玩与王导之间的对话相比,这则故事具有更强的"政治性"。"政治"是《世说新语》叙述的幽默故事所涵盖的另一个值得注意的方面。其实从广义的角度来说,前文所述的晋元帝主动开玩笑的故事也发生在君臣见面的政治场合,而从严格的意义来说,晋元帝的故事并不属于"政治性"的幽默。在此所谓的"政治性"幽默,一般指的是地位相对较低的人开政治地位较高者的玩笑。从这个意义来说,晋武帝和孙皓之间的对话才是一个政治性的幽默,孙皓直接利用晋武帝的问话,开了对方的玩笑。

可以猜想的是,当晋武帝问自己的手下败将孙皓是否擅长作《尔汝歌》之时,他肯定对这位吴国的末代皇帝充满了嘲讽。这种嘲讽自然是源于晋朝在政治和军事上的胜利,带着北方人浓浓的优越感。不过晋武帝显然对幽默的力量缺乏充分的认识。孙皓虽然是一位暴君,但是应变的能力却不俗。他通过晋武帝《尔汝歌》中的"汝",在完成了晋武帝对他所下命令的同时,也彻底地调侃了晋武帝。"汝"在当时虽然是第二人称,但是却带着很强的轻蔑口吻,当孙皓一口一个"汝"地向晋武帝敬酒之时,他显然成功地调侃了对方,成为这次比赛的胜者。因而最后晋武帝"悔之",觉得自己不应该主动挑起这个话题,最终反而自取其辱。

弗洛伊德曾说,通过使我们的敌人变得弱小、低级、可憎或可笑，我们就可以通过迂回的手段获得战胜对手的愉悦感。[1]当外部环境不允许孙皓对晋武帝进行批评或攻击时，幽默就成了他反抗权威的最好武器，从而使心里的压力和愤懑也得到了释放。不过如果我们从公共空间的角度来看这则故事，刘义庆的叙述所表现的则似乎并不限于孙皓捍卫了自己这一点。孙皓正在喝酒这一细节表明，当时君臣正在宴席之中，因此孙皓和武帝之间的对话是有直接观众的。可以想象的是，这些观众是其他大臣。孙皓在大臣面前令武帝没有面子，而在刘义庆的笔下，席中居然没有阮籍丧母喝酒时何曾那样的人物站起来斥责孙皓，要知道孙皓在反击武帝的同时，打击的也是在座其他北方大臣的气焰，而这些大臣的沉默令我们这些间接的观众很难想象当时的场景是如何继续的。刘义庆只告诉我们武帝"悔之"，那么，大家就在沉默中尴尬下去了吗？抑或，这样的沉默也传递着某种可以为我们诠释的信息？

群臣的沉默表明，作为直接观众的他们并不觉得皇上和他们自己受到了孙皓的侮辱而需要奋起反击，或者说刘义庆觉得他们并没有受到侮辱；而晋武帝的后悔，到底是因为觉得自己丢了面子而后悔不该自取其辱，还是其他原因呢？也

---

[1] 参见Elliott Oring, *The Jokes of Sigmund Freud: A Study in Humor and Jewish Identity,* Pennsylvania, USA: University of Pennsylvania Press, 1984, pp.1-12。

许，是他反省自己不够宽厚，既然已经给归降的孙皓优厚的生活待遇，又何必还想着去讨人家的口头便宜呢？我们当然无法知道答案。刘义庆在此处展现的正在"有意无意之间"。在当时喝酒的众人眼里，南方和北方，臣子与君王，究竟有没有那么绝对的界限和高下呢？

甘怀真曾指出，中古时期中国的君臣关系是互相尊重、互相依赖的[1]，君王并没有对大臣绝对意义上的控制权，大臣也不必无条件服从君王。这种形式的君臣关系，和西汉董仲舒所提出的"大一统"思想显然并不一致。在董仲舒的哲学体系中，君王的权威有着绝对的神圣性。[2]而刘义庆笔下的晋武帝所展现的君臣关系，则体现了君臣之间的相对性。这种相对性和魏晋时期名士们所谈论的哲学思想在一定程度上相吻合。在第一章中讲到，名士们清谈的话题主要包括"有无""本末""言意之辨""四本论"等。几乎每一个话题都没有明确的答案，都有着正反的观点；事实上，清谈本身就是一种求美而不求真的辩论。也就是说，当时的名士们大多不认为任何问题有着绝对的唯一的答案。因此，也许我们不应该简单地认为这则故事中孙皓是这场幽默竞赛的胜者，而

---

[1] 甘怀真：《中国中古时期君臣关系初探》，《台大历史学报》1997年第21期。

[2] 曾振宇：《"法天而行"：董仲舒天论新识》，《孔子研究》2000年第5期。

武帝是败者。至少，武帝让我们知道，他了解这不过是一个玩笑，而对于玩笑，即使是帝王也不用当真而暴怒。

（五）缺陷

同样经常被用于开玩笑的是人们的"缺陷"，而这一点则需要把握好尺度。《排调》篇第61则说，桓玄、殷仲堪和顾恺之几人一起诗句接龙，一开始的句子描写"完了"的意思：

> 顾恺之曰："火烧平原无遗燎。"桓曰："白布缠棺竖旒旐。"殷曰："投鱼深渊放飞鸟。"

接着的句子要描写危险的状态：

> 桓曰："矛头淅米剑头炊。"殷曰："百岁老翁攀枯枝。"顾曰："井上辘轳卧婴儿。"

当时殷有一参军也在座，插嘴说："盲人骑瞎马，夜半临深池。"殷仲堪说："咄咄逼人！"他之所以这么激动，是因为他有一只眼睛是盲的。

这则故事可供玩味之处，在于其大部分内容和幽默或玩笑无关。一开始几个人只是在玩文字游戏，而这时候一个原本属于观众的参军却突然闯入了画面，从而变成了表演者，并且成为这一场面的焦点。我们可以设想，参军的插话表明殷仲堪平时和部下的关系不错，正是平时的随意让参军觉得自己开领导的玩笑是没问题的。这则故事在《排调》篇中，刘义庆暗示参军是主动想要开殷仲堪玩笑的，他的调侃并非出于无意。然而他没料到的是，殷仲堪居然生气了。于是，原本参军以为大家开心地哈哈一笑的场面并没有出现，取而代之的是殷仲堪怒喝之后的尴尬。

参军究竟是想单纯地取笑殷仲堪，还是想通过开后者的玩笑来体现殷仲堪的大度，这个也许没有确定的答案。不过可以明确的是，参军的话让殷仲堪觉得难堪，这表明参军对殷仲堪不够"知"。他并不了解自己领导的尺度到底在哪里。同时，殷仲堪似乎也并不很了解他的参军。尽管他也许不止一次让参军旁听并参与——这才可以解释为啥参军会突然插话，然而殷仲堪并不知道参军会讲出突破自己底线的玩笑。因此，他们两人似乎并不互相"知"。

而吊诡的是，他们两人本来应该是认为互相了解的。参军会以为殷仲堪喜欢自己的插话，而殷仲堪也以为参军在旁不会给他带来麻烦。也就是说，自以为互相了解的他们其实并不互相了解，这大约是两人之间"知"的最尴尬状态。安排一个自己所不了解也不了解自己的人担任自己的参军，这充分说明殷仲堪识人的水平堪忧，从这个意义来说，殷仲堪的确是"盲"的。而因为参军开这样的玩笑而发怒，又表明他的气量狭小——也许他都不了解自己原来只有这么大的气度。在这样的情况下，生理上的缺陷已经不再重要，展现在大家面前的是境界层面的欠缺。因此，面对有关自己生理缺陷的笑话，也许最好的办法就是坦然处之。事实上，《世说新语》在其他篇章中也提及殷仲堪被桓玄所灭之事，两厢对应来看，大约桓玄在看到参军开殷仲堪玩笑的场面时，就知道殷仲堪并非自己的对手了。气度有限而识人不佳的殷仲堪的确是既处境"危险"又官运快"了结"了。

四 幽默的三个境界

正因为气度和幽默在《世说新语》中紧密地结合在一起，刘义庆讲述的幽默故事根据开玩笑的方式所展示的气度大小，可以大致分为三个境界。最低境界的幽默是"互嘲"，即故事中的双方都主动开别人的玩笑。《排调》篇第12则可以说是其中的代表：

> 诸葛令、王丞相共争姓族先后，王曰："何不言葛、王，而云王、葛？"令曰："譬言驴马，不言马驴，驴宁胜马邪！"

同为山东人而身居要职的诸葛恢和王导作这样的争论，多少让人觉得有些无聊。争论哪个家族的姓好，听起来更像是无知百姓之间的斗嘴，而并不像别的幽默那样展现了智慧。之所以会给人这样的感觉，主要原因可能在于诸葛恢和王导二人都是在开对方的玩笑，都尝试直接通过玩笑来体现自己这一方的优越性。在前面所举的例子里，很少有在某一个特定场景中的所有角色主动开对方玩笑的情况出现。王徽之和郗嘉宾的较量中出击的是前者；晋元帝则主动开起了自己的玩笑；庾园客和小朋友的比试中，前者更多的是在测试后者的水平；大约只有晋文帝和钟会的互嘲才是真正的针锋相对，但是他们也有着并没有参与其间的观众——陈氏兄弟。当一个特定的空间中只有两个角色，而两人都采取攻势的时候，气氛就会显得紧张而缺乏从容感。而更重要的是，在互相攻击的两个人的眼中，有一种非此即彼的两分法——对方是糟糕的，而自己是优秀的，因而他们采取的是绝对否定别人的方法。对于崇尚"将无同"的魏晋人士来说，这样截然的两分当然不是一种高境界。

如果说互相攻击是《世说新语》中幽默的最低境界，那么比它高一级的境界则是自卫型的幽默。所谓自卫型的幽默，指的是当受到他人取笑的时候，他的回答只是相对消极的防御，为的是捍卫自己的尊严，而没有进行直接还击。《排调》篇第21则说，康僧渊眼睛深邃而鼻梁高耸，丞相王导经常调笑这一点。康僧渊说："鼻者，面之山；目者，面之渊。山不高则不灵，渊不深则不清。"

来自异域的和尚康僧渊是因为王导的调笑而对自己的外貌作出有趣的辩护的。他的回答主要是对自己的肯定。诚然，从他的回答里我们也可以意会到对王导的委婉嘲讽：既然山不高则不灵，渊不深则不清，那么你们这些长了低鼻梁小眼睛的中原人就自然不清不灵了。但是，即使有这样一层含义，康僧渊也没有直接说出来。之所以说出于自卫的幽默的境界要相对高，正是因为它更大程度上是肯定自己而没有否定别人。单纯地否定别人，势必会影响对他人的"知"。在这一点上，自卫型的幽默至少保留了从容观察他人的可能。而肯定自己，则可以更好地让自己为他人所"知"。

和康僧渊相比，《排调》篇第59则中的自卫显得更为从容：顾恺之吃甘蔗的时候，喜欢先吃甘蔗的尾。有人问他原因，顾恺之说："渐至佳境。"甘蔗在魏晋南北朝时期是代表着风雅的水果，据说庾信在建康城外等待迎战侯景之乱的叛兵时，也正是骑在马上吃甘蔗。甘蔗最好吃的一般是中间，甘蔗的头最甜但是难啃，而甘蔗的尾则是最淡而无味的部位。因此顾恺之这种从甘蔗尾巴吃起的方法必然让他人觉得费解，也就不难理解会有人问他为什么要这么吃了。不过既然这个故事列于《排调》之中，那么这一问句似乎就应该带着一点揶揄嘲弄的口吻。在这样的情况下，顾恺之没有一个字废话，在用"渐至佳境"四个字言简意赅地解释了自己从尾巴开始吃甘蔗的原因的同时，也语带双关地表达了自己对人生的态度。他的自卫性幽默完全没有取笑或是攻击别人，这样的气度无疑说明即使在被揶揄之时，他也保持着"知人"的开放性，从而可以更好地被人"知"。

在《世说新语》中，最高境界的幽默属于"自嘲"。如果说"互嘲"只是单纯否定对方，"自卫"肯定了自己而没有否定别人，那么"自嘲"则否定的是自己。

当开玩笑的双方中有一方采取了自嘲的姿态，那么即使他反唇相讥，也会让人觉得有趣而莞尔。这似乎也是《老子》"反者道之动"的体现：通过自我否定，进而自然地否定他人。

《排调》篇第18则的故事是自嘲的典型：

> 王丞相枕周伯仁膝，指其腹曰："卿此中何所有？"
> 答曰："此中空洞无物，然容卿辈数百人。"

尽管在这一场景中也只有王、周二人，不过周伯仁的"此中空洞无物"一句，以自嘲起，进而反转，有"柔弱胜刚强"之感。这是一个充满喜感的画面，当贵为丞相的王导脑袋靠在周伯仁的膝盖上时，两人的亲密无间已经跃然纸上。因此，两个人是互相"知"的，即使开对方的玩笑，气氛也是轻松的，几乎是纯粹的朋友间的调侃。王导之问当然布下了陷阱，但他应该知道对方会有精彩的回答。而周伯仁的回答则以守为攻，他先说自己肚子里没啥东西，这当然是一种自嘲，然后当观众以为他即将放弃还击的时候，扔出了他的包袱——可以装几百个王导这样的人，也就是暗讽对方是"小"人。

正是因为周伯仁自嘲在先，所以他开王导的玩笑就不再是简单的反击，而蕴含了一种双重的声音。他并没有否定自己的缺点，也就没有躲避王导的攻击；同时，他指出对方也存在着缺点。也许，我们可以对周伯仁的话作进一步诠释，那就是他对王导暗示：当你看到别人缺点的时候，恰恰别人也可以通过同一视角看到你的缺点。当然，我们还可以再进一步诠释，当刘义庆让周伯仁和王导做这场表演时，也许是想告诉那些间接的观众，只有通过自嘲进行自我否定，才可以去否定别人。如果只是单纯地开别人的玩笑，那么就无法立于不败之地。只有否定自己，才有取笑别人的基础。这点在一定程度上和魏晋时期流行的"以无为本"思想相通。

正如第一章所述，"有无"和"本末"问题是魏晋名士们清谈的主题之一。通常对"以无为本"的理解，是从本体论出发，认为"无"是天地万物生成的本原或根据。不过仔细玩味王弼"天下之物，皆以有为生，有之所始，以无为本。将欲全有，必反于无也"（《老子》四十章注），就会发现周伯仁在说自己肚子"空洞无物"的时候，也许并不是在说自己肚子里没有货色，而是在说它可以成为"万物之本"，可以孕育出很多王导这样的人来。

事实上，如果不从整体来理解"天下之物"，而是将"万物"理解成众多单独个体的话，那么对于具体的个体而言，每一个也是由"无"到"有"的过程。每个人都要经历从一块白板到认识这个世界的过程。因此，对自己的否定，从某种意义来说是向本源的回归。这大约也是在《世说新语》中自嘲成为最有力量的幽默手段的原因之一：把自己否定到"无"，反而意味着有无限"有"的可能。

《排调》篇第29则也很好地展示了自嘲的力量：

> 王、刘每不重蔡公。二人尝诣蔡，语良久，乃问蔡曰："公自言何如夷甫？"答曰："身不如夷甫。"王、刘相目而笑曰："公何处不如？"答曰："夷甫无君辈客。"

乍看这一场景，大家当然会为蔡谟自嘲后的话语而倾倒，为王、刘二人自取其辱而感到好笑。不过蔡谟的态度其实非常值得玩味。对于王、刘二人，他并没有很高的评价，可他也没有拒绝他们成为其座上宾。那么，他为什么要容忍王濛和刘惔呢？如果我们将他"不如夷甫"的自我评价视为内心真实的话，而不仅仅是一句为了先抑后扬的修辞，那么也许在他眼里，王濛、刘惔固然是有缺点的人，而他自己也未尝没有缺点。正因为如此，蔡谟才可以包容他们。

在《世说新语》中，无论是蔡谟还是周伯仁，通过承认自己的问题，进一步指明对方也有问题，同时暗示大家都有着这样或是那样的问题，从而让作为间接观众的我们在觉得幽默的同时，对自己进行反省。这大概就是"无"作为本源创造万物的力量所在吧。正如有学者指出的那样，自嘲可以让自己的身份认同更加灵活，从而制造"笑"来肯定自己与他人及世界的互动。[1]

与此同时，他们的对话者则代表着一群不会自嘲之人。一个不会自嘲的人一方面不"知"自己的不足，另一方面也就无法用开放的心态去"知"别人，从而在幽默的画面中成为被观众嘲笑的那一方。因此可以说，幽默在一定程度上建立在知的不平衡之上。由于这种不平衡，一些人的幽默会以另一些人的尊严受损为代价。因此从某种意义来说，幽默是一场比赛，甚至是一场对抗。当然，刘义庆一直在提醒我们，不要只会嘲笑王濛或是刘惔，如果我们不懂得自嘲，那就可能和他们一样，无法认识到自己的缺点。

事实上，《世说新语》中不少名士对自己的缺点不但有着自知，而且更以向人展示自己的缺点为乐。其中的原因，则正是下一章所要探讨的内容。

---

[1] Kathleen M. Higgins, *Comic Relief: Nietzsche's Gay Science*, p.49.

第五章
缺点为什么使人可爱

一　名人与缺点

在当代职场，负责招聘的一方经常会问应聘者一个问题：你觉得自己有什么缺点？这看似一个陷阱。在这样的场合，应聘者难道还能坦率地告诉对方自己懒惰或是贪财吗？大多数人都会说一些看起来像是缺点的优点，比如说自己做事过于认真，或者是太过独立。这种本能地掩饰自己缺点的行为，几乎是现代人在公共空间中普遍存在的虚伪，以至于有学者认为在公共空间中存在着这样的虚伪之举是无需证明的。[1]

在刘义庆笔下的魏晋名士看来，有缺点是再平常不过

---

[1] Anton O. Kris, "The Lure of Hypocrisy", *Journal of the American Psychoanalytic Association*, vol.53, No.1, 2005, pp.7–22.

的事情。《世说新语》一共三十六门，有近一半的篇幅讲述的是关于缺点的。即使是一些在《文学》《政事》中有着不少正面故事的名士，也会在各类看似"负面"的故事中频频出现。为什么刘义庆要花如此多的笔墨去讲述这些负面的故事？难道在他眼中，魏晋时期的所谓名士不过是一群充满了各种毛病的沽名钓誉之徒？抑或，是为了批判动荡不安的社会和时代让他们性格扭曲？

在回答这些问题之前，我们可以先看王蓝田的一个故事。《忿狷》篇第2则说王蓝田性子急：

> 王蓝田性急。尝食鸡子，以筯刺之，不得，便大怒，举以掷地。鸡子于地圆转未止，仍下地以屐齿蹍之，又不得。瞋甚，复于地取内口中，啮破即吐之。王右军闻而大笑曰："使安期有此性，犹当无一豪可论，况蓝田邪！"

王蓝田的性子也许有些过于急了，不过在作为观众的我们中间，又何尝没有急性子呢？尤其是当王羲之嘲笑王蓝田的时候，不啻给我们提了一个醒：这个直接的评论者显然忘记了自己的脾气也不好这个事实。我们还记得当他初次见到支道林时的傲慢。那么，当刘义庆在描写王羲之对王蓝田的嘲讽时，不知道是否对王羲之也怀着暗讽呢？

《忿狷》篇第8则的故事也颇为典型：

> 桓南郡小儿时，与诸从兄弟各养鹅共斗。南郡鹅每
> 不如，甚以为忿。乃夜往鹅栏间，取诸兄弟鹅悉杀之。
> 既晓，家人咸以惊骇，云是变怪，以白车骑。车骑曰：
> "无所致怪，当是南郡戏耳！"问，果如之。

作为一个孩子，桓玄的所作所为的确是有些过于血腥了。这样不愿意服输的偏激性格，也很容易让人联想到日后他的叛乱。《世说新语》中虽然没有直接描写他的叛乱，但是与此有关的故事并不少，当我们把这些场面综合起来立体地看待他时，就会发现刘义庆讲述其小时候杀鹅事件不得不说别有深意。不过，任何一个小朋友多少都会有争强好胜之心，而在输掉比赛之后，也多少会有嫉妒或是不服之感。因此，一方面观众们可能会对桓玄杀鹅之举感到诧异，另一方面也会对其不服输的心理有所共鸣。或许，我们对其不服输所产生的共鸣，在一定程度上正是来自其夸张的行为。

没错，从王蓝田和桓玄身上，我们都看到了自己身上常见的缺点，但是当我们看到这些缺点的时候，并没有对他们感到失望或是气愤，也没有想要批评他们的冲动。相反，在我们眼里王、桓二人多少显得有些可爱。正如苏珊·菲利普斯（Susan Phillips）所言，八卦故事的语言富于创造力，它

们不但可以让正邪之间的界限模糊，而且可以重塑社会关系，缩短人和人之间的距离感，让原本相对陌生的人之间产生亲近感。[1]身为魏晋名士的王蓝田和桓玄，一个性急一个好胜，这其实应该算是负面的品性；然而当刘义庆把踩鸡蛋和杀鹅的故事娓娓道来时，我们却几乎不会去特别注意他们的缺点所可能带来的后果，反而在会心一笑之后，感到他们就是我们中的一个。

需要区分的是，在我们当代的观众看来，王蓝田和桓玄是名士，多少有一种仰望的感觉；而在当时的名士之间，他们互相觉得对方甚至是自己也不过就是一个普通人。这两种不同的角度是互相影响的。当我们带着敬仰的目光去看他们，然后看到他们行为中的缺点时，原本可能有两种反应：第一种是感到失望，无法接受名士的不完美；第二种是感到有趣，觉得不完美的名士更加真实。可是在刘义庆叙述的潜移默化下，《世说新语》的读者通常并没有失望的情绪，而是不知不觉地露出了笑容。这或多或少是由于名士们互相间的自嘲和互嘲造成的。他们把自己和对方当作普通人，频频地在主动暴露自己缺点的同时也会嘲笑他人的不足，而不是摆出一副高高在上的姿态，给自己贴上圣贤或是君子的

[1] Susan Phillips, *Transforming Talk: The Problem with Gossip in Late Medieval England*, Pennsylvania, USA: University of Pennsylvania Press, 2007, p.3.

标签。因此，作为观众的我们自然不会用严苛的标准去评判他们。

二 不做圣人：缺点的必然性

《伤逝》篇第4则的故事清楚地告诉我们魏晋名士对自己的定位：竹林七贤之一的王戎遭遇了爱子王万子的早逝。山简前去探望他，看到王戎悲痛万分不能控制自己的情绪。山简劝他说："孩抱中物，何至于此？"王戎回答说："圣人忘情，最下不及情；情之所钟，正在我辈。"山简为他的话语所折服，于是也更加地感到悲恸。

王戎的回答明确指出了社会中存在着三类人：第一等是圣人，圣人可以将感情忘怀；第三等是不懂得感情的人，他们也许还处于仅仅满足于追求物质生活的状态；而他自己和同侪则是第二等，他们这一群体正是拥有感情而又无法超脱的普通人。

王戎的三分法很容易让人联想到孔子在《论语·阳货》中所说："唯上智与下愚不移。"上智就是可以忘情的圣人，而下愚则是不及情的，大部分人既不是圣人，也不是无可救药之徒，而是在情感世界中挣扎的普通人。在魏晋时期，通常名士们所说的圣人就是孔子；而王戎对自己的定义表明他无意做一个道德完美的圣贤，而是安于做一个有感情有缺点的普通人，可以由于感情而丧失冷静或是从容。山简为王戎之言折服，这表明他接受了王戎的观点。即使王戎和山简的观念不能代表所有的魏晋名士，但至少代表了一部分名士的观点，那就是大家都是有缺点的人。

如前所述，当几乎每一位名士都爱喝酒能喝酒且由于服药必须喝酒的时候，为了凸显自己的不同，他们就会选择"变态"地喝酒。套用同一个逻辑，当他们觉得大家都有缺点的时候，就会不但包容缺点，甚至会通过"表演"高调宣扬和展示自己的缺点，以显得与众不同。用现代的社会心理学理论来说，这也许是由于名士们觉得相对于优点来说，缺点具有更强的可塑性。[1]用我们已经熟悉的表演理论来解释所谓的可塑性，就是缺点可以给人更多的表演空间。这也就不难理解为什么魏晋名士会毫不忌讳地展示自己的缺点。

《任诞》篇第25则中有人嘲讽周伯仁说，他和亲友之间开玩笑，啥话都说不够检点。周伯仁回答说："吾若万里长江，何能不千里一曲！"周伯仁的解释和王戎的相比豪迈了许多，把自己比作了万里长江，但是相同的是，他们都承认自己是有缺点的。"千里一曲"形象地表明一个普通的人即使再优秀，也免不了有一些缺点，就如同万里长江奔流而下总是会有弯弯曲曲的地方。这说明周伯仁在承认自己缺点的

---

[1] A. Steimer, A. Mata, "Motivated Implicit Theories of Personality: My Weakness Will Go Away, but My Strengths Are Here to Stay", *Personality and Social Psychology Bulletin*, vol.42, No.4, 2016, pp.415–429.

基础上，进一步指出了人有缺点的必然性。

和周伯仁相对的是讥讽他的人，从表演的角度来说，刘义庆经常这样安排"有人"来推动情节的发展，给主角以发表自己观点的机会；有时候这样的提问者是有名有姓的，而有时候就是"有人"而已，当刘义庆只是说"有人"的时候，也许并不是因为他不知道此人是谁，而是因为这些人问的问题通常体现出较低的境界——这是一群自以为可以批评名士但事实上境界却未及名士的人，在某种意义上，他们也可能包括我们这些一千多年后的观众。在这一场景中，"有人"觉得像周伯仁这样一个有地位的人，应该是处处严格要求自己的，即使和亲友说话都需要注意尺度。这样的观点可能也是今天的某些人所持的：一个公共人士就应该每一方面都没有瑕疵。但是当"有人"在作此问的时候，有没有思考过一个本原性的问题，那就是除了圣人之外，缺点也许原本就是人的一部分。因此，当"有人"用缺点来揶揄名士的时候，可能恰恰暴露了自身视野的局限。

在《任诞》篇第53则中，王孝伯对名士下了一个定义，颇值得玩味。王孝伯说："名士不必须奇才，但使常得无事，痛饮酒，熟读《离骚》，便可称名士。"如果把王孝伯的话仅仅理解成一种只是追求闲适的懒散生活态度，那未免有些对嗜酒之人存有偏见。事实上，除了喝酒之外，王孝伯对名士提出的另外两个标准都颇具深意。"无事"二字，看起来有无所事事之感，但是和"熟读《离骚》"并举，就具有了不同的意义。《离骚》是爱国诗人屈原所作，表达的是对国家命运和广大百姓的关心和热爱，一个熟读《离骚》之人，不可能是一个只想喝酒不想做事的游手好闲之人。同时，《离骚》又体现了屈原空有报国之心但壮志难酬的悲愤。在这种语境下的"无事"，则可以作两种理解：第一种是偏于道家思想的诠释，《庄子·大宗师》中孔子说"相造乎水者，穿池而养给；相造乎道者，无事而生定。故曰，鱼相忘乎江湖，人相忘乎道术"，这样的无事是把一切不如意的事儿都不放在心上，用豁达超然的态度去面对所遇到的困难，《庄子·大宗师》在描写得了病的子舆时说"其心闲而无事"，也正是此意；第二种则是偏于儒家思想的解读，《论语·述而》中说"子之燕居，申申如也，夭夭如也"，表明孔子在闲暇无事不能治理国家之时，也保持着良好的精神状态。这两种理解其实在一定程度上是相通的，两者都强调的是"心"中无事，面对一切烦恼都澹然处之，而不是真的啥事都不做。以这样"无事"的态度熟读《离骚》，必然会有"穷则独善其身，达则兼济天下"之心，拥有这样境界的人可谓非常难得了。然而在王孝伯看来，这样的人未免有些让人觉得难以亲近，所以一定要加上痛饮酒这一特点，才能算得上名士。王孝伯对名士的定义，一方面肯定了名士的家国情怀和超脱散淡，另一方面则强调名士也必须有嗜酒这样的

"恶习"——否则就没有那么可亲可近了。由此可见，在名士和缺点之间关系这个问题上，王孝伯的态度和周伯仁、王戎是一致的。

在古代中国，也许从来没有另外一个时代能像魏晋这样，孕育出一批对自身的缺点如此包容的名士。如前所述，他们没有像他们的前辈或是后人一样，把圣人或是君子作为自己的目标，而是安于做不完美而有争议的自己。值得思考的是，在汉朝或是两宋，一边是哲学家们高举着努力成为圣贤的旗帜，一边是道德败坏的官员层出不穷；而在魏晋，哲学家们则在一定程度上放弃了对如何成为圣贤的探讨，同时也并不忌讳自己的所言所行在道义上可能有所缺失。如此看来，哲学理论和哲学实践之间的差距在魏晋时期反而是相对较小的。也许有人会说魏晋时期这种差距的缩小是以名士们从哲学理论上降低对自己的要求才得以实现的，可是从哲学的角度来说，这又何尝不意味着对自己有了更为准确的认识呢？

通常学者在谈到魏晋时期对圣人的讨论时都会以王弼的观点为主要考察对象。对于圣人，王弼有两个著名的观点："圣人体无"和"圣人有情"。值得注意的是，《世说新语》中讲述了王弼关于"圣人体无"的故事，却并没有提及"圣人有情"。《文学》篇第8则说，王弼弱冠之时拜见裴徽，裴徽问："夫无者，诚万物之所资，圣人莫肯致言，而老子申之无已，何邪？"王弼回答说："圣人体无，无又不可以训，故言必及有；老、庄未免于有，恒训其所不足。"在这段中国哲学史上非常著名的对话中，王弼在公共空间面对裴徽的提问向众人指出，圣人可以体会到"无"，而老、庄已经无法达到圣人的境界。那么，他们这些热衷于清谈老、庄的人，最多也不过是达到老、庄的境界而已，是不可能成为圣人的。

刘义庆在《言语》篇第50则所讲述的故事也很好地与王弼所言相呼应：

> 孙齐由、齐庄二人，小时诣庾公。公问齐由"何字"，答曰："字齐由。"公曰："欲何齐邪？"曰："齐许由。"齐庄"何字"，答曰："字齐庄。"公曰："欲何齐？"曰："齐庄周。"公曰："何不慕仲尼而慕庄周？"对曰："圣人生知，故难企慕。"庾公大喜小儿对。

庾公对齐庄的回答之所以满意，是因为齐庄所言代表了当时名士的自我定位：他们只是想达到庄子的境界，而觉得身为圣人的孔子是不可企及的。刘义庆的叙述也从侧面支持了这个观点。王弼曾说："圣人茂于人者神明也，同于人者五情也。神明茂故能体冲和以通无，五情同故不能无哀乐以应物。然则圣人之情，应物而无累于物者也。今以其无累，便谓不复应物，失之多矣。"(《魏志》卷二十八注引何劭《王弼传》) 在这段话中，王弼明确地指出圣人和普通人一样有情感，有喜怒哀乐，只不过圣人不会被情感所累。王弼的这段话在当时非常著名，刘义庆不知道的可能性很小，因此他没有在《世说新语》中记录这段话很有可能是故意为之，毕竟"同于人者五情"这样的论断极大地拉近了圣人和常人之间的距离，有可能让读者忘记自己与圣人的差异。当庾子嵩在看了几页《庄子》后就说"了不异人意"时，他觉得庄子说的和自己想的没什么区别，但是在《世说新语》中，没有一位名士会对《论语》或是孔子说这样的狂言。

因此，可以说魏晋名士从哲学理论来说对自己所可能实现的境界有了更为准确的定位，从而使得他们的哲学理论和哲学实践之间的差别比其他时代要小。那么，在刘义庆的叙述中，哪些缺点又是经常被提及的呢？

三 缺点和优点之间

接下来要讨论的名士缺点，可能并不能涵盖《世说新语》所叙述的全部。如果把从《宠礼》开始到《仇隙》十五篇的故事都视为对缺点的描述，那么要详细讲述所有的内容就有可能胡子眉毛一把抓。在前言中已经说过，这本书并不奢望对魏晋时期的思想与生活作一个全面的展示和探讨，而只是想要从某一些角度窥探。同样，在谈论缺点的时候，也会尝试以点代面，用一些具有代表性的例子来体现刘义庆笔下的魏晋名士对缺点的理解和自身的定位。我们可以发现，《世说新语》中所讲述的很多缺点，从某些角度来看，其实也具有正能量。

（一）吝啬

也许，我们可以从吝啬谈起。因为把自己定位在普通人的是王戎，而王戎又是著名的"吝啬鬼"，所以考察王戎的代表性缺点是一个理想的出发点。在《俭啬》篇中，王戎的出镜率很高，连着有四个故事：《俭啬》篇第2则说，王戎"俭吝"，他的侄子结婚，他不过给了一件单衣，后来还把它要了回来；《俭啬》篇第3则说，司徒王戎地位又高又有钱，但是每天晚上都会和夫人一起在蜡烛下数钱；《俭啬》篇第4则说的是王戎有很好的李子，卖的时候怕别人得到种子后自己去种，就总是把李子的核钻出来之后再卖；《俭啬》篇第5则说的是王戎的女儿嫁给裴頠时，问王戎借钱数万，女儿回娘家的时候，王戎的脸色不好看，女儿还了钱，他的脸色才好起来。

这四则故事中最重要的是《俭啬》篇第3则。它给显得有些过分节俭以至于吝啬的王戎的身份作了说明："贵且富"的司徒。如果王戎是一个家境贫寒之人，那么他的节俭甚至吝啬都是可以理解的；但他既然地位高又家境好，那么吝啬对他来说似乎就不仅仅是小气那么简单了。

　　根据亚里士多德的理论，很多有钱而吝啬的人对钱并不贪婪，更多的只是不愿意把钱给别人花。这样的描述基本符合王戎的行为：四则故事中有两则讲的是他在财物上对晚辈算得很清楚。亚里士多德认为，吝啬的富人之所以要紧紧抓住钱袋子，是因为他们担心即使是对他人最低程度的赠予都可能最终会使他们破产并失去地位，这意味着他们把金钱视为自己安身立命的根本之一。由于他们吝啬的终极目的是为了保全自己，对他人并不会造成危害，因而亚里士多德认为这样的吝啬之人并不算"恶"。[1]

　　王戎在很大程度上符合亚里士多德的描述。《德行》篇第21则记载王戎的父亲王浑官至凉州刺史，当他去世的时候他所管辖过的各地都感谢他的恩惠，捐钱数百万给他办丧礼，但王戎全部拒绝了。这充分表明王戎对金钱并不贪婪。同时，王戎的吝啬并不是对普通百姓的欺压，与夫人一起数钱说明的是对经济状况的重视。需要指出的是，在这则故事中，刘义庆特意强调了王戎的官衔"司徒"。司徒在汉代与司马、司空并称三公，在两晋时期，司徒负责全国的土地、百姓的户籍、各地的赋役，相当于隋唐之后的户部。简言

[1] Peter Hadreas, "Aristotle on the Vices and Virtue of Wealth", *Journal of Business Ethics*, vol.39, No.4, 2002, pp.361-376.

之，这是一项和全国的经济发展息息相关的工作，身为司徒必须耐心而细心。因此，每天会亲自数钱究竟是意味着王戎的吝啬，还是象征着他是一个称职的司徒？如果是后者，那么一个看起来是缺点的品质，就可能变成了优点。

从表演理论来看，王戎在人前展示对金钱的算计，可以给观众深刻的印象，让他们认识到合理花费的重要性。有学者指出，儿童对金钱的态度在很大程度上是受到成人影响的。[1]尽管侄子和女儿都已成婚，不过王戎依然通过对侄子和女儿的计较，把自己塑造成一个精打细算的榜样，让后辈们——当然也包括作为观众的我们——认识到合理过日子的重要性。事实上两晋时期的婚姻非常讲究门第[2]，其女婿裴頠的父亲贵为司空，因而王戎女儿的婆家是不可能穷到需要问他借钱的。同理，王戎的侄子也不可能在乎一件单衣。因此，王戎对亲人极度吝啬的表现可能并不是对他们的刻薄，反而是一种身教，不需通过言语便告诉他们在一个动荡的年代如何自保。

的确，慷慨之人可以获得社会上众人的赞美，而不愿对

---

[1] Robert J. Presbie and Paul F. Coiteux, "Learning to Be Generous or Stingy: Imitation of Sharing Behavior as a Function of Model Generosity and Vicarious Reinforcement", *Child Development*, vol.42, No.4, 1971, pp.1033-1038.

[2] 魏向东：《论魏晋南北朝财婚风气及其影响》，《江苏社会科学》2002年第5期。

他人赠予之人则无法获得相应的赞颂。这样简单的道理王戎不会不知。我们反复强调过，魏晋的名士渴望获得他人的认可和赞赏，王戎也不例外。那么，他为何不希望通过慷慨赠予来获得声誉呢？也许他觉得慷慨是一种过于寻常的手段不够与众不同；也许他觉得慷慨是一种无法持久的手段，当声名在外的时候可能最终会导致难以为继；也许他觉得一个社会稳定的前提是让每个人都能够精打细算地过好自己的日子。我们无法准确地知道答案。然而可以确定的是，当刘义庆在描写王戎在公共空间中所展示的吝啬时，他应该不会只是简单地想批评或是嘲讽王戎的这个缺点。

（二）奢侈

和吝啬相反的缺点，是奢侈。《世说新语》中奢侈的代表人物当属石崇。《汰侈》篇第1则说：

> 石崇每要客燕集，常令美人行酒，客饮酒不尽者，使黄门交斩美人。王丞相与大将军尝共诣崇，丞相素不能饮，辄自勉强，至于沉醉。每至大将军，固不饮，以观其变。已斩三人，颜色如故，尚不肯饮。丞相让之，大将军曰："自杀伊家人，何预卿事！"

在刘义庆的笔下，关于石崇奢侈的故事中经常会出现王敦这一角色，关于这一点下文会进行讨论。在这则故事中，石崇的奢侈体现在对人的不尊重之上，美人对他来说不是生命，而是能用钱买到的财产，斩多少买多少。但是，石崇真的只是单纯地在炫富吗？难道他的奢侈和残忍，不是建立在对人性的考验之上吗？换言之，他也许是通过这样极端的手段在试探其客人们的性格，如果客人是善良的，那么美人们就无需被斩；而只有客人觉得和自己醉酒相比别人的生命算不上什么之时，美人才会丧命。也就是说，客人才是决定美人性命之人。通过这个试验，石崇可以"知"自己的客人，而客人之间也互相知。从这个角度来说，这一公共空间中的主角是客人，而王导和王敦正是两种性格的代表。王导是为了别人而宁可伤害自己的，王敦则完全不在乎美人性命——这种他人和我无关的态度，和郭象著名的"独化"思想似乎有些联系。

《文学》中说郭象"为人薄行"，这是刘义庆对郭象的评价，也就难怪在《世说新语》中没有介绍郭象的思想。但是独化作为魏晋时期的主要哲学命题之一，的确和当时士人的观念关系紧密。郭象在《庄子注》中指出，"造物者无主，而物各自造，物各自造而无所待焉，此天地之正也"，也就是说，世间的各种"物"，每个人，都是由于自身而出现的，并不依赖其他的"物"，或是其他的人。因此从本质来说，他人对"我"来说并没有必然的关系。这就是所谓的"独化于玄冥"之中。

在这种观念的指引下，他人的生命对"我"来说也就是无所谓的，这与王敦的态度在很大程度上相一致。而严格来说，王戎的吝啬也有着"独化"的影子：每个人都不应该寄希望于他人的赠予，而是要自己盘算好自己的生活。那么，奢侈之人呢？

让我们再看一个《汰侈》中的著名故事，《汰侈》篇第8则说：

> 石崇与王恺争豪，并穷绮丽，以饰舆服。武帝，恺之甥也，每助恺。尝以一珊瑚树，高二尺许赐恺，枝柯扶疏，世罕其比。恺以示崇。崇视讫，以铁如意击之，应手而碎。恺既惋惜，又以为疾己之宝，声色甚厉。崇曰："不足恨，今还卿。"乃命左右悉取珊瑚树，有三尺、四尺，条干绝世，光彩溢目者六七枚，如恺许比者甚众。恺惘然自失。

很多学者用这则故事来说明两晋时期的奢靡之风，而且把这种风气归结于贵族的腐朽、政局的动荡……这样的分析当然有其道理。但是，从"知"的角度来说，斗富首先较量的是对他人的"知"。一个人在斗富之前，他对自己的财产应该是了解的，所不了解的是对方的，而如果对对手的估计有所差错，就可能会输掉这场较量。其次，在斗富的结果出现之后，输的一方通过重新认识对手的实力，知道自己并不是那个"更有钱的"，也可以更好地了解自己在这个社会中的相对位置。因此，把王恺的"自失"理解成失败后的失落就未免有一点狭隘了。"自失"二字出现在《庄子·应帝王》中：列子反复地拜见壶子，获得后者的教诲，最后一天，"自失"而走。自失是开始认识自己的标志。千万不能简单地认为王恺这样的王公贵族在斗富输了之后只会怀恨在心，如果我们把他也视为魏晋名士中的一个，那么他当然也有提高自己境界的可能。他的"自失"表明他在重新认识石崇的同时，也开始重新认识自己。

如此说来，原本是属于石崇个人缺点的奢侈却能够吊诡地成为对公共有益的一种品质。哈贝马斯指出在18世纪的欧洲，随着公共空间的形成和发展，原本对于个人来说属于邪恶缺点的某些行为却成为了在公共场合的美德。[1]通过促使人重新认识别人和自己，石崇的奢侈居然具有了正能量，这也许就是他在公共空间表演的效果。若石崇只是在家独自享受奢靡的生活，那么他的奢侈就纯粹是一种恶习；而当他在众人面前充分暴露出自己的缺点时，就具有了不同的意

---

[1] Richard C. Sha, "Medicalizing the Romantic Libido: Sexual Pleasure, Luxury, and the Public Sphere", *Nineteenth-Century Contexts: An Interdisciplinary Journal*, vol.27, No.1, 2005, pp.31-52.

义。当然，对大多数包括我们在内的观众来说，是不可能幻想自己具有和石崇斗富的实力的，但是这一场表演至少可以告诉我们，任何时候都不要对别人的能力有错误的判断。

正因为如此，石崇为自己的豪奢之举找到了理论的依据。《汰侈》篇第10则说：

> 石崇每与王敦入学戏，见颜、原象而叹曰："若与同升孔堂，去人何必有间！"王曰："不知余人云何，子贡去卿差近。"石正色云："士当令身名俱泰，何至以瓮牖语人！"

这则故事可以帮助我们更为全面地理解刘义庆笔下的石崇。首先，对石崇来说，富贵豪奢并不是他最高的追求，通过跟着孔子学习，成为像颜回一样的人才是他的理想。其次，他也没有梦想自己能成为圣人，他只希望能成为圣人的学生，这一点和王戎的自我定位相仿佛。再次，他显然对当下的自己并不满意，觉得即使豪奢如自己也不如在精神境界和道德层面得到他人的肯定。从次，他强调富贵的生活和美好的名声并不矛盾，指出那些把富贵的生活和儒家的追求相对立的看法是粗浅的，认为儒生并不会拒绝物质生活。最后，他的"正色"表明他对王敦不了解自己感到非常失望，王敦只是看到了石崇物质生活的表面，而不理解石崇的精神追求，这样的失望意味着石崇非常渴望被"知"。

由此可见，石崇对自己是有着自觉的认识的。他知道自己的不足，也渴望追求精神境界的富足。和似乎接受了"独化"观念的王敦相比，他依然相信人与人之间互相的影响，相信教育的力量，认为如果得到夫子的教诲，自己就可以成为一个高尚的人。也许，这是因为吝啬之人相对不向外求，避免不必要的人和人之间的交往，而奢侈之人则需要更多机会与人交往，在人前展示自己的豪奢生活吧。无论如何，把以石崇为代表的奢侈定性为魏晋贵族的腐朽是过于简单化了，在奢侈这一缺点的背后，在和人斗富的背后，也蕴含着对"知"的追求和对人性的思考。正如陈庆元所说，石崇固然是以豪奢的行为彰显自己的经济地位，结交权贵以巩固自己的政治势力，但他实际上依然"追求任性重情的'内心之泰'"[1]

（三）鄙陋

无法了解石崇的王敦则代表了另一种缺点：鄙陋。在此处，"鄙陋"一方面指的是见识浅薄，另一方面指的是境界低下。两者在王敦的身上得到了"完美"的结合。王敦刚刚

---

[1] 陈庆元：《石崇"士当身名俱泰"辨》，《国文学报》第57期，2015年6月。

和舞阳公主结婚的时候，在上厕所时看见漆箱里装着干枣。其实这些干枣本来是用来塞鼻子抵挡臭味的，而王敦以为厕所里还提供果子吃，就把它们吃个精光。等到从厕所出来后，丫鬟们举着装了水的金澡盘和装了澡豆的玻璃碗，本来是给他洗手的，结果他把澡豆放到水里喝了下去。丫鬟们见了都掩口而笑。（《纰漏》篇第 1 则）

刘义庆把这则故事放在《纰漏》之中。纰漏通常指的是因不小心而产生的疏漏，而王敦的疏漏并不是由于不小心，而是出于无知。他不知道厕所里干枣的功用，也没有见过澡豆。对于他这样地位的人来说，见识不可谓不浅薄了。浅薄不算可怕，"知之为知之，不知为不知"就可以。可怕的是不懂装懂，不懂不问。当王敦完全按照自己的臆测去吃干枣和喝澡豆，而不愿意去问丫鬟的时候，他的刚愎自用已经一览无遗。无论他是想当然地觉得自己是对的，还是他觉得问丫鬟没有面子，都表明他不像石崇那样是个率性之人。这就是境界低下。当知识浅薄和境界低下融合在一起，就会产生一个可怕的人。

在《汰侈》篇第 3 则中，王敦去的是石崇的厕所。据说石崇的厕所里常有十多个婢女穿着华丽的衣服站着伺候客人，等客人上完厕所还会给他换了新衣服再出去。很多客人都因为害羞而不上厕所。王敦去的时候，把旧衣服脱了，穿上新衣服，"神色傲然"。婢女们互相说："此客必能作贼。"

这则故事彻底暴露了王敦的境界。如果说其他客人都怀有孟子所说的羞恶之心，那么王敦已经彻底地将其丢弃。当一个人没有了羞恶之心后，就什么都干得出来了。这一点连石崇的婢女们都看了出来，准确地预言了日后王敦的叛乱。[1] 在这一场面中，"知"王敦的主体变成了婢女。当然在此"知"只意味着了解，而不是赏识。在发现了王敦毫无羞耻心之后，婢女们对他的评价无疑是负面的。

那么，石崇安排这样一群婢女在厕所里，究竟又是什么目的呢？是单纯地为了炫富，还是为了更好地了解这些客人的真实面目？厕所原本应该是最为私隐的空间之一，因而当石崇将其公共化之后，客人们就变得难以适应。和美人行酒的故事一样，石崇用最极端的方式来考察名士们的内心。当石崇的婢女都可以根据客人的行为对他们的品性作出相应判断时，作为主人的石崇自然具有更高的识鉴能力。婢女们对王敦的评价，也就可以看成是石崇对他的评价：一个缺乏基本羞耻之心的人，是一个可能会叛乱的乱臣贼子。

当然，鄙陋也不全然都是负面的。从另一个角度来说，王敦在石崇家厕所的行为是对大家所约定的道德规则的挑战：大家觉得羞耻的事情我就是觉得无所谓。

---

[1] 关于王敦的政治生涯，可参看陈健梅《晋元帝立国江东的政治地理格局——兼议"王与马共天下"的空间结构》（《浙江大学学报》（人文社会科学版）2018年第2期）。

在《豪爽》篇中，刘义庆叙述了多则和王敦有关的故事。《豪爽》篇第1则说，大将军王敦年少时，就被人称作乡巴佬，说的也都是方言。晋武帝招来当时的名流一起谈论技艺，别人大多懂得一点，只有王敦毫不关心这些事儿，也插不进话，在那里脸色也不好，说自己只懂得打鼓。武帝叫人拿鼓给他，于是他"振袖而起，扬槌奋击，音节谐捷，神气豪上，旁若无人"，在座之人都为他的雄爽而赞叹。

这则故事中的"豪爽"其实和鄙陋紧密相联，正是由于王敦对他人所熟悉的事物不了解，同时不愿意去向他人询问——这与他在公主厕所的表现是一致的，才会使得他自己与众人格格不入。而这种与正常社交礼仪不相符的举止，却成了豪爽的温床，最终让他显得与众不同。有学者指出，意志强大之人经常任意而行，对他们来说，公共空间中他人须遵守的社会规则是没有意义的，违反这些规则意味着他可以根据自己的意志行事，而在别人看来，能这样做的人具有强大的力量。[1] 这一理论很好地解释了王敦的鄙陋为何可以转化成豪爽。在刘义庆笔下，王戎的吝啬可以转化成面对金钱的不动心，石崇的奢侈可以转化成对被知的渴望，那么王敦的鄙陋转化成豪爽，也完全符合缺点和优点之间的"将无同"。

---

[1] G.A. van Kleef, et al, "Breaking the Rules to Rise to Power: How Norm Violators Gain Power in the Eyes of Others", *Social Psychological and Personality Science*, vol.2, No.5, 2011, pp.500−507.

（四）不让

"不让"是另一种值得注意的缺点，尽管和鄙陋一样，刘义庆并没有单独地把它列出来。通常人们有一种错觉，那就是魏晋时期的名士崇尚逍遥洒脱。一般认为洒脱的人就不应该计较，可是《世说新语》中的名士们似乎并不遵循这一规律。《汰侈》篇第11则说，彭城王司马权有快牛，极为爱惜。太尉王衍和他以快牛为赌注比赛射箭，结果王衍获胜。彭城王说，如果您计划自己乘坐它，那就另当别论，可是如果想吃它的话呢，我愿意用二十头牛来换它，这样又不耽误您吃，又可以保存我喜爱之物。在司马权作了这样的劝说之后，刘义庆用四个字简洁地告诉了我们故事的结局——"王遂杀啖"。

面对司马权的求情，王衍还是把快牛杀了吃。众所周知，王衍是西晋名士，以好清谈超脱而闻名于世。[1]本来以他的地位和财产，他应该不会在意一头牛的味道，更何况他有着逍遥洒脱的名声。那么，他为何没有答应司马权的要求，不乘机成人之美，而是要把这头他人的爱牛给吃了呢？一个洒脱的名士为何为如此"不让"呢？

---

[1]　颜晨华：《文化衰颓：魏晋清谈玄风的归宿》，《江苏社会科学》1991年第3期。

　　刘义庆用一个"遂"字简洁而清楚地指出了缘由。在司马权说了这番画蛇添足的话后，王衍"遂"吃了牛，这表明司马权的话和王衍的行为之间有着直接的因果关系。甚至我们可以假设，如果司马权没有说这番话，那么王衍是不是就可能不会吃。那么，这段话究竟为什么能够成为导火索呢？

　　这则故事出自《汰侈》，意味着刘义庆认为其中的主角穷奢极侈。他究竟是认为司马权汰侈还是王衍汰侈呢？看起来似乎是王衍吃了一头快牛，汰侈的也许是他；但是从根源来看，是司马权把自己挚爱的快牛作为赌注，才导致了快牛被吃，那么汰侈的也可能是彭城王。愿意把自己心目中的至宝作为赌注，说明司马权对这场比赛志在必得。可以想象，当司马权在决定比射术之时，一定认为王衍是不如自己的，也就是说他低估了王衍的射术。而当他输掉赌局将快牛拱手相让之际，所说的话又低估了王衍的境界。司马权固然不在乎二十头普通的牛，可是难道王衍又会在乎吗？想用二十头牛来换快牛这个想法，很明显把王衍看成了一个俗人。对于王衍来说，采取不让的态度吃牛，与其说是为了吃，不如说是为了给司马权一个教训。

　　从狭隘的角度来说，王衍给司马权教训可能是出于不忿。在被对方双重鄙视的情况下，王衍无法做到"人不知而不愠"，于是让司马权付出了代价。从公共空间的角度来说，王衍则是通过自己的表演，让司马权和其他观众意识到"知"的重要性。事实上，王衍参与了比试这一事实在客观上就给予了司马权重新认识自己的可能性——就好像石崇愿意和王恺斗富一样。而司马权在重新了解了王衍的射术之后，依然没有能够深入了解王衍，甚至继续以己之心度人之腹，以为这只是一场关于牛的比赛而已，而不知道对于他人来说，也许比的是尊严。司马权以为用牛可以换牛，这表明他完全停留在物质的层面。他的要求给王衍提供了一种非常困难的选择。若是王衍答应了他换牛的要求，那就显得王衍过于看重物质本身；若是王衍说快牛就是用来乘坐，也显得王衍本来就觊觎他人的宝贝。这两种回答都无法让司马权认识到自己的局限性，反而会让他进一步误以为别人的境界和自己的是一样的。

从《雅量》篇第8则中，我们知道王衍在公共空间中不是斤斤计较之人。有一次王衍托族人办事，可是过了一段时间没有音讯。后来两人恰好在饭桌上偶遇，王衍就问他说之前找您办的事怎么还没成呢。对方非常生气，就举起餐具扔到他脸上。王衍一言不发，洗干净后就挽着王导的胳膊一起坐车走了。在车上王衍照着镜子对王导说："汝看我眼光，乃出牛背上。"

王衍所言的意思是自己的境界不至于低到和人去计较，即使是被人在公共场合羞辱，他也表现得不以为然。《雅量》中关于王衍的故事不少，充分说明他的气量很大。那么，他在司马权面前的不让，也许是他不得不作的选择。其实，当司马权输掉快牛后，就不应该开口提这样的建议，而在他开口之后，王衍所能做的只能是拒绝。只有痛失爱牛的痛苦才能促使司马权去反思，去重新认识自己与他人的关系，去重新了解王衍。当然，这并不意味着司马权一定会这样做。事实上刘义庆的叙述也同样通过王衍看似不让的赌气行为让作为读者的我们在感到震惊之余去思考背后的原因，去反思自己会不会像司马权一样地看低别人，自以为稳操胜券地去与对手比赛，又会不会以为什么问题都可以用以物换物来解决。因此，名士们的缺点在让我们觉得他们有趣的同时，也会促使我们自己去换位思考。而在这一事例中，我们的换位对象应该并不是名士本人，而是他的对立面，因为和王衍的不让相比，彭城王司马权在各方面都显得境界要低不少。我们在思考王衍为何不让之前，更应该思考的是自己会不会逼迫王衍作出不让的选择。

（五）刻薄

如果说超脱之人的不让令人困惑，那么潇洒之人的刻薄则同样发人深思。在《轻诋》中，刘义庆叙述了很多名士对他人的"刻薄"之论。从内容上看，《轻诋》中名士所说的话似乎很难和《排调》中所言有一个明确的区分，《排调》中不少话语也可谓尖酸，而且《排调》《轻诋》两门在书中恰好一前一后。那么，两者之间的界限究竟为何呢？

《轻诋》篇第4则说，庾亮权倾一时，比王导的势力还要大。当时庾亮坐镇石头城，王导则在冶城。有一次大风扬起尘沙，王导用扇子拂去尘沙说，这是元规（庾亮）的尘土弄脏了人。王导的话究竟是在善意地开玩笑，还是刻薄地挖苦庾亮？根据刘义庆的描写，似乎应该是后者。他不但把这则故事放在了《轻诋》篇中，而且在前面特意写了八个字"庾公权重，足倾王公"，很容易让人觉得王导对庾亮有意见。这一则故事在《晋书·王导传》中也有记载，同样说明由于庾亮拥兵权重，使王导"内不能平"，才有了这样的话。

有学者指出，庾亮和王导二人虽然有分歧，但是根据史料，两人的合作远大于分歧。[1]他们也许不是亲密的朋友，可是同为东晋重臣，并非是对立的敌人，作为政治上的合作伙伴，有所摩擦是难免的。因此王导说出轻诋之语并不意味着他对庾亮的彻底否定和鄙视，在很大程度上更多的是为了发泄一下自己心中的不满。

这样的发泄，让我们看到了一个真实的王导，也看到了人内心的复杂性。如果和《雅量》中的叙述联系起来看，那么王导心中对庾亮的看法就立体化了。《雅量》篇第13则说

---

[1] 黄欣怡：《〈晋书〉史臣对王导的评价》，马来西亚拉曼大学2011年学位论文。

传言庾亮有起兵的意图，于是有人劝王导应该暗中戒备以防不测。王导说，现在我和元规虽然都是朝廷大臣，但是"本怀布衣之好"，如果他想来的话，我就回去做老百姓好了，需要戒备做什么！这番话固然是王导对劝他的人说的，但也可以视为王导对包括庾亮在内的所有人说的。它一方面表明王导对庾亮的信任，觉得他不会起兵夺权；另一方面也向世人和庾亮展示了自己的气度——即使出现极端情况，自己也会泰然处之。

这两个故事告诉我们，王导的确是一个真性情之人。他有宽宏的一面，也有刻薄的一面，既不会用小人之心提防庾亮，也不会看着庾亮得势而毫不在意。和王戎一样，他不是小人，也不做圣人，而是处于小人和圣人之间，心有不忿就会说出不厚道的话来。

那么，《轻诋》和《排调》的界限究竟在哪里呢？在《排调》中，王导也会靠在周伯仁的膝盖上对他说你的大肚子里面有什么，而周伯仁会说自己肚子空空，却能装下很多个你。如前所述，《排调》中讲述的幽默故事是以自嘲为基础的；而《轻诋》中的刻薄彻底没有了自嘲的色彩，完全是在讥讽他人。

《轻诋》篇第30则说：

　　支道林入东，见王子猷兄弟。还，人问："见诸王何如？"答曰："见一群白颈乌，但闻唤哑哑声。"

支道林初见王羲之的故事，在第一章已有讲述。想来在受到王羲之的冷落之后，支道林对王羲之的儿子们自然没有什么好印象。但是，他并没有像王子猷在郗司空拜北府时说"应变将略，非其所长"那样在赞扬和讥讽之间开一个幽默的玩笑，而是很直白而刻薄地作了嘲讽，说这群人就像一群长着白脖子的乌鸦一样，只会乱叫。

乌鸦当然有着正面的意象。《艺文类聚》中载晋成公《绥乌赋序》曰："夫乌之为瑞久矣，以其反哺识养，故为吉乌。"但是支道林在此处显然并不是取此意。如前所述，清谈是在魏晋时期的公共空间中衡量名士高下的第一评判标准，像康僧渊就是靠清谈一举成名的。而支道林则不但本人是清谈高手，而且是他人清谈能力的著名评判者，许询就曾经想得到支道林的肯定。因此，当人们问他王家兄弟如何的时候，问的显然是清谈的才能。在第一章中已经讲到清谈最重要的就是"美"，支道林本人就能讲得让王羲之流连忘返。当支道林用白颈乌来形容王家兄弟的时候，他强调了"但闻唤哑哑声"，也就是说他们的清谈很难听，可见支道林对王家兄弟的评价是刻薄的。

身为高僧兼名士的支道林对王坦之也很刻薄。《轻诋》篇第21则说北中郎将王坦之和支道林非常合不来。王坦之认为支道林只会诡辩，支道林则批评王坦之说成天戴着油腻的古帽，穿着布制单衣，夹着《左传》跟在郑康成的车子后面跑，

"问是何物尘垢囊"。崇尚老庄的支道林和信奉郑玄与《左传》的王坦之自然是有着根本分歧的，但支道林并没有效仿庄子的洒脱，而是狠狠地把自己看不顺眼的王坦之称为垃圾袋。

支道林和王导一样，并没有因为清谈而变得超脱通达。这从侧面表明清谈只是一种思辨游戏，与人的修养没有必然的联系。他们更多的是把庄子的思想视为清谈的话题与工具，并没有因为庄子思想的熏陶而变得全然超脱，依然会用刻薄的话语来表达自己对他人的否定。如果说庄子的思想对他们的生活没有影响，那么他们分明不介意自己的缺点，不会努力地以儒家的道德来严格要求自己；如果说庄子的思想对他们的生活有影响，那么很明显又没有达到庄子推崇的逍遥境界。抑或，我们可以说对他们来说，庄子思想和生活之间的关系正在有意无意之间。

（六）自我

最后一个要讲述的缺点是"自我"，刘义庆把很多相关的故事放在了《简傲》篇中。以自我为中心是"知"的主要障碍之一，或者说它其实是一种单项的畸形的知，从而也是不可持续的。[1]以自我为中心的人强烈要求他人赏识自

---

[1] 参看玛格丽特·布朗（Margaret A. Brown）著，王伟平等译：《自我》，北京：人民邮电出版社，2015年。

己，与此同时却又不愿意去了解他人，这就注定无法双向去"知"。根据皮亚杰的观点，小孩子一般都会以自我为中心，而在成人的交往中这种趋向则会减弱。[1]那么，《世说新语》中那些以自我为中心的名士们，究竟是以"赤子"之心在面对他人，还是真的是不够成熟呢？在哈贝马斯的公共空间理论中，公共空间是通过相互的理性交流而存在的，相互的理解是重要的因素，而以自我为中心则会阻碍这样的理解和交流。[2]因此在客观上，这些名士也的确在公共空间中造成了一些尴尬的场面。

被支道林讥讽为白颈乌的王子猷就是一个极端自我之人。《简傲》篇第16则说：

> 王子猷尝行过吴中，见一士大夫家极有好竹。主已知子猷当往，乃洒扫施设，在听事坐相待。王肩舆径造竹下，讽啸良久。主已失望，犹冀还当通，遂直欲出门。主人大不堪，便令左右闭门不听出。王更以此赏主人，乃留坐，尽欢而去。

[1] Mary Henle & Marian B. Hubbell, "Egocentricity in Adult Conversation", *Journal of Social Psychology*, vol.9, No.2, 1938, pp.227-234.

[2] Lincoln Dahlberg, "The Habermasian Public Sphere: Taking Difference Seriously?", *Theory and Society*, vol.34, No.2, 2005, pp.111-136.

王子猷的兄弟王子敬有着类似的行为，不过运气就没有那么好了。《简傲》篇第17则说：

> 王子敬自会稽经吴，闻顾辟疆有名园。先不识主人，径往其家，值顾方集宾友酣燕园中。而王游历既毕，指麾好恶，旁若无人。顾勃然不堪曰："傲主人，非礼也；以贵骄人，非道也。失此二者，不足齿之伧耳！"便驱其左右出门。王独在舆上，回转顾望，左右移时不至，然后令送着门外，怡然不屑。

这两则故事中二王兄弟分别展示了什么叫作以自我为中心。他们各自去了完全不相识的主人家，一个是欣赏竹子，另一个是品评园林。这的确充分说明当时名士的家中就是一个公共的空间，两位主人都欢迎陌生而有盛誉的客人到来。然而他们显然都没有把主人放在眼里。王子猷的主人等着和他清谈，但王子猷根本没有把他视为清谈的对象；王子敬的主人则自己和宾客在交谈，而王子敬不屑于加入其中。也就是说，他们的自我已经破坏了当时公共空间中默认的游戏规则。因此，在刘义庆的描述中，二王也分别受到了惩罚。

由于他们所遇到的主人地位不尽相同，他们遭遇的惩罚也随之而异。王子猷的主人选择的是关门不让走，而王子敬的主人则是让他尴尬地离开。可以想见的是，前者的地位也许较低，他还抱着和王子猷交往的要求——不和我清谈就别想离开，而原本被王子猷破坏的公共空间也就由此而得以恢复。有趣的是，主人的强硬反而获得了王子猷的欣赏。主人原本的彬彬有礼在王子猷的眼里难免是过于俗套而缺乏个性，而主人的非常规手段则让王子猷感到了共鸣。从主人的强硬中，王子猷看到了自己的影子，觉得对方和自己一样，在被他人的逼迫之下为了捍卫"自我"而不再顾及他人的感受。

有学者曾经指出在亲密的关系中人们通常有着这样的心理：当他们相信对方和自己有着相同的精神世界而能理解并分享自己的所作所为时，就会拥有最大的快乐。[1]尽管这一观点最初针对的是男女之间的亲密关系，但是对于知音这样的朋友关系也同样适用。当对方成为自己的同类人时，王子猷对主人的态度就转变了，这其实正是以自我为中心的表现，王子猷欣赏对方正是在欣赏另一个自己。同时，这也说明以自我为中心的人并不是不需要被人理解和认可，他们只不过是想通过不同的方式来获得"知"，而不幸的是，大多数人并不能接受这样的方式。

王子敬的主人顾辟疆就不认同这种方式。之所以认为顾辟疆可能比王子猷的主人地位高，是因为刘义庆没有记录下

---

[1] S. L. Murray, et al, "Kindred Spirits? The Benefits of Egocentrism in Close Relationships", *Journal of Personality & Social Psychology*, vol.82, No.4, 2002, pp.563−581.

后者的姓名。相对地位较高的顾辟疆选择的是"赶"，这意味着他并不那么稀罕王子敬的参与。当王子敬的"自我"主义破坏了现有的公共空间规则时，顾辟疆就会将其驱逐。这并没有违背哈贝马斯所说的公共空间的包容性。虽然不少学者对究竟谁才被允许成为公共空间的参与者有所争论[1]，不过就刘义庆的描述来说，王子敬可以自由进入顾辟疆的家，这已经证明了这一空间对名士们是开放的，但是开放并不意味着无限度的容忍。最后王子敬只能以非常尴尬的方式离开，他的离开不仅意味着离开了顾辟疆的园林，更象征着"自我主义"被公共空间所排斥。

因此，那些以自我为中心的名士们和公共空间的关系，也正在有意无意之间。一方面他们渴望用自己的行为方式去挑战和征服其他人，另一方面他们也希望自己的行为方式能被他人所接受。他们不被某些公共空间接受，同时又可能组成新的公共空间。从某种意义来说，自我是对公共空间最具破坏性的缺点，但也并不是完全没有建设性。对于这种相对性的阐述，在刘义庆的叙述中可谓无处不在。也许，这正是刘义庆对于人本身的相对性和人与人之间关系的相对性所作思考的体现吧。既然每个人都难免有缺点，那么为何不想一

---

[1] Deborah Heller, "Bluestocking Salons and the Public Sphere", *Eighteenth-Century Life*, vol.22, No.2, 1998, pp.59–82.

想缺点有什么正面价值呢？

四 乡愿的后果

《世说新语》对各种缺点的讲述，表明的既是魏晋时名士对缺点的态度，也是作为叙述者的刘义庆的态度。对他们来说，既然不是圣人也不是小人，那么人有缺点就是再自然不过的事情，所需要做的只是坦诚地展示，率真地行事，就依然可能获得别人的理解或欣赏。而有一种缺点，却只会引起别人的反感和厌恶，那就是率真的反面——乡愿。

刘义庆在《假谲》篇第13则中很好地解释了乡愿造成的后果：范玄平做人喜欢算计，而有时候算计过了头反而弄巧成拙。他曾经丢了官住在东阳，因为桓温在南州，于是就去投奔。当时桓温正想招揽贤士以扩大势力。由于范玄平在京城的时候一直享有盛誉，桓温对他远来投奔自己感到非常高兴。等到范玄平走到院子里，桓温伸长了脖子远望，说说笑笑非常开心，回头对袁虎说："范公且可作太常卿。"范玄平坐下后，桓温就感谢他大老远过来投奔的心意。尽管范玄平实际上的确是来投奔桓温的，但他担心马上承认的话会让人觉得趋炎附势有损自己的名声，于是说尽管自己有心拜见桓温，不过正巧有个儿子死了葬在这里，是来特意看望他的墓的。桓温听了之后怅然失望，之前所怀的期待，一下子就没有了。

这则故事中范玄平可谓聪明反被聪明误。他多此一举地掩饰了自己的真实目的，想把自己扮演成一个不汲汲于名利之人，结果反而让桓温看透了他的不真诚。这种不真诚一般被称为乡愿。孔子在《论语·阳货》中说：“乡愿，德之贼也。”孟子对此的解释是：“阉然媚于世也者，是乡原也……同乎流俗，合乎污世，居之似忠信，行之似廉洁，众皆悦之，自以为是，而不可与入尧舜之道，故曰德之贼也。”（《孟子·尽心下》）孟子的话很好地描述了范玄平的行为，而其中的关键就在于一个“似”字。范玄平看起来似乎不在乎做官，但是在识人无数的桓温面前，自然会被看穿伪装，看到本质。这种伪装成有德之人的行为，不够率性而真诚，因而也一直受到批判。

不过，这种乡愿是否就违背了人的本性呢？邓晓芒认为“乡愿根植于人的自由意志”[1]，也就是说人性本身就决定了乡愿存在的必然性，他的“自由意志”一说主要借鉴康德的哲学。刘梁剑则通过对魏晋哲学本身的探讨，指出郭象的“独化”思想中既主张个人的自由，又宣扬要各安其分，因而认为乡愿和逸气是一对孪生兄弟，都是魏晋名士的品质。[2]值

---

[1] 邓晓芒：《论康德哲学对儒家伦理的救赎》，《探索与争鸣》2018年第2期。

[2] 刘梁剑：《郭象“物”观念与晋人的逸气及乡愿》，《陕西师范大学学报》（哲学社会科学版）2017年第1期。

得注意的是,《假谲》篇中一共十四个故事,尽管都和欺骗有关,但是其中不乏"望梅止渴"这样善意的欺骗,而其他故事中就算是并非善意的欺骗,也并没有人把自己扮成有德行的人。只有这则故事中的范玄平符合乡愿的标准。由此我们似乎可以推断刘义庆并不认为乡愿在当时是普遍的现象。

如前所述,以王戎为代表的魏晋名士认为自己是必然有缺点的,因而他们并不会掩饰缺点,反而会张扬自己的缺点;前文所说以自我为中心的王子猷在主人身上看到了自己的影子后与主人尽欢,这也是以他坚持自己的"缺点"为前提的。如果我们把乡愿理解成一种"掩饰自己缺点"的缺点,那么它究竟是不是属于王戎们所谓的缺点,而可以被大家所接受和包容呢?答案应该是否定的。

当王戎们认为每一个圣人和小人之间的普通人都会有缺点时,他们没有为这些根植于人性的缺点赋予道德的意义。也就是说,他们没有说吝啬或奢侈是道德的,也没有说是不道德的。吝啬也好,奢侈也罢,都是人性的自然和必然展现,在展现之时他们并不在意他人是否接受或批评,尽管别人可能会对他们作出负面的评价。而当范玄平试图掩盖自己的真实意图时,他显然觉得自己想要做官是可能被人鄙视的,也就是说,他在掩饰自己的内心想法时是在意别人的褒贬的,而他则会为了别人的褒贬而隐藏自己的想法,他为他的行为赋予了道德意义,而这道德意义则是由他人来评判的。这就与其他毫不忌讳地展现自己缺点的人有了本质的区别。

　　换言之，乡愿是为了别人的看法而出现的缺点，而前面所讲述的其他缺点则都是基于自己的判断。而最重要的是，当人们发现某人乡愿之时，他所想表现的和别人所看到的是不一致的。以范玄平为例，他想在别人眼里成为一个不看重官位的人，但是在桓温眼里他就是个看重官位却又不肯说的人。而当人们认为王戎吝啬或是王子敬自我的时候，他们想展现的和别人看到的是一致的。正是在这个意义上，我们可以说具有其他缺点的人是率真的，而乡愿则是虚伪的。刘义庆在《世说新语》中对各种缺点的叙述告诉我们，真实展现的缺点是可爱的，而试图掩饰缺点的乡愿是可鄙的。

　　不过根据表演理论，也许范玄平的乡愿只是因为他的表演不够成功罢了。如果他能够演得再精彩一点，那么桓温就可能会真的相信他是一个超脱之人。就魏晋时期公共空间的"舞台"来说，最常见的表演当属"孝"。从公共空间的角度出发，我们应该怎么来理解孝的行为呢？这正是下一章所要探讨的话题。

第六章

作为表演的孝

一　孝的公共性

魏晋南北朝时期人们对孝的重视，学者早已有详尽的探讨。[1]不过从通常的成见来看，孝与所谓的公共空间似乎有所抵牾。如果说从清谈、饮酒、容貌到幽默甚至是缺点，名士都不需要依赖家人（当然这不意味着必然与家人无关），而是在与他人交往的公共空间中展现自己的话，那么孝天然地把他们与家人捆绑在了一起：没有父母就失去了孝赖以生存的土壤。而家庭似乎是私人的空间范畴，并不属于公共领域。

那么在《世说新语》的描述中，孝又是如何与公共空间相联的呢？根据中国典籍中的描述，孝大致可以总结为五种

---

[1] 关健英：《从魏晋时期的孝道讨论看传统孝道的变迁》，《哲学研究》2013年第9期。

行为：第一是最基本的物质层面的，那就是当父母老的时候赡养自己的父母；第二是尊敬和听从父母，这大约是从小到大都需要做到的；第三是需要繁衍子嗣；第四是给家人带来美好的名声；第五则是在父母去世后严格遵守丧礼，悲伤地守丧。这几种行为都为名士们提供了"表演"的可能性。当名士们需要通过表演让其他人了解他们的孝行，进而产生公共效应时，孝就走入了公共空间。需要再次强调的是，此处的表演不带任何"贬义"色彩，它并不意味着孝子的行为是虚伪的，而只是表明孝可以是一种公共的行为，而表演是将私人和公共空间相联的纽带。

或者可以说，把孝视为一种表演意味着把孝这一行为彻底地公共化。孝可以被理解成一种个人的道德行为，比如一个儿子本能地从内心出发对父母孝，他不求他人的赞赏，甚至也不在意父母的认可，只是纯粹地自己愿意这么做；孝也可以被理解为一种家庭内部的道德行为，在父母的教育下，儿子对父母孝，父母也相应地表示肯定，但是无论是父母还是儿子，都无意让外人知道这一种情况，也不在意外人的赞扬；而把孝理解成一种公共的行为，指的是它必须被外界所知晓并认可，当儿子在尽孝时，他是为了让他人知道并赞扬自己是一个孝子。从这一角度来说，对于孝子，孝或许只是一种手段，其功能在于让他人"知"，从而产生其他相应的多种社会效应。

孝的公共性也可以从另一个角度来看。魏晋时期，孝是自帝王以降都必须遵守的道德准则，这一点在《世说新语》中也有记载。当孝由帝王推行而为社会各阶层所接受时，它自然就成了一种公共的道德。对《孝经》的宣扬是推广孝的重要组成部分。《言语》篇第 90 则说：

> 孝武将讲《孝经》，谢公兄弟与诸人私庭讲习。车武子难苦问谢，谓袁羊曰："不问则德音有遗，多问则重劳二谢。"袁曰："必无此嫌。"车曰："何以知尔？"袁曰："何尝见明镜疲于屡照，清流惮于惠风？"

这则故事的主角固然是袁羊，但是从中可以知道，当时自孝武帝到普通名士，从上到下都注重研读《孝经》。在第一章中曾经提到，当名士们聚会清谈想要找话题的时候，只找出了《庄子》中的一篇；而《孝经》则是大家都认真研读的文献。尽管《孝经》这部倡导孝的经典究竟成书于何时仍无定论，但是根据 20 世纪下半叶的出土资料，有学者认为《孝经》应该在战国中期子思、孟子活跃的年代就已经成为儒家的重要文献。[1] 在汉朝，《孝经》曾经和《论语》一起被作为"五经"之外的辅经之书。有学者指出，《孝经》受到政府重

---

[1]　彭林：《子思作〈孝经〉说新论》，《中国哲学史》2000 年第 3 期。

视的原因有三："一是《孝经》所讲儒学道理，简明扼要，容易把握；二是《孝经》容易由理论转化为实践；三是宣传《孝经》，容易收到教化实效。"[1]从宣传到教化，其实就是一个在公共领域流传的过程。

魏晋以降，《孝经》的地位并没有随着魏晋玄学的兴起而式微。根据清代学者毛奇龄的考证，汉魏六朝对《孝经》的注释者多达百家，其中魏晋六朝的注释占了相当的比例。[2]《世说新语》告诉我们众人读《孝经》的故事，正是整个社会风气的反映。"孝"本身已经成为公共空间中重要的道德品质。在这样的情况下，孝甚至成为考察皇帝的标准之一。

《方正》篇第32则说：

> 王敦既下，住船石头，欲有废明帝意。宾客盈坐，敦知帝聪明，欲以不孝废之。每言帝不孝之状，而皆云："温太真所说。温尝为东宫率，后为吾司马，甚悉之。"须臾，温来，敦便奋其威容，问温曰："皇太子作人何似？"温曰："小人无以测君子。"敦声色并厉，欲以威力使从己，乃重问温："太子何以称佳？"温曰："钩深致远，盖非浅识所测。然以礼侍亲，可称为孝。"

[1] 姜广辉、禹菲：《汉唐时期的孝经学》，《中州学刊》2017年第6期。
[2] 毛奇龄：《孝经问》，影印文渊阁《四库全书》第182册，上海：上海古籍出版社，1987年，第282页。

无论是王敦想废明帝，还是温峤维护明帝，用的都是"孝"这一条准则，孝的重要性由此可见一斑。而这则故事也完美地体现了孝的公共性。王敦是在"宾客盈座"的情况下开始抨击明帝不孝的，可以想见当明帝"不孝"的恶名广泛传播之后，他自然就会失去公众的支持。可是，尽管刘义庆告诉我们"敦知帝聪明"，但他暗示实际上王敦并不"知"明帝。王敦以为可以轻松给明帝戴上一顶不孝的帽子，但他显然对明帝的人格魅力有所误判。在王敦的计划里，温峤的配合是重要的一环，他以为明帝在权力有限的情况下，不会再对温峤有什么影响。殊不知即使王敦大权在握，明帝依然有着自己的影响力。同时，王敦也不"知"温峤。作为温峤的直接上级，王敦想当然地认为温峤肯定会配合自己，低估了温峤对明帝的忠诚。而最重要的是，王敦显然也不自知。他以为自己的权力已经足以废掉明帝，毫无疑问这是对自己的高估。

相反，在这场较量中温峤就显得知己知彼。他不但在上场之前就清楚知道王敦的意图，而且也很明白自己在这场阴谋中所可能担当的角色，并且选择了正面的对抗。当温峤对王敦说"小人无以测君子"时，与其说是自谦，不如说是在暗讽对方：我固然作为小人无法测明帝这位君子，而你王敦才是真正的小人。因此，当王敦逼问温峤明帝有什么优点时，温峤明确地表示优点就是孝。温峤在没有听到王敦之前对宾客所说的谣言的情况下，用"孝"来彰显明帝的品德，这表明他完全知道王敦的攻击点在哪里，也了解捍卫明帝地位的要点是什么。只要证明明帝是"孝"的，那就足以确保他的帝位，他的其他品质就不用赘言了。从王敦和温峤的一攻一守都以孝为武器可以看出，孝是公共空间中对人道德评价的最高准则，连皇子都不例外。

二 孝行与个性

虽然《世说新语》的叙述已经彰显了孝的公共性，但一般来说孝与崇尚自在逍遥的魏晋名士似乎是格格不入的。那么，孝究竟能否给名士表现自己的空间与弹性，从而获得他人的赏识与肯定呢？答案显然是肯定的。魏晋对孝的重视，体现在一方面政府用儒家的道德思想来维护社会的秩序与稳定，另一方面学者则可以通过对儒家经典的诠释，自由地解读和塑造儒家的道德规则。[1]以《论语》为例，何晏等魏晋南北朝时期的注释就充满了自己的特色。[2]而多达百余种的《孝经》注释也恰恰说明了对其诠释的多样性。这种多元性不仅仅体现在思想上，也同样反映在实践上。《世说新语》

---

[1] Norman Kutcher, *Mourning in Late Imperial China: Filial Piety and the State*, Cambridge, UK: Cambridge University Press, 1999, p.15.

[2] John Makeham, *Transmitters and Creators: Chinese Commentators and Commentaries on the Analects*, Cambridge, USA: Harvard University Asia Center, 2003, p.33.

的叙述表明，"孝"也可以是百花齐放的。

让我们先来看看《德行》篇第14则中对孝的描述：

> 王祥事后母朱夫人甚谨。家有一李树，结子殊好，母恒使守之。时风雨忽至，祥抱树而泣。祥尝在别床眠，母自往暗斫之。值祥私起，空斫得被。既还，知母憾之不已，因跪前请死。母于是感悟，爱之如己子。

作为晋时重臣，王祥以"二十四孝"中"卧冰求鲤"的故事而闻名。卧冰求鲤的故事出自晋朝干宝的《搜神记》。《搜神记》说：王祥性至孝，早年丧母，继母朱氏不慈，多次在父亲前说他坏话，因此不再得到父亲的宠爱，但是父母生病的时候，他还是会衣不解带地伺候。后母常常想吃活鱼，当时天寒冰冻，王祥解开衣服想要剖冰求鱼，忽然冰自动融化了，有两尾鲤鱼跳了出来。

一个很明显的问题出现了：为什么刘义庆没有在《世说新语》中记录这个故事？从故事的主旨来看，它一样也在讲孝。不过从故事的内容来看，它则加入了神话的色彩。[1]事实上，在《搜神记》中，后母、卧冰和鲤鱼是一个反复出现的结构，除王祥之外，还有王延、楚僚也有着类似的故事。

---

[1] 高二旺：《魏晋南北朝孝感动天现象考论》，《中州学刊》2018年第9期。

相反，《世说新语》中的故事中则没有神奇的力量存在。相比较而言，《搜神记》中王祥的孝经历了无法被人知—被天知—再被人知的三个阶段，而《世说新语》的叙述经历的则是无法被人知—坚持不懈终被人知两个阶段，也就是说，后者的"知"一直是人与人之间的。

这正是《世说新语》中关于王祥孝行叙述的关键所在：一方面它强调了孝的重要性，另一方面它体现了孝的公共性——孝是人与人之间"知"的载体，和超自然的力量无关。其中，最体现孝的公共性的细节是王祥抱着李树"哭泣"。

哭泣本身就是仪式化的行为[1]，王祥在此的哭泣绝不是个人的生理行为，而是从小受到文化熏陶，从而渐渐形成的"文化反应"。[2]彭美玲指出："在非独处的情况下，哭泣一事总不免受到礼教的制约。"[3]在中国的传统中，哭泣作为礼仪的一部分，需要"遵礼而哭"，也就是说王祥的哭泣是符合礼仪的行为。在这样的情况下，哭泣具有了"礼以饰情"的功能，王祥通过哭泣表达的是自己内心因无法完成母亲嘱托而产生的愧疚。尽管当时男子的哭泣通常是在父母的丧礼时

---

[1] 寇特勒（Jeffrey A. Kottler）著，庄安祺译：《听眼泪说话》，台北：天下文化出版公司，1997年，第128页。

[2] 彭美玲：《凶事礼哭——中国古代儒式丧礼中的哭泣仪式及后世的传承演变》，《成大中文学报》第39期，2012年12月。

[3] 同上。

出现的，但是李子树下的王祥借用了哭泣这种形式，同样是为了表达自己对母亲的孝。

南恺时（Keith N. Knapp）认为，中国中古时期的这些关于"孝"的故事很少涉及子女对父母的赡养，而是以极端的情节来凸显家庭内部的等级系统中子女对父母的绝对服从。[1]所谓的极端包括两方面。一是关系上的极端，晚辈孝敬的甚至都不是自己的亲生父母，而是后母。尽管日本学者下见隆雄曾指出中国在这一时期对孝的宣扬侧重的是母子之间的关系[2]，不过"后母"这个身份可谓是把母子关系推到了极致——即使不是亲生母亲，也一样必须无条件服从。二是行为上的极端，抱着树痛哭已经有些夸张，而由于后母要杀自己未遂而自责，则更是令人瞠目。从某种意义来说，王祥孝行的夸张程度，让观众觉得与那些嗜酒名士们的夸张之举有相通之处：孝和酒是当时名士都重视或喜好的，为了脱颖而出，就要用不同寻常的举动来凸显自己。

从《世说新语》对王祥孝行的描述来看，似乎很难和公共空间扯上关系，不过也不尽然。半夜后母提刀要斩他，从

---

[1] Keith N. Knapp, "Reverent caring: The parent-son relationship in early medieval tales of filial offspring", in *Filial Piety in Chinese Thought and History*, ed. Alan Chan and Sor-Hoon Tan, London, UK: Routledge, 2004, pp.44–70.

[2] 同上。

常理来说应该不会有作为观众的外人在，但这并不表明没有观众。正如王敦在石崇家上厕所的观众是石崇的婢女一样，王祥的孝行完全可能被家里的佣人所见证；而抱着李树大哭则同样会被佣人看到。具体的直接观众是谁并不重要，重要的是作为间接观众的读者也看到了他们的表演。王祥的表演告诉读者：孝是对父母的绝对付出。只有在绝对付出的情况下，孝子的"孝"才可能被父母所知。当王祥抱着李树哭泣时，他的后母根本不了解和欣赏他，一直到最后，后母才发觉他和亲生儿子一样。

三　丧礼与孝子

对于一个"表演"者来说，观众是无处不在的，但是观众最多的场合，也许当属葬礼。因而对于一个孝子来说，葬礼上的表演就一定要给人留下深刻印象。阮籍的"孝行"我们早已见识过了。《任诞》篇第9则说阮籍在快要葬母的时候，蒸了一头肥猪，饮酒二斗，然后吐了血，废顿了很久。阮籍用极端的行为——葬母之前饮酒至吐血——表现了自己的孝。

《世说新语》中的不少故事描述了这一类阮籍的孝行。关于魏晋时期对孝的推崇以及对丧礼的重视，很多学者已有论述。[1]刘义庆的叙述所展现的孝的基本观念，和当时的主

---

[1] 参见 Norman Kutcher, *Mourning in Late Imperial China: Filial Piety and the State* (pp.15–17)，其中对魏晋时期的孝与丧礼有所总结。

要观念基本吻合，那就是面对父母之死，一定要竭力尽孝。刘义庆多处描写名士们遭遇丧亲时的孝行，或许是因为死亡本身就充满了公共色彩。[1] 葬礼原本就是一个人一生中最重要的礼仪之一，在一个社会成员去世后，葬礼会"赋予各种社会等级色彩及道德修养涵义"。[2] 在这样的场合中向其他人展示自己对父母的深情缅怀，是刘义庆反复描述的场面。

《德行》篇第 17 则说：

> 王戎、和峤同时遭大丧，俱以孝称。王鸡骨支床，和哭泣备礼。武帝谓刘仲雄曰："卿数省王、和不？闻和哀苦过礼，使人忧之。"仲雄曰："和峤虽备礼，神气不损；王戎虽不备礼，而哀毁骨立。臣以和峤生孝，王戎死孝。陛下不应忧峤，而应忧戎。"

值得注意的是再一次出现在观众面前的王戎。虽然说起魏晋时期的名士，很多人对阮籍或是嵇康的印象更为深刻，但是实际上王戎才是全面型的演员。从清淡、饮酒到帅气、吝

[1] Georges Duby, "The Aristocratic Households of Feudal France", in *A History of Private Life, ed. Georges Duby*, Cambridge, USA: The Belknap Press of Harvard University Press, 1988, pp.35-84.

[2] 李向平：《修身俟死与尽孝善终——死亡观念与儒学伦理的关系之一》，《探索与争鸣》1991 年第 2 期。

啬，王戎几乎是无处不在的。在《世说新语》中，他是为数不多的立体的人。或者说，王戎特别了解表演的真谛，在自己力所能及的方面都会尽力把表演做到极致，从而让他人更好地了解自己。这样的表演其实遵循的是公共空间内名士们的共识，正是在遵守共识的前提下，他才通过表演彰显了自己的个性。

王戎的死孝表明他不但完全了解在社会中"孝"是德行的重要标志之一，而且懂得如何让人觉得自己与众不同。他展现孝的方式和其好友阮籍有些类似。不同的是阮籍通过喝酒来证明自己已经哀伤到了极点，而王戎则似乎依然嫌弃自己不够哀伤——尽管在刘仲雄看来已经是死孝了。通过形销骨立而不喝酒吃肉，王戎显示了比阮籍还要高层次的孝。如果说阮籍在丧母后的饮酒吃肉是为了向大家表明自己的孝已经到了顶点，再不吃肉不喝酒身体就不行了，那么王戎想要告诉大家的是自己还能够坚持，是对自己的孝行还不够满意。

相反，和峤的"哭泣备礼"是一种比较传统的表现孝的手段。哭泣本身就体现了自己的哀伤，而在丧礼中根据礼仪的要求来哭泣，本身就是一种表演，它不但能在众人面前尽情展现自己的孝，还可以自然地感化他人。《孟子·滕文公上》在描述滕定公之丧时说："及至葬，四方来观之，颜色之戚，哭泣之哀，吊者大悦。"有学者认为这充分说明了哭泣的表演性，"其演出必须符合演员本身的社会角色，符合在场观众的期待，始能获致'吊者大悦'的心理效果，进而博得'善居（处）丧'的好评"[1]。对和峤来说，他"哭泣备礼"的表演获得了生孝的美名，赢得了武帝的担忧与肯定，不仅使他自己被众人所知，也彰显了武帝教化的功效。

在此，刘义庆似乎没有真的要比较王戎与和峤。想要和他们作比较的是直接的观众晋武帝和刘仲雄。晋武帝和刘仲雄代表了两类不同的观众：前者以现有的礼仪为衡量他人是否"孝"的原则，如果比礼仪做得还周详，那么就是孝子；而后者则是以身体为考量的标准，如果哀伤得无法正常生活，那么就是孝行。因为刘仲雄纠正了晋武帝，所以看起来他的观点比较正确。但是在清谈都不一定要分出胜负的情况下，用A比B好的两分法来诠释《世说新语》中的叙述总是过于简单化。

事实上，晋武帝和刘仲雄都是用外在的标准作为评判的依据，两者都没有尝试去分析王戎或和峤的内心感受，没有去证明他们的表现是否是真诚地发自内心的孝。从他们的对话来看，孝是一种外在的体现，与内心的境界无关。既然这则故事是在《德行》篇中，那么刘义庆很可能想告诉我们作

---

[1] 彭美玲：《凶事礼哭——中国古代儒式丧礼中的哭泣仪式及后世的传承演变》。

为一种德行，孝是外在的。无论是生孝还是死孝，他们的孝行都是别人能看到的，而孝行的背后究竟是否有孝心，则当时的观众并不关心。

在这样的情况下，孝就很可能只流于"行"。《德行》篇第42则说：

> 王仆射在江州，为殷、桓所逐，奔窜豫章，存亡未测。王绥在都，既忧戚在貌，居处饮食，每事有降。时人谓为试守孝子。

王绥在父亲生死未卜的情况下，充分展现了自己的悲伤，"忧戚在貌"表明他的忧戚是体现在外的——至于内心是否忧戚，我们不得而知。而他在起居饮食上的表现，也是一种外在的展现。王绥外在展现的问题在于他的父亲还没有确定死亡。在这种情况下担心父亲是可以理解的，甚至没有胃口也是正常的，但是"每事有降"，以可以量化的手段让别人知道自己的哀伤，这是一种很微妙的心态：这种把还可能活着的父亲当作已经死了的心理，究竟是孝还是不孝？

在这里，孝子一词已经狭义化，特指为亡故的父母守孝之人。董慕达（Miranda Brown）在讨论汉以来的丧礼时，就把父母去世后守丧三年之人称为孝子，进而认为守丧象征

第六章 作为表演的孝 **259**

着私和公之间的转化。[1]因此，当大家称呼王绥为"孝子"时，说的是他已经当他的父亲去世了。同时"试守"二字也充满了可玩味之处。两汉以来，官员采用"试守"制度，也就是试用期，通常为期一年。在这里用"试守"二字，到底是说王绥因为孝顺而想尝试着守丧，还是迫不及待地想通过做"试守孝子"从而获得重用呢？

的确，通过其他史料我们可以对王绥此举作出更为详尽的分析，但是作为一个自我独立的叙述空间，《世说新语》并不试图提供详尽的史料，而是诱使读者在文本的基础上，对其叙述背后的社会习俗有所了解。尽管文学作品不完全是现实的镜子，却反映了当时人们所追求和困惑的是什么，在遇到某些情况下有什么样的本能反应，由此文学性的叙述可以通过理解个人而管窥社会。[2]从王戎、和峤到王绥，他们都用异乎寻常的方式来做一个"孝子"。他们的具体行为虽然不同，但是他们所实践的原则却是一样的，那就是"孝"。

《世说新语》的叙述表明，名士们认为服丧是体现孝的最佳手段。丧礼和服丧是最公开的体现孝的场合[3]，也是名士

---

[1] Miranda Brown, "Where Did All The Filial Son Go", in *The Politics of Mourning in Early China*, Albany，USA: SUNY Press, 2012, pp.21-40.

[2] Danielle Regnier-Bohler, "Imagining the Self", in *A History of Private Life, ed. Georges Duby*, pp.311-394.

[3] 高二旺：《丧礼与魏晋南北朝社会控制》，《郑州大学学报》（哲学社会科学版）2017年第2期。

们成为孝子的最后机会。以《世说新语》中出现过的人物为例，郭林宗的葬礼有千余人参加，而陈寔的葬礼参加人数据说达三万余人。尽管有学者认为后者的数目有所夸张[1]，但是这样的夸张说明的正是葬礼的隆重。在这样的场合下，一位孝子的言行不但可以使自己的德行被他人所知，甚至可以感化他人。《后汉书》记载，郭林宗的同乡贾淑为人阴险。在郭母去世后，贾前往吊丧，郭林宗按礼接待了他。郭的朋友孙威直也来吊丧，在得知他接待了贾淑后，没有进门就离开了。林宗追上去道歉说："贾子厚诚实凶德，然洗心向善。仲尼不逆互乡，故吾许其进也。"贾淑听说后改过自新，最后成了善士。

在这样的场合下，王戎、和峤和阮籍的表演都可谓是成功的。他们抓住了机会，让天下人都知道了他们的孝。而一旦表演失败，就会直接影响到当事人的声誉。《规箴》篇第3则说：

> 陈元方遭父丧，哭泣哀恸，躯体骨立。其母愍之，窃以锦被蒙上。郭林宗吊而见之，谓曰："卿海内之俊才，四方是则，如何当丧，锦被蒙上？孔子曰：'衣夫锦也，食夫稻也，于汝安乎？'吾不取也！"奋衣而去。

---

[1] Miranda Brown, *The Politics of Mourning in Early China*, p.43.

自后宾客绝百所日。

在这场表演中，前半场陈元方其实是很成功的。如果说王戎偏于死孝，和峤注重生孝，那么陈元方则是二者的完美结合：他既严格守礼，又形销骨立。也正是因为这样，所以也就特别地难以持续。由于哀恸而身体不好的王戎无法下床，而元方则坚持在现场回礼——要知道陈寔去世时已经八十三岁高龄，而此时身为长子的陈元方也已五十八岁了。如前所述，有几万人前来吊唁陈寔，因此一切顺利的话，陈元方难度颇高的表演将使得他的孝子美名远播。这时候，他的母亲出现了！

这则故事的转折性人物是他的母亲。一般来说，儿子——尤其是长子——是父亲丧礼的主角。《世说新语》中也有故事提到陈寔有六个儿子。在通常的情况下，母亲不应该去照顾一个守丧的儿子，更不应该用锦被盖住儿子。这一点身为陈寔的妻子不应该不了解。尽管汉代以来妇女在丧礼中也有着一定的地位[1]，但是在这样的场合下陈元方母亲的行为肯定是不合适的。那么，她这么做是有意的还是无意的呢？抑或是在有意无意之间？然而可以肯定的是，母亲的加入使得陈元方原本优秀的表演转向了失败。

---

[1] Miranda Brown, *The Politics of Mourning in Early China*, p.15。

这时候，同时作为表演者和观众的郭林宗登场了。如果说作为孝子的陈元方是表演者，那么郭林宗则是观众；如果把整个故事看作一场表演，那么郭林宗又是重要的角色。作为观众的郭林宗充满了正义，对陈元方表示了自己的愤慨，用孔子的话论证了以礼守丧的重要性。在我们这些后世的观众来看，郭林宗也是演出的一部分。他的强烈反应不但让前往陈元方家吊丧的宾客消失，也让我们注意到他和陈家人的鲜明对比。值得注意的是，郭林宗所引的孔子之言里有一个"锦"字，这是对陈元方母亲给他的锦被的直接回应。孔子的话很有名，陈元方不可能不知道。可以设想一下，陈元方在接待宾客之时必然是清醒的，那么他就不可能不知道自己披着锦被，在他必然了解锦被和丧礼之间的矛盾时，为什么还没有把锦被取下来？

刘义庆给了读者想象的空间。很有可能陈元方是累到不行打了盹，他母亲给他披上了锦被，然后客人郭林宗来吊唁的时候，陈元方匆忙醒来就直接去迎客，来不及除下身上的锦被。因此，当郭林宗看到的时候，已经来不及弥补了。然而，郭林宗看到的只是陈元方披着锦被，而没有看到是陈元方的母亲给他盖的锦被。因此，当他批评陈元方的时候，并不知道真正的错误制造者。从读者的角度来看，郭林宗多少批评错了对象，是在不分青红皂白的情况下对人进行了规劝。

这时候，在后半程看似被动的陈元方的"无为"之举其实暗含玄机。他是真的因为疏忽或是来不及才没有除下锦被的吗？不！如果和王祥的故事连在一起看，那么陈元方一直披着锦被很可能是故意的。要知道，是他的母亲给他披上的。没错，元方面临服丧，理应不能披盖锦被，可这是母亲所为，他如果除下来，就在众目睽睽之下表明母亲做错了，这当然是不孝之举。因此，他只有自己来背负骂名，才得以保全母亲的名声。当郭林宗把矛头对准陈元方之时，陈元方的沉默恰恰再一次反映了他的孝。

当然，从最后的结果来看，孝子在丧礼上的表演也确实容易因突发情况而失手，陈元方的母亲的确毁了这场表演。在很长时间内都没有宾客来吊唁，这是郭林宗的话对当时观众造成的直接影响。然而在间接的观众看来，陈元方遇到的两难问题的确没有完美的解决办法，可由于是母亲在有意无意之间砸的场，再怎样也要自己来承受。不过，刘义庆的叙述中或多或少对所谓的道德家郭林宗有一些暗暗的批评。毕竟郭林宗和陈元方年纪相仿，即使在不知情的情况下指责对方母亲的所作所为造成的后果，也很难说不是失礼之举。如果参考前文所引《孟子·滕文公上》中的吊者大悦，那么郭林宗更像是一个因没有看到精彩表演而失望的观众，他的批评也更像是一种好戏落空后的抱怨。而在《世说新语》中，多则关于陈元方和其父亲的故事给观众的印象，是他和父亲的关系非常好，经常极力捍卫父亲的名誉。例如《言语》篇第6则说：

> 颍川太守髡陈仲弓。客有问元方："府君何如？"元
> 方曰："高明之君也。""足下家君何如？"曰："忠臣孝子
> 也。"客曰："《易》称'二人同心，其利断金；同心之
> 言，其臭如兰'。何有高明之君而刑忠臣孝子者乎？"元
> 方曰："足下言何其谬也！故不相答。"客曰："足下但因
> 伛为恭不能答？"元方曰："昔高宗放孝子孝己，尹吉甫
> 放孝子伯奇，董仲舒放孝子符起。唯此三君，高明之
> 君；唯此三子，忠臣孝子。"客惭而退。

郭林宗不可能不熟悉陈元方的为人，也完全了解他对父亲的
尊敬，在这样的情况下，当他看到陈元方身上的锦被之时，
应该想一想其中必有原因。当阮籍丧母饮酒之时，何曾对他
猛烈批评，认为应该把他流放，是晋文王为阮籍看似荒诞的
行为作了辩护。而在这里，刘义庆把为陈元方辩护的权利交
给了读者，也把反驳郭林宗的权利交给了读者——如果读者
愿意的话。也许在刘义庆看来，并不一定需要争论谁对谁
错，本来就都是在对与不对之间罢。

四 孝行的回报

陈元方的表演是失败了。对于那些表演成功的人来说，

收获是满满的。只要让大家知道你的孝，就会获得回报，这是《世说新语》告诉大家的道理。那些在丧礼中哭得成功的孝子，就会飞黄腾达。《德行》篇第47则说：

> 吴道助、附子兄弟，居在丹阳郡。后遭母童夫人艰，朝夕哭临。及思至，宾客吊省，号踊哀绝，路人为之落泪。韩康伯时为丹阳尹，母殷在郡，每闻二吴之哭，辄为凄恻。语康伯曰："汝若为选官，当好料理此人。"康伯亦甚相知。韩后果为吏部尚书，大吴不免哀制，小吴遂大贵达。

毫无疑问，吴氏兄弟的表演是极其成功的。能让路人都落泪的哭泣，必然是无比感人的。他们甚至还配上了"踊"，用捶胸顿足来增强悲伤之感。有学者认为哭和踊的完美配合是极致悲伤的表现。[1]在母亲的丧礼中，吴氏兄弟通过自己的哭泣让身居高位的韩康伯"知"了他们的孝，由此打开了通向富贵的大门，充分体现了公共空间和孝之间的紧密关系。

　　孝给孝子们赢得官爵的例子并不少。《德行》篇第26则说：

---

[1] 彭美玲：《凶事礼哭——中国古代儒式丧礼中的哭泣仪式及后世的传承演变》。

> 祖光禄少孤贫，性至孝，常自为母炊爨作食。王平北闻其佳名，以两婢饷之，因取为中郎。有人戏之者曰："奴价倍婢。"祖云："百里奚亦何必轻于五羖之皮邪？"

祖光禄的孝体现在侍奉母亲上。对于名士来说，亲自为母亲烧火做饭就是一种孝顺，听起来这样的表演似乎难度并不高。在西晋，"尽管九品中正制已成选官的主导，但承自汉代的秀才孝廉察举制度依然存在"[1]，因此祖纳的孝行可以给他带来做官的机会。在刘义庆的描述中，"性至孝"三字颇值得玩味。当刘义庆说祖纳"性至孝"时，并不仅仅是他本人的观点，更多的是包括王平北在内的当时人对祖纳的评价。也就是说，当时的名士是相信有所谓的本性的。如果还记得第一章中名士们经常谈论"有无"的话，就会发现至孝的本性和"以无为本"的哲学观点其实是相矛盾的。"以无为本"主张万物的本质是"无"，那么人的本性也就是"无"，而孝显然属于"有"。这再一次表明魏晋的哲学思想和生活实践存在着一定程度上的脱节。当魏晋名士在清谈中讨论各种哲学议题时，更多的是为了辩论过程中的美感与快乐，并不

---

[1] 阎步克：《从任官及乡品看魏晋秀孝察举之地位》，《北京大学学报》（哲学社会科学版）1988年第2期。

是真的信奉这些观点，更不是一定要实践这些理论。

不过，孝所带来的回报形式并不局限于官爵。《德行》篇第45则说：

> 吴郡陈遗，家至孝，母好食铛底焦饭。遗作郡主簿，恒装一囊，每煮食，辄贮录焦饭，归以遗母。后值孙恩贼出吴郡，袁府君即日便征，遗已聚敛得数斗焦饭，未展归家，遂带以从军。战于沪渎，败，军人溃散，逃走山泽，皆多饥死，遗独以焦饭得活。时人以为纯孝之报也。

在这则故事中，陈遗的孝给他带来的回报是性命。陈遗对孝的表演可谓出奇制胜，居然是为母亲带锅巴；而他的孝所带来的回报也不可谓不丰厚，在别人都饿死的情况下得以存活。当然，刘义庆给我们留下了很多值得思考的细节，促使我们去立体地评判这位孝子。首先，魏晋时期的主簿虽然不是一个大官，但好歹也属于公职，母亲爱吃锅巴这一点喜好，似乎并不需要大张旗鼓地带口袋到衙门来满足。这个口袋，可以说是陈遗赖以演出成功的道具。其次，他煮饭留下的锅巴，到底是公家的还是他自己的，刘义庆没有明确说明。最后，当陈遗和战友们兵败逃到山泽之间时，为什么他没有把锅巴拿出来和他人分享？难道一个孝子，竟然可以眼睁睁地看着自己的同袍们饿死，然后心安理得地独自吃锅巴？或者，为什么他的同袍们宁可饿死不会去抢他的锅巴？难道那时候他已经把平日里招摇过市的口袋藏了起来？

不过，在当时的观众看来，孝可以掩盖住所有的疑惑。他能活下来就是因为孝。如果按照这个逻辑，那么其他死去的难道都不是孝子？很显然，在这里孝的绝对性体现在两个方面：一方面，子女在尽孝时要对父母之要求绝对服从；而另一方面，当观众在评价孝行的时候，也需要将其地位绝对拔高，一个人只要做到了"孝"，其他可能存在的瑕疵就可以完全被忽略。

把孝和回报紧密联系在一起，在一定程度上是通过公共化之后，把孝功利化和世俗化。当这样的故事一个又一个出现之后，观众们会本能地认为是因为孝可以带来回报，所以这些名士才会努力地成为孝子。尽管刘义庆也会提到有的名士"性至孝"，但是上述孝子们的行为，很难让人觉得他们的行为是完全发自内心的。

事实上，当魏晋的名士们在清谈时讨论四本论的时候，在切磋才性同、才性异、才性合抑或才性离的时候，其实完全明白才和性是可能分开的。有学者总结说一般认为魏晋时期所说的才指的是一个人的政治才能。[1]当韩康伯的母亲听

---

[1] 王晓毅：《魏晋才性论新探》，《东岳论丛》1986年第3期。

见吴氏兄弟的哭泣就知道他们适合做官时，意味着孝可以直接转化成政治才能。因此，把孝视为一种才是合理的。既然才和性可能分开，一个人的孝行也就可能并不符合其他内心的思想，而是出于现实的目的。这样的孝已经在一定程度上背离了孔子和孟子所说的"孝"。

孔子反复强调孝是仁的根本，而孟子则认为孝是性善的一部分，他们绝对不会用孝就可以做官来规劝他人尽孝。可见，当魏晋名士在谈论孝的时候，孝剩下的只是先秦儒家思想的外衣，而失去的是先秦儒家思想的内核。从这个角度来理解关于"有无"的辩论，就会发现王弼在谈论"以无为本"之时，看起来是对老子哲学的诠释，实际上却微妙地指出了一个事实：那就是魏晋名士在生活中一方面以儒家思想所主张的道德原则为依归，另一方面则在本质上脱离了儒家思想的内涵。也就是说，他们否定、否认或是回避了儒家思想的根本。既然"本"是"无"的，那么就可以不用去纠缠"孝"的本质，需要重视的只是孝的外在表现和现实功效。

五　从孝到忠

那么，孝最大的现实功效是什么呢？《德行》篇第46则说：

> 孔仆射为孝武侍中，豫蒙眷接烈宗山陵。孔时为

> 太常，形素羸瘦，着重服，竟日涕泗流涟，见者以为真
> 孝子。

"以为"二字，恰恰就是"有意无意之间"的体现，如果说他是真孝子，那么他连"子"都不是；如果说他不是真孝子，那么他又做得和孝子一样。这则故事的叙述于微妙处暗藏了很多的问题："以为"二字说明当时观众对孔安国的评价究竟是褒还是贬？作为臣子的孔安国一天到晚身着重孝哭泣，究竟是不是符合礼？如果他的行为"过"了礼的标准，那么还是否值得赞扬？既然有"真"孝子，那么是不是默认很多孝子其实是假的？

刘义庆自然不会给我们明确的答案。在孝武帝司马曜去世之时，身为人臣的孔安国表现得就好像父亲去世一样，这告诉我们在孔安国的身上，孝子和忠臣其实是合二为一了。一位为皇上去世而哀悼的大臣，和一位为父亲去世而哀伤的孝子相仿佛。这相当清晰地在孝和忠之间画上了一个等号，也为孝的通俗化提供了合理的解释。从孝子可以做官，可以知道推崇孝子是为了提携潜在的忠臣。也就是说，孝最终的目标是忠，做一个忠臣才是孝子最大的现实功效。

可是，为什么在《言语》篇第58则中，桓温又会有忠孝难两全之叹呢？该则说，桓温经过三峡，看到绝壁天悬，腾波迅急，于是感叹说："既为忠臣，不得为孝子，如何？"

永和二年（346），桓温率兵伐蜀，途径三峡。桓温觉得选择为国效忠，就可能随时捐躯，不能在父母面前尽孝，所以发出了这样的感叹。这样将忠孝对立的看法，和两晋时名士们熟读的《孝经》中的主张完全相反。《孝经·士》说："以孝事君则忠，以敬事长则顺。忠顺不失，以事其上，然后能保其禄位，而守其祭祀。盖士之孝也。"按照《孝经》所言，对于"士"来说，孝就在于用孝的心态去侍奉君王，从而成为一个忠臣。亲自端茶送水来伺候双亲，从来都不是孝的最高标准。可见桓温看见三峡两岸险峻时的本能感慨，并不符合当时的意识形态。抑或，刘义庆是在暗示桓温有叛乱之意：其他做孝子的都安心地做忠臣，而想做孝子的他不想做忠臣，那想做的又是什么呢？不知道在桓温身边的那些人，有多少听出了他的弦外之音……

在《世说新语》中，不少故事直接将忠、孝并提，这使读者在对桓温的"忠孝两难"之叹进一步产生疑问的同时，对孝与忠之间的紧密联系有了深刻的印象。《政事》篇第1则说：

> 陈仲弓为太丘长，时吏有诈称母病求假。事觉收之，令吏杀焉。主簿请付狱，考众奸。仲弓曰："欺君不忠，病母不孝。不忠不孝，其罪莫大。考求众奸，岂复过此？"

这个犯事的官吏大约原以为用母亲生病而需要照顾母亲为借口来请假是最冠冕堂皇的，说不定还会得到陈寔的夸赞。他完全可以找别的理由，而之所以用这个借口，是因为可以在长官面前展示自己的孝。不幸的是谎言被戳穿了，他完美的借口就变成了致命的罪状。陈寔决定处决他，罪名是"不忠不孝"。在陈寔看来，不忠不孝是罪大恶极的，不需要其他的各种手续，就可以直接处死。在陈寔的独白中，"欺君"和"病母"并提，铿锵有力，给人强烈的互文感，让观众感到讲假话说母亲生病就是在欺骗君王。刘义庆的叙述也暗示：既然陈寔对忠孝是如此的重视，那么深受其影响的长子陈元方在其丧礼上的表现，也就似乎不能简单地解读成疏忽了……也许对母亲之举的服从，是一种更合理的解释。

《方正》篇第64则说：

> 孝武问王爽："卿何如卿兄。"王答曰："风流秀出，臣不如恭，忠孝亦何可以假人！"

面对孝武帝的提问，王爽的回答可谓不卑不亢，在谦虚地认为自己不如兄长王恭的同时，肯定了自己的忠孝两全。这意味着孝是一种不需要在人前掩饰，而需要向他人积极展现的道德；更重要的是，孝是与忠紧密相联的。从表面上看，似乎风流秀出要比忠孝高出一筹，然而事实上王爽的回答暗示忠孝是名士最基本的素养。一位名士可以不风流秀出，但不可以不忠孝。换言之，只有在忠孝的基础上，其他的所谓魏晋风流才有意义。

《贤媛》篇第10则的故事更好地诠释了孝和忠的关系：作为道德选择，忠是孝的更高阶段，做到忠则自动地满足了孝的标准；作为道德修养，忠孝则是合一的。该则说：

> 王经少贫苦，仕至二千石，母语之曰："汝本寒家子，仕至二千石，此可以止乎！"经不能用。为尚书，助魏，不忠于晋，被收。涕泣辞母曰："不从母敕，以至今日！"母都无戚容，语之曰："为子则孝，为臣则忠。有孝有忠，何负吾邪？"

《世说新语》并没有详细讲述王经被处死的前因后果，可见刘义庆默认读者知道其中的曲直缘由。当王经看似不听从母亲的劝告时，观众看到的是一个热心于功名之人，和孝子似乎完全不沾边。当王经向母亲致歉时颇有悔不该当初之感，读者也本能地以为他做得不够好。出人意料却又自然而然的，是王经母亲的回答，她对儿子作了极高的评价：有忠有孝。王经宁可自己被晋王处决也不背叛魏帝曹髦，不但自己不能在母亲面前尽孝，而且连累母亲也被处死。可是他的母亲并没有责怪他不孝。王经的孝体现在对君王的忠诚之上。

这与《孝经·开宗明义》所言"立身行道，扬名于后世，以显父母，孝之终也"又是非常地吻合。

这一幕表演的高潮当然是王经母亲最后的话语，这番话也是对观众的教诲。她的平静与王经的哭泣形成了鲜明的对比。和刁难儿子的王祥继母、爱吃锅巴的陈遗母亲、弄巧成拙的元方母亲相比，王经的母亲是一个完美的母亲形象。她可以给儿子忠告，又全力支持儿子对君王的忠诚。或者，她的母亲形象中同时包含着一个"君王"的形象。如果说那几位母亲和孝子的故事意味着即使君王多么无能，臣子也要服从的话，那么王经的母亲则是理想君王的化身：孝子（忠臣）即使不听从她，甚至牵连她，她都会用儒家的道德标准——而不是个人的得失——来评判对方。这表明她一直非常"知"自己的儿子。

相反，王祥的后母则显得对家中那位孝子一无所"知"。有趣的是，面对无理的后母（君王），王祥百依百顺，而面对通情达理的母亲（君王），王经却不听劝告。这样的对比也许是对观众的一种暗示：在孝的世界里，很多时候表演需要两个人，而这两个人要在一定程度上对立，这样才能够凸显孝的难能可贵。尽管有学者认为儒家的孝强调的是父母和子女双方的互相关爱，也就是所谓的"母慈子孝"[1]，但是

---

[1] Qingping Liu, "Filiality versus Sociality and Individuality: On Confucianism as 'Consanguinitism'", *Philosophy East and West*, vol.53, No.2, 2003, pp.234-250.

这并不是刘义庆的叙述所展现的。若是王经的母亲碰到了王祥，那么观众就无法看到激烈的冲突，对孝的内涵的认识也许就没有那么深刻了。

在《世说新语》的叙述中，和清谈、幽默等其他公共空间的表演内容相比，孝的表演具有明显的单向性。在此，单向性是指在孝的表演中，表演者和观众之间有着较为清晰的分界。孝子负责表演，而观众负责评论；孝子单向地展现，而观众单向地"知"。相对来说，清谈的参与者们经常既是表演者又是观众，他们是在相互的交流中实现"知"的。因此，对于孝子来说，孝主要是一种近乎被动的"知"。这意味着孝子的被知几乎全部依赖于自己的行为，而无法依靠自己的语言——丧礼上的哭很难算是一种语言的交流。如果把孝的这一特点放在"言意之辩"的背景下，就会发现"孝"的表演完全放弃了言的交流。言尽意也好，言不尽意也罢，孝都已经脱离了言的束缚。在一定程度上，言不尽意也许更加契合孝的表演：孝只需要通过孝行来判断。也就是说，看似源于道家哲学的命题，却可以用来佐证公共空间领域对儒家道德的考察。这再一次告诉我们，根据《世说新语》的叙述，魏晋名士们所讨论的思想和他们在生活中的实践并无必然的关联。

那么，从哈贝马斯的公共空间理论出发，又该如何理解《世说新语》中孝的单向性呢？在现代的西方哲学家中，伽达默尔（Hans-Georg Gadamer）极为赞成儒家思想中孝的观念。伽达默尔和孔子一样，都非常重视传统，认为在任何一个现代社会中，传统都影响着当下的社会准则和价值判断。在他的解释学中，人类是无法彻底抛弃传统的，因为他们本来就是身在"传统"之中[1]，而孝的本质也是对传统的尊重，或者说孝是一种尊重传统的传统。而哈贝马斯对此持反对意见。哈贝马斯认为人文主义的根基不在传统之中，而是要跳出传统之外，通过正常的双向交流手段来实现。通过公共空间中的交流，可以产生理性，从而才有可能形成有效的社会准则。根据哈贝马斯的观念，孝不应该通过对传统的尊重和服从来实现，因为对父母的极端服从是一种扭曲了的单向交流手段。[2] 以此为依据，有学者认为从公共空间的视角出发，哈贝马斯并不赞同儒家思想中的孝。[3]

不过，我们探讨的并不是《世说新语》中所叙述的孝行承载的儒家道德，而是孝子们如何通过表演展现他们的

---

[1] H. Gadamer, *Truth and Method*, translated by J. Weinsheimer and D. G. Marshall, New York, USA: Continuum Publishing Group, 1989, p.258.

[2] Jürgen Habermas, *Communication and the Evolution of Society*, translated and with an introduction by T. McCarthy, Boston, USA: Beacon Press, 1979, pp.34-35.

[3] Donghyun Kim, *Reason, tradition, and authority: a comparative study of Habermas and Gadamer*, PhD thesis, Glasgow, UK: University of Glasgow, 2011.

孝，并由此而为他人所知。如果把孝子们和父母的表演作为一方，把给予他们评论的观众作为另一方，那么这双方的交流是完全基于理性的。孝子们所尊重或遵守的，其实并不只是古老的传统或是代表着古老传统的父母；他们所尊重或遵守的，是魏晋时期流行的社会习俗，是他们当下生活的价值观。孝子们知道通过自己与众不同的孝行可以获得他人的赏识与肯定，而观众在观看他们的表演时也会根据表演的质量作出相应的评判。从这个角度来说，孝的表演在交流上依然是双向性的，它的单向性只不过体现于"知"的主客体之间：表演者是被观众"知"的对象，反之则不成立。由此可见，哈贝马斯所反对的孝，并不是《世说新语》中所展现的关于孝的表演。如果说孝本身是一种对传统的尊重，是对名士的约束，那么"孝行"的表演则是当下的规范，赋予了名士相对的自由。在这样的表演中，个性与礼仪融合在一起，已经不需要也不可能分清楚表演者究竟在多大程度上受到儒家思想影响，又在多大程度上受到道家思想影响。当孝子们在丧礼上用自己的哭泣来感染他人的时候，孝既是一种必须遵守的道德，也是一种展现自我的途径。那么，礼究竟是约束了人性还是展现了人性呢？这正是下一章所要探讨的话题。

第七章

礼教与自我的纠葛

一 礼教与个性

由于挥洒个性，魏晋名士一直被披上反对礼教的外衣。这其中的潜在逻辑，是礼教是约束人的个性的。这样的"错觉"还包括几个似乎是不言自明的假设：首先，礼教是统治者制定并推广的，为的是巩固他们的统治；其次，名士和统治者之间存在着对立的关系，他们反抗礼教是为了表达对社会、政局以及当权者的不满；最后，在这种反抗的过程中，名士们是悲愤的、无奈的、哀伤的。在这样的成见下，礼毫无疑问是一种负面的存在，对礼的反抗成了一种正面的行为。礼和自我之间就形成了一种两分的关系，这种两分造成了礼与自我的对立。

尽管这些年不少国内学者对礼教的正面意义进行了探讨，然而整体来说，对所谓的礼教依然持批判的态度。有学者还是把东汉末年个性解放思潮的兴起原因归结为礼教约束力的减弱，甚至指出中国的礼教在与国外横向比较的时候都显示出了负面的作用，认为由于没有礼教的约束，同样受制于父权和夫权的古罗马妇女生活得比汉朝的妇女更为自由。[1]这种观点无疑有助于持续地把魏晋名士塑造成礼教的反叛者。可是，这种将魏晋名士的个性和礼教对立的态度显然是值得商榷的。

礼教究竟是不是对人性的压迫？从公共空间的角度来说，答案并不是非此即彼的两分。很多学者曾在哈贝马斯的公共空间理论的基础上，剖析了世界各种文化中礼仪的意义。乔·米歇尔（Jon P. Mitchell）认为社会中不同阶层、不同身份、不同文化的群体之间必然会存在矛盾，而礼则是处理和容纳这些矛盾所必需的。[2]在不同的公共空间中，人们采用不同的礼仪，或者在礼仪中扮演不同的角色，遵循不同的原则，从而体现了他们相应的身份认同。[3]中国古代的礼仪也不例外。不少学者借用公共空间理论论证了中国传统礼仪的意义，尽管以魏斐德（Frederic Wakeman）为代表的

---

[1] 李彤：《礼教形成中的汉代妇女生活》，浙江大学2005年博士学位论文。

[2] Jon P. Mitchell, *Ambivalent Europeans: Ritual, Memory and the Public Sphere in Malta*, London, UK: Routledge, 2002, p.2.

[3] 同上，p.219。

汉学家们大多剖析的是传统社会晚期的中国礼仪[1]，但是在丁荷生（Kenneth Dean）看来，在中国历史上的每个阶段，礼仪都会在不同的文化舞台和权力机构的互相作用下有新的发展，从而促进不同群体的人们形成自我认同。这些认同感可以通过家庭、家族、乡里、文化交流的空间以及政治领域来实现。[2]如前一章所述，当和峤在丧礼上哭泣备礼展现自己的孝时，他展现了对礼的认同，同时也获得了他人的认同。他对礼的认同首先体现在家庭的层面——做一个孝子；而他人对他的认同则将其"孝子"的身份从家庭扩展至公共空间，使他从家中的孝子变成了社会的孝子，而在得到帝王的肯定之后，更可以进一步在政治领域体现自己的价值。

因此，在个人和社会之间，礼的力量是相互的。对于国家和社会来说，礼的力量在于可以引导人的行为，促进社会的有序与稳定；而对于个人来说，礼的力量在于可以通过展现自己，从而被社会所知。从这个角度来说，礼向个人提供了被欣赏和认可的可能性。同时，王戎与和峤的

---

[1] Frederic Wakeman, Jr., "The Civil Society and Public Sphere Debate: Western Reflections on Chinese Political Culture", *Modern China*, vol.19, No.2, 1993, pp. 108–138.

[2] Kenneth Dean, "Ritual and Space: Civil Society or Popular Religion", in *Civil Society in China*, ed. Timothy Brook and B. Michael Frolic, New York, USA: M.E. Sharpe, 1997, pp.172–226.

不同孝行都获得了赞赏，这表明礼本身是有着相当的张力和自由的。[1]

丧礼不过是礼的一部分。广义来说，礼既包括政治社会制度，也包含"民仪、风俗和文化精神"[2]，可以说是一个包罗万象的体系。事实上，在魏晋时期的名士们中对各种礼仪持肯定态度的大有人在。有学者指出，魏晋时期的儒学主要继承和发扬了荀子的思想。[3]众所周知，认为性"恶"的荀子，也认为圣人所创造的"礼"是对人性的必要改造，而不是残酷压迫。魏晋的名士们借助荀子思想中对礼的重视，力求重建社会秩序。傅玄就非常强调礼的教化作用，认为礼仪是通向善的渠道[4]；袁宏更是主张名教是"天经地义的人伦之情，是依于人性，符合天地自然之理的"[5]。这些人也出现在《世说新语》之中。从《世说新语》的叙述视角看来，礼正是具有这样"建设性"意义的。

二　受重视的礼

刘义庆从多方面展现了魏晋名士对礼的重视。《方正》

---

[1]　Kenneth Dean, "Ritual and Space: Civil Society or Popular Religion".

[2]　郑开：《祭与神圣感》，《世界宗教研究》2019年第2期。

[3]　参见段宜廷：《魏晋荀学》，（台湾）政治大学2016年博士学位论文。

[4]　同上。

[5]　同上。

篇第2则说：

> 南阳宗世林，魏武同时，而甚薄其为人，不与
> 之交。及魏武作司空，总朝政，从容问宗曰："可以
> 交未？"答曰："松柏之志犹存。"世林既以忤旨见疏，
> 位不配德。文帝兄弟每造其门，皆独拜床下。其见礼
> 如此。

这则故事的初衷无疑是为了讲述宗世林的方正，可是曹丕兄弟也是表演的重要一环。他们首先是观众，见证了父亲和宗世林之间的"交往"，并由此欣赏尊敬对方。与此同时，曹丕兄弟也是不可或缺的演员，他们经常拜访宗世林，而且每一次拜访都"独"拜床下。这表明宗世林家是有其他士人的，那些人正是曹丕兄弟的目标观众。他们每一次拜访都这么做，意味着他们反复不停地表演，那么，他们想向观众展现的是什么呢？

刘义庆的叙述告诉我们，曹丕兄弟所展示的，是通过"礼"来表达对宗世林的尊重。曹丕兄弟对宗世林的礼遇的微妙之处，在于他们的行为看起来是在挑战他们的父亲。当曹操要求和宗世林做朋友未遂后，他没有让宗世林担任高官。因此，曹丕兄弟对宗世林的以礼相待似乎有违父亲之意。实际上，曹丕兄弟的表演完全可能是他们父亲的意思。

有学者指出，曹操对儿子们的教育呈现出"明显的儒家思想倾向"[1]，仁慈孝顺、不违子道是其中重要的原则。身居要职的曹操已经不再适合亲自前往拜见，而如果曹操极力反对的话，曹丕兄弟几乎是不可能去宗世林府上拜访的，这也是为何可以把曹操视为导演曹丕兄弟表演的原因。曹操用自己儿子的表演来彰显对礼的重视：你可以鄙视我，但我仍然通过儿子来以礼对你。

那么，宗世林为什么位不配德呢？如果把这则故事看作一场在公共空间中的表演，那么宗世林的低位与曹操的高位所形成的鲜明对比，恰好可以给观众造成深刻的印象。曹操父子通过自己的表演，明确地肯定了对有德之人以礼相待的原则。

《尤悔》篇第2则则从反面展示了"礼"在当时人心目中的重要地位：

> 王浑后妻，琅邪颜氏女。王时为徐州刺史，交礼拜讫，王将答拜，观者咸曰："王侯州将，新妇州民，恐无由答拜。"王乃止。武子以其父不答拜，不成礼，恐非夫妇，不为之拜，谓为颜妾。颜氏耻之。以其门贵，终

---

[1] 胡根法：《从世子曹丕所受教育看曹操的儒学思想——以建安二十二年之前为中心》，《北京社会科学》2017年第4期。

不敢离。

　　这则故事讲的是婚礼的重要性。仪式是建构社会关系的重要一环[1]，婚礼作为重要的仪式之一，是组建家庭的必需步骤。有了婚礼，才有夫妻、父子、兄弟等人伦关系，从而衍生出其他社会关系，并孕育出相应的社会道德。因为王浑没有完成礼节的关键步骤，所以他的儿子认为他并不能算真正续娶，可见婚礼的每一步都是很重要的。当然，从表演的角度来看，这则故事充满了诠释的空间。作为重要的礼仪之一，婚礼和丧礼一样有着众多的观众。相对于成文的礼来说，仪式给人更加直观而生动的教诲。这也是《赏誉》篇第34则中东海王司马越为何对儿子说"闲习礼度，不如式瞻仪形"的原因所在。在这样的环境中，当王浑行礼时指出他不需要答拜的观众究竟是何人？这些说话的人不但是旁观者，更是令剧情转折的关键人物。以王浑当时的地位，敢在此时对他指手画脚的人应该说少之又少。从故事的发展来看，很可能是原本就自视甚高的王武子指使了这些人，也许是王武子和这些人一起进行了一场表演，目的是不承认未来后母的地位——毕竟王武子的生母钟氏出身名门。至于这是不是出

---

[1]　Gordon George, "The Sociology of Ritual", *American Catholic Sociological Review*, vol.17, No.2, 1956, pp.117–130.

于王浑本人的授意，也不是完全不可能。在这一场热闹的表演中，刘义庆的叙述在给了读者这些想象空间的同时，也明确指出了礼仪的重要性与弹性：王浑没有回拜就会导致婚礼的不完整，从而直接影响了新娘的地位，这体现了重要性；而王浑原本要回拜，在别人劝说下又不回拜，表明是否应该回拜似乎并无明确的规定，这大约就是礼内部的张力所在。

王浑在婚礼的关键处瞬间改变了自己的决定，这多少说明他对礼的细节仍不够熟稔。这解释了为什么魏晋时期的名士们经常研读《礼记》。只有反复研究《礼记》，才能在各种场合都懂得如何依礼而行。《言语》篇第64则说：

> 刘尹与桓宣武共听讲《礼记》。桓云："时有入心处，便觉咫尺玄门。"刘曰："此未关至极，自是金华殿之语。"

桓温和刘惔之间的互相不屑是我们早就熟悉了的，这则故事之中两人的交锋也是双方互不欣赏的证明。桓温觉得讲得非常好，而刘惔则反驳说只不过是金华殿上的老生常谈罢了。但这并不是重点所在。这则故事的亮点在于"听讲"二字。如前所述，与老庄思想相关的哲学话题是清谈的主要内容，而在《世说新语》中，名士们在聊起庄子时大多是即兴发挥。相比较而言，刘惔和桓温两人在这里是一起听人讲授

《礼记》。刘义庆没有说讲授者是谁，这并不重要，重要的是我们知道《礼记》是专门有人讲授的。礼与玄学的地位孰高孰低，也就不需要赘述了。

一向醉心于清谈的桓温也陶醉于《礼记》，可见名士们并没有自觉地在玄学和儒学之间划上一条不可逾越的分界线；而刘惔所言看似是对讲授者和桓温的鄙视，其实恰恰说明了他对《礼记》的熟悉——桓温认为是绝妙诠释的话语对刘惔来说是耳熟能详的。因此，这则故事告诉我们推崇自由和逍遥的魏晋名士并非一定排斥和反抗礼教；相反，他们中的不少人非常重视礼教，认为玄学和礼教是不矛盾的。

三　方外之人与俗中人

那么，难道被很多人视为反抗礼教斗士的"阮籍"也并不反对礼吗？从《世说新语》的叙述来看，阮籍的言行并没有否定礼的意义，恰恰相反，在相当程度上他肯定了礼的价值。《任诞》篇第7则说：

> 阮籍嫂尝还家，籍相见与别。或讥之。籍曰："礼岂为我辈设耶？"

这是一个微妙的场景。嫂子回家省亲，这原本是属于家庭内部事务范畴，但是阮籍把它扩展到了公共的视野之中。在这个时候，"有人"（"或"）又出现了。在刘义庆的叙述结构中，"有人"的出现是非常重要的一环。他既是最直接的观众，又是不可或缺的演员。他的质疑或是提问通常看起来是愚蠢或是负面的，从而会遭到主要表演者的反驳或批判。如果没有他的出现，主角就无法自然地表达他的思想和观点；而由于他的存在，我们作为间接的观众就容易想当然地认为主角的观点一定是与他的观点相反的。在这一则故事中，"有人"质疑阮籍之举是不符合礼的，那么阮籍的回答是否表明他对礼的否定呢？

"礼岂为我辈设耶？"这句话绝不是对礼的简单否定。首先，阮籍知道自己的行为是不符合礼的。其次，阮籍认为像他这样的一部分人是不需要礼的，这无疑表明另一些人是需要礼的。最后，他并没有简单地比较这两种人的高下，而是促使观众去思考：为什么有些人需要礼而另一些人不需要？对不需要礼的人来说，又是以何为自己行为准则的呢？

从《文学》篇第67则可以知道，阮籍对礼仪是烂熟于胸的：

> 魏朝封晋文王为公，备礼九锡，文王固让不受。公卿将校当诣府敦喻。司空郑冲驰遣信就阮籍求文。籍时在袁孝尼家，宿醉扶起，书札为之，无所点定，乃写付使。时人以为神笔。

阮籍在烂醉之后可以下笔如神，这说明了什么？毫无疑问，刘义庆的描述体现了阮籍的文采；但是更重要的是，这是一篇关于"礼"的文章，为的是劝说司马昭接受以"九锡"之礼被封为晋公，当文武百官要把这一重任托付给阮籍时，阮籍对礼的熟悉显然是为众人所知的，而阮籍在这种状态下并不推辞且能够不辱使命，也充分地证明了阮籍对"礼"的自信。这则故事中的阮籍与《文学》篇第96则中的袁宏有相似之处。《文学》篇第96则说桓温北征时临时让袁宏撰写公文，袁宏倚马手不停笔一气呵成，也正体现了其斐然文采和对礼教的熟悉。如前所述，袁宏是魏晋时期名教的积极推动者。同样，阮籍绝不会认为礼是应该彻底被否定被抛弃的；恰恰相反，他是公认的礼的代言人。也许他觉得自己并不需要礼的约束，但是他并没有解构礼存在的意义和价值。

《任诞》篇第11则完美地解答了阮籍给我们带来的问题之一：哪些人需要礼而哪些人不需要：

> 阮步兵丧母，裴令公往吊之。阮方醉，散发坐床，箕踞不哭。裴至，下席于地，哭吊唁毕，便去。或问裴："凡吊，主人哭，客乃为礼。阮既不哭，君何为哭？"裴曰："阮方外之人，故不崇礼制；我辈俗中人，故以仪轨自居。"时人叹为两得其中。

答案就在裴楷的话中。裴楷把名士分成了两类，一类是像阮籍这样的"方外之人"，一类是以裴楷为代表的"俗中人"。前者不需要礼的约束，后者则是需要的。但是，这并不意味着方外之人的境界要高于俗中人。裴楷在描述两类人的时候，完全是不卑不亢的口吻，而人们觉得"两得其中"，也表明当时的观众认为裴楷和阮籍不相上下。方外之人可以靠自己内心的修养来引导自己的行为，而俗中人则依靠礼教的约束来指引自己的言行，两者的方式不同，目的和效果却是异曲同工的。

值得注意的是，裴楷用了"我辈"一词，这让观众觉得非常熟悉，阮籍在送别嫂子时也强调"礼岂为我辈设耶"。两人都没有用"我"，而是相信自己代表着一群人。这正是公共空间中礼仪给大家带来的认同感。通过遵守或是不遵守礼仪，他们可以被自己的同道中人发现并认可，从而形成自己的文化群体，但是他们并不会否定或批判对方。双方其实对礼都很了解，都在肯定了礼在一定程度上的价值的同时，承认了礼的局限。

相反，问裴楷为何要哭的人代表了公共空间中对礼的张力缺乏了解的另一类人。他们对礼的理解僵硬而狭隘。事实上，他提出的问题是非常有价值的：一个守礼之人遇到一个不守礼之人的时候，应该怎么做？这个问题可以延伸到很多方面：一个佛教徒遇到一个不信佛的人时，应该怎么做？一个儒生遇到一个道士时，应该怎么做？这些困境应该是魏晋的名士们经常会遇到的。当身为佛教徒的支道林可以从容地与名士们畅谈《逍遥游》时，他们之间的文化冲突看起来可以让士包容于公共空间之中。但是，对那些认为必须严格遵守信条的人来说，这也许是难以接受的。

有趣的是，按照这一类人的逻辑，裴楷如果严格遵守"凡吊，主人哭，客乃为礼"这一规矩，当阮籍的行为不符合礼时，裴楷也不用以礼相待，那么就会出现一个吊诡的过程：按照礼仪的规定去做，最终导致一个"非礼"的局面。而裴楷通过对礼进行灵活的诠释，则获得了一个相对和谐的结果。从这则故事来反思上一章中郭林宗在陈元方丧父时的批评，就可以发现郭林宗似乎正属于僵硬守礼的那一类人。当看到陈元方披着锦被时，他作了猛烈的批评，然后愤然离去。与裴楷相比，郭林宗并没有完成他的吊唁之礼。他的逻辑就是既然陈元方不守礼，那么自己也就不用以礼相待。同属于"俗中人"的郭林宗的做法显然和裴楷的不同，他们两个到底谁做得更好呢？刘义庆把判断留给了观众。

在《世说新语》的叙述中，方外之人和俗中人这两大群体可以说是势均力敌的。《德行》篇第10则说：

> 华歆遇子弟甚整，虽闲室之内，严若朝典。陈元方兄弟恣柔爱之道，而二门之里，两不失雍熙之轨焉。

对于"礼",华歆和陈元方两家采取的就是不同的方式,但是取得了相同的效果。可见每一种方式只要能得以充分贯彻,都能够实现"齐家"的目标。刘义庆所讲述的这则故事当然并不仅仅是在讲齐家,熟读《礼记》的魏晋名士们自然和后世的观众们一样,知道《大学》中修身齐家到治国平天下的道理。既然华歆和陈元方能够采用不同的方法使家里和谐,那么整个国家的治理是不是也可以殊途同归呢?刘义庆再一次告诉读者,礼教和逍遥之间并不存在一条不可逾越的鸿沟,名士们也不一定被礼教所束缚,更不需要去反抗。

《德行》篇第23则说:

> 王平子、胡毋彦国诸人,皆以任放为达,或有裸体者。乐广笑曰:"名教中自有乐地,何为乃尔也!"

乐广的回答中最关键的字是"乐"。在他看来,以礼为特点的名教是可以给人带来快乐的。正如美国学者戴梅可所指出的那样,从扬雄到苏轼,"快乐"始终是儒家思想所强调的。[1]儒家思想端正个人举止,给人带来的并不是外在约束,而是发自内心的快乐。这种快乐来自自我的不断实现。

---

[1] Michael Nylan, "On the Politics of Pleasure", *Asia Major*, vol.14, No.1, 2001, pp.73-124.

在这一实现的过程中，礼给人以具体的指引，让人可以有针对性地一步一步提高。南朝时的皇侃在《论语义疏》中就多次指出人的道德本性和礼义教化之间并不矛盾，反而是相互促进的，绝不是对于人性的压迫和束缚，而是对于人性的实现。[1]

这一场景的微妙之处，在于乐广和王平子（澄）们态度的对比。从这则故事来看，王平子们显然认为像他们这样任放才是快乐的生活方式，他们并不"知"乐广，以为乐广们的生活非常压抑无趣。相比较而言，虽然不能断言乐广完全理解王平子们，但是在一定程度他是了解他们心中所想的。乐广知道王平子们用赤身裸体等看似极端的方式表达对礼教的蔑视，因而有针对性地进行规劝。当然，刘义庆通过乐广之口想要劝说的也许不只是王平子们，同样包括后世那些盲目把放浪形骸视为唯一快乐的人们。

但是，从《世说新语》的其他描述来看，王平子看起来并不是完全不理俗事的极端之人。《规箴》篇第10则说王平子十四五岁的时候，看见兄长王衍的妻子郭氏很贪心，竟然指使婢女到路上捡大粪，于是就劝阻她，在这里他分明就是一个俗中人。在《赏誉》篇第27则中，王平子与兄长王衍

---

[1] 宋展云、张嘉慧:《皇侃〈论语义疏〉中的性情论》,《扬州大学学报》（人文社会科学版）2018年第3期。

互相评价，王平子说兄长外貌看似正直，可是锋芒太露；王衍回答说自己确实比不上兄弟豁达大度，仪表温和。那么，在这则故事中，王平子为何又成了放浪形骸的代表呢？

也许，刘义庆想要告诉大家的是方外之人和俗中人之间并没有明确的界限，方外之人在特定的情况下甚至会转变成俗中人，反之亦然。王戎正是方外之人和俗中人转化的代表。王戎的妻子经常用"卿"来称呼他。王戎说："妻子称呼丈夫'卿'，按照礼来说是不尊敬的，以后不要这样做了。"他的妻子说："亲卿爱卿，是以卿卿；我不卿卿，谁当卿卿？"于是王戎就一直听她这么称呼了。(《惑溺》篇第6则）

身为竹林七贤之一的王戎在很多时候和阮籍等好友一样，被视为方外之人的代表。上一章中他的死孝与和峤的生孝相对，以不遵循常礼的方式向世人展现了自己的孝，与阮籍的饮酒吃肉有异曲同工之妙，颇有"礼岂为我辈设耶"之感。但在这则故事中，当王戎的妻子叫他"卿"时，他反对的理由是"于礼为不敬"。可见和阮籍一样，王戎对礼是熟悉的，而且在夫妻之间也试图以礼为相处的原则。这时候，他变成了一个以仪轨自居的"俗中人"。正当他一脸严肃之时，妻子的一番话又让他忘却了礼的规定，变成了方外之人。对王戎来说，在方外之人和俗中人之间转换非常自如，并没有触及根本的道德底线。当他欣然接受妻子对他的称谓时，也不需要经历痛苦的挣扎，更谈不上对礼教的反抗。是否依礼而行，是以内心的快乐为最终考量的。

　　这再一次表明了礼的张力和弹性。尤为有趣的是，这一次是一位女性。面对这样一个卿卿我我的场面，观众们丝毫不会觉得王戎的妻子是在悲愤地质疑、否定、挑战或是反抗礼教。但是，她对王戎所讲的话却让观众知道"礼"绝不是死板，连一个女子都可以试着去劝自己的丈夫不用一味地遵循礼，而且还会被接受，这本身就表明对他们来说，礼不是一种束缚。更重要的是，王戎妻子直接用"亲卿爱卿"作为不必守礼的理由，这意味着在她和王戎看来，礼是以人的情感为依归的，如果礼违反了人的情感，那么就不一定需要遵守。前文的乐广把名教和快乐联系在一起，而王戎夫妇则把快乐置于名教之上，但这并不意味着在王戎夫妇看来名教与快乐是相抵触的。有的夫妇从遵守礼仪中得到快乐，有的则从亲昵中获得了愉悦——就好像华歆和陈元方两家的差异一样，但只要夫妇和睦，家庭和谐，两者都不失为一种相处之道。

　　也许有人会说，刘义庆把这则故事放在《惑溺》篇中，难道不是在批评王戎听从妇人之言，做出了违反礼教之举吗？在《世说新语》中，关于缺点的篇章很多，在谈到缺点的时候，刘义庆似乎并不是单纯地试图批评。"有意无意之间"的态度注定了他不会有非此即彼的评价。正如《任诞》中阮籍遭母丧时的举止可以诠释成对礼的彰显一样，《惑溺》中王戎夫妇的谈话也不能简单地被视为对他们的指责。我早已指出,《世说新语》中所谓的优点或缺点具有很强的相对性,《惑溺》中的王戎夫妇也是如此。或许,正是那些把它全然视为批评的观众心里,对道德和礼教才有着刻板的理解吧。从"言意之辩"的角度来看,成文的礼仪无疑是言,它的目的是社会的和谐稳定。然而,任何成文或固定的礼仪都不可能涵盖生活的方方面面,无法保证每一个生活中的细节都得以圆满地处理,这也是"言不尽意"的体现。既然如此,在生活和谐的前提下对相关的礼仪作弹性处理,也符合"得意忘言"的哲学思想吧。

需要注意的是,得意忘言的前提是得意。没有得意的情况下就忘言——肆意地违反礼制,就会破坏公共空间中的和谐,最终令人生厌。《简傲》篇第8则说:

> 桓宣武作徐州,时谢奕为晋陵。先粗经虚怀,而乃无异常。及桓迁荆州,将西之间,意气甚笃,奕弗之疑。唯谢虎子妇王悟其旨。每曰:"桓荆州用意殊异,必与晋陵俱西矣!"俄而引奕为司马。奕既上,犹推布衣交。在温坐,岸帻啸咏,无异常日。宣武每曰:"我方外司马。"遂因酒,转无朝夕礼。桓舍入内,奕辄复随去。后至奕醉,温往主许避之。主曰:"君无狂司马,我何由得相见?"

《世说新语》中谢奕经常作为反面形象出现。在论及酒的时候，我们已经讲过谢奕在担任剡县县令时，会让一位犯法的老年人喝烈酒来作为惩罚，一直到其喝得烂醉也不让停，最后还是年少的谢安为老伯求了情。(《德行》篇第33则）刘义庆数次用其名字谢奕直接称呼他，而称桓温为桓宣武，就表明了对谢奕的不满——这也是《春秋》以降史家常用的手法。在这两则故事中，谢奕身上同时暴露出苛政和无礼，充分表明滥用礼法就等于不守礼法——其本质是不懂礼法。和灵活运用礼的阮籍、王戎甚至王戎的妻子等人相比，谢奕对礼的理解和使用过于极端，不但没有营造出和谐的局面，反而造成了混乱的后果。

当桓温经常在大家面前把谢奕叫作"方外司马"时，他试图在公共空间中展示自己的气度和识见，向大家展现自己"知"人的能力。不受世俗约束的"方外之人"和需要管理才能的"司马"一职能够完美融合在一起的话，就能真正体现"有意无意之间"的境界。这本身就是桓温的追求。一方面，桓温的政治与军事管理需要"礼"作为基础，其本人也听讲《礼记》并为之倾倒；另一方面，桓温的风雅和清谈需要逍遥，他也是清淡世界中的活跃人物。可以说，他在这两方面做到了平衡。因此，他觉得谢奕也可以扮演好"方外司马"这个角色。

谢奕的表现表明桓温对谢奕并不够"知"，也告诉观众桓温不够自知。桓温自以为有伯乐之才，但事实上他对谢奕的欣赏和判断完全基于对其的错误了解之上，以至于最后只能狼狈地逃到公主处躲避。同时，谢奕也对桓温和自己都缺乏了解。谢奕不知道桓温对他的要求和期望，以为"方外司马"这一称呼只是强调"方外"，因此没有履行好司马的职责；他更不清楚的是自己令人生厌这一事实，反复在酒醉之后做出无礼之举。他的醉酒和阮籍丧母时的醉酒有着本质的不同：阮籍的醉酒是为了昭显自己的孝，从根本上符合礼的规定，并最终获得了大家的肯定；而谢奕的醉酒则导致公私不分，于公于私都没有做好自己的角色。

谢奕失败最重要的原因，是他把方外之人绝对化，认为方外之人不需要受到任何约束。绝对化了的方外人同时也会对礼有绝对化的否定，因而在无视礼的张力的同时，也失去了自身的张力，无法与俗中人相转化，也就无法扮演好现实生活中的角色。以嵇康为代表的一批魏晋名士主张"越名教而任自然"。这一观点的关键在于"越"。越是超越，也就是在名教的基础上，在名教所无法涵盖之处，听从人自然的情感。因此"越"不是"弃"，不是要在彻底否定礼教的情况下放纵性情。有学者认为"越名教而任自然"表明在嵇康看来自然高于名教[1]，其实嵇康在《释私论》中明确地指出：

---

[1] 殷慧：《从"自然"到"天理"——玄学与理学关于名教之礼的思考》，《哲学与文化》44卷3期，2017年3月。

"夫称君子者，心无措乎是非，而行不违乎道者也。何以言之？夫气静神虚者，心不存于矜尚；体亮心达者，情不系于所欲。矜尚不存乎心，故能越名教而任自然；情不系于所欲，故能审贵贱而通物情。物情顺通，故大道无违；越名任心，故是非无措也"，也就是说能够"越名教而任自然"的只有君子——或者说是像嵇康、阮籍这样的方外之人，这一原则并不适合所有人。按照嵇康的理论，方外之人虽然可以超越名教，但是以"行不违乎道"为前提，而谢奕显然没有达到君子的境界，他在所言所行"违乎道"的情况下肆意无视礼教，这是"徒具形式的虚假的'自然'之风"[1]，为观众所唾弃也就是难免的了。

当然，就这则故事的表演来说是充满喜剧色彩的。桓温从最初"意气甚笃"到最后狼狈躲避，这生动地告诉观众千万不要去赏识那些自以为有个性而缺乏尺度的人。一个完全无视礼仪的人也许看起来像是一个挑战礼教的英雄，但事实上他可能是一个令社会秩序失去和谐状态的破坏者。谢奕就是一个活生生的反面教材。通过对谢奕的描述，刘义庆告诉观众，想要摆脱礼教束缚的人可能会带来什么样的后果。由此我们似乎可以认为，至少从《世说新语》的故事来看，魏晋的名士们并没有强烈摆脱礼教束缚的愿望和需求。相

---

[1] 段宜廷：《魏晋荀学》，第21页。

反，他们中的相当一部分人（包括桓温）认为礼教是可以和逍遥并存的。

当然，桓温面对谢奕也未免有一点太束手无策了。如果说礼只能约束俗中人，那么法就可以约束所有人。《言语》篇第16则说：

> 司马景王东征，取上党李喜，以为从事中郎。因问喜曰："昔先公辟君不就，今孤召君，何以来？"喜对曰："先公以礼见待，故得以礼进退；明公以法见绳，喜畏法而至耳！"

在这里李喜提出了一个重要的问题：礼与法的关系和各自特点。如前所述，荀子的"礼法并重"思想在魏晋时期得到了很大的继承和发扬。中国古代的法律体系在魏晋时期开始实现律令分野，也就是刑法和行政法有了区分，这是中国法制史上的一个里程碑。[1] 日本学者富谷至指出，魏晋法律体系的发展和完善在很大程度上受到了儒家思想的影响。[2] 可以说，这一时期的名士们对于法律体系的健全是功不可没的，而法律体系的完善对于社会的管理也起到了积极的作用。在

---

[1] 李玉生：《魏晋律令分野的几个问题》，《法学研究》2003 年第 5 期。

[2] 富谷至：《晋泰始律令への道——第二部魏晋の律と令》，《東方學報》2001 年第 73 期。

这样的背景下，谢奕用饮烈酒作为惩罚违法老翁的手段，可以说是完全不懂法令，其管理地方的才能也就可想而知了。李喜和司马师的对话告诉观众，礼是有弹性的，对于方外之人可能没有约束力，他们不会对礼心生畏惧，但是法则令人生"畏"，对天下所有人都适用。

　　事实上，《世说新语》的第一则故事就告诉了我们礼的弹性。《德行》篇第1则说：

> 　　陈仲举言为士则，行为世范，登车揽辔，有澄清天下之志。为豫章太守，至，便问徐孺子所在，欲先看之。主簿白："群情欲府君先入廨。"陈曰："武王式商容之闾，席不暇暖。吾之礼贤，有何不可！"

按照规矩，陈蕃前往南昌赴任，众官员在官府等候他，他理应先去见面处理公务。可是他要先行拜访有德之士徐孺子，这多少有些不符合"礼"。吊诡的是，陈蕃特意指出他的所为是"礼"贤。也就是说，他看似不合礼的举动为的是做合礼之事，这完美地诠释了什么叫作"有礼无礼之间"。这则故事的微妙之处在于没有直接告诉观众它夸赞的究竟是谁的德行，是什么德行。陈蕃着急去见徐孺子，是因为后者是一个有德之人，可是这则故事中他并没有出现；那么这则故事要赞扬的应该是陈蕃。然而刘义庆在故事的一开始就说陈蕃有"澄清天下之志",让人以为是要夸他胸怀天下；一直到故事的最后，才让人知道夸的是陈蕃的"礼贤"——而他的礼贤是基于对礼的灵活运用之上的。既然刘义庆明确指出陈蕃"言为士则，行为世范"，那么陈蕃所言所行也为《世说新语》中魏晋名士们的言行打下了一个基调：不用拘泥于具体琐碎的礼，而要灵活运用礼来"澄清天下"。

四 别等级、正他人与明是非

事实上，《世说新语》中多则故事肯定了礼有着"澄清天下"的价值和意义。礼最重要的作用，也许在于"别等级"。《荀子·礼论》就指出了"别"的重要性："曷谓别？曰：贵贱有等，长幼有差，贫富轻重皆有称者也。"在荀子看来，当整个社会的成员按照一定的规则进行区分后，各阶层依礼而行，整个社会才有可能有效地运转，如果贵贱长幼失序，就可能造成严重的混乱局面。《宠礼》篇第1则说：

> 元帝正会，引王丞相登御床，王公固辞，中宗引之弥苦。王公曰："使太阳与万物同晖，臣下何以瞻仰？"

以无为而治闻名的王导能够自如地在方外之人和俗中人之间转化。在这么隆重的仪式中，王导非常清楚自己的地位，牢牢遵守贵贱有等的原则，没有因为晋元帝的热情而忘乎所以。在这样万众瞩目的公共空间中，王导的一言一行绝不是做给晋元帝看的，他的观众是众位大臣们。他坚持不与晋元帝同坐龙床，绝不仅仅是想向晋元帝表明自己对他的尊敬，更是想让天下的臣子们知道等级的重要性。田余庆对于东晋的门阀政治有精妙的阐述[1]，我们据此知道晋元帝的皇权并不具有绝对的权威。在这样的政治背景下，王导和晋元帝的这场演出也就具有各种诠释的可能性了，很可能是两个人故意配合演出了这场戏。

当晋元帝拉着王导一起坐龙床时，并不是真的要王导一起坐，而是暗示在场的大臣们：我知道你们都想跟我平起平坐。而王导和晋元帝的一来一去则加强了戏剧感，等到晋元帝第二次拉他的时候，王导的话就如同一句独白，充满了仪式感，其目标听众很可能是自己的同僚：我都不敢坐，你们就别瞎想了。王导用太阳来比喻晋元帝，告诉大家天上只能有一个太阳，切勿想和太阳同辉。王导的守礼之举不仅表明自己是一个懂得分寸的忠臣，更重要的是暗示众臣切勿试图破坏礼仪，以下犯上，以免政局动荡，民不聊生。

因此，王导的所言所行在"别等级"的同时，还可以

---

[1] 田余庆：《论东晋门阀政治》，《北京大学学报》（哲学社会科学版）1987 年第 2 期。

"正他人",通过树立榜样而提高他人的境界。《简傲》篇第7
则说：

> 高坐道人于丞相坐，恒偃卧其侧。见卞令，肃然改
> 容云："彼是礼法人。"

这是一个颇值得玩味的场面。上则故事中一脸严肃的俗中人
王导又变身成了"方外丞相"，以至于高坐和尚习惯于闲散
地躺在他的身旁。这一幕沉默的表演是为高潮做的铺垫——
观众完全不明白"简傲"二字体现在谁身上。场面的转折来
得突兀而自然，观众仿佛可以看到高坐和尚迅速起身变得一
脸严肃，然后随着他的目光渐渐看清楚了卞壶的身影，原来
是恪守礼法的卞壶让原本散漫的高坐和尚一下子严肃起来。
这种无形的力量正来自卞壶对礼的坚持，高坐和尚一句"彼
是礼法人"作了简洁而明确的解释。高坐和尚用前倨后恭的
鲜明对比，戏剧性地表现了一位方外之人向俗中人的转变，
表明非常在意卞壶如何看待自己，希望能得到对方的肯定。
可以想见，卞壶对于散漫之人是不会正眼相看的。于是，这
则故事中带有"傲"意的似乎反而是并没有花多少笔墨来写
的卞壶，而卞壶这一份震慑他人的"傲"正是礼所赋予他的
权利。英国人类学家阿尔弗雷德·拉德克利夫-布朗（Alfred
R. Radcliffe-Brown）指出，礼仪能够支配人们的情感和思

想，在一定情况下可以使人们的情感和思想得以转化。[1]卞壶对高坐和尚的影响，大约也正在于此。因此在这个故事中刘义庆暗示，对于一部分名士来说，和放达相比，礼的地位更高一等。

正是因为礼有这样的影响和地位，所以它也可以被用来作为处理纠纷的依据，或者说可以"明是非"。《方正》篇第16则说：

> 向雄为河内主簿，有公事不及雄，而太守刘淮横怒，遂与杖遣之。雄后为黄门郎，刘为侍中，初不交言。武帝闻之，敕雄复君臣之好，雄不得已，诣刘，再拜曰："向受诏而来，而君臣之义绝，何如？"于是即去。武帝闻尚不和，乃怒问雄曰："我令卿复君臣之好，何以犹绝？"雄曰："古之君子，进人以礼，退人以礼；今之君子，进人若将加诸膝，退人若将坠诸渊。臣于刘河内，不为戎首，亦已幸甚，安复为君臣之好？"武帝从之。

在向雄看来，向、刘之间的恩怨起因就是没有按礼行事。晋

---

[1] Alfred R. Radcliffe-Brown, *Structure and Function in Primitive Society*, London, UK: Cohen & West, 1952, pp.153-177.

武帝要求向雄向刘淮主动和好，这也是礼的体现——别等级，不管是谁理亏在先，都应该由下级向上级示好。向雄也按照晋武帝的指令去做了，这无疑也是下级服从上级的体现——即使内心有保留，却依然按礼行事。只有在自己的行为都符合礼的情况下，他才有资格用礼来解释自己不与刘淮和好的决定。在这里，刘淮的反应被有意地忽略了。从向雄的话中，观众们知道他对刘淮的强烈不满，在于刘淮与下级相处完全按照自己的一时喜好，没有依循礼行事，从而作出了错误的处罚。由此不但体现出刘淮自己不"知"向雄，而且也被向雄所鄙夷。在向雄看来，刘淮就是一个无礼之人，因此向雄没有给他说话的机会就走了。一个无礼之人即使在此刻可以修复关系，在以后也会随时再次破裂。简言之，向雄拒绝与刘淮重修旧好的原因是后者不讲"礼"。

晋武帝接受向雄的解释，也是以"礼"为依据。在向雄自己依礼而行，并指出刘淮的问题所在后，晋武帝也就听从了他。在晋武帝和向雄的对话中，反复出现了"君臣之好"这一称谓。在故事中，君臣之好特指向雄和刘淮这一对上下级之间的和睦关系。但是从广义来说，君臣之好当然包括君王和臣子之间的和谐。当晋武帝亲自为了两位大臣的关系操心的时候，他应该并不只是关心向雄和刘淮。他利用向雄之口，向大臣们指出了在工作中判断是非对错的标准是"礼"，而不是上级随性的好恶；如果不以礼作为准则，那么就可能会导致"戎首"的后果。作为晋朝的开国皇帝，晋武帝当然渴望树立治国的依准，让大臣们有具体的规则可循。因此向雄"进人以礼，退人以礼"一语，完全可以视为晋武帝对礼治的向往，也符合从魏到晋法律体系完善的趋势。

五　无知与无礼

正因为在《世说新语》中，礼可以"别等级""正他人"和"明是非"，所以无礼之人可能被他人鄙视。《简傲》篇第9则说：

> 谢万在兄前，欲起索便器。于时阮思旷在坐曰："新出门户，笃而无礼。"

谢奕、谢安就是谢万的兄长。祖籍在河南的陈郡谢氏属于南迁的北方士族，在迁徙的过程中，他们原有的财富都已丧失，和南方的士族们相比，经济基础非常薄弱；与此同时，在政治上他们在东晋初年也还没有跻身于世家大族的行列[1]，一直到谢安这一辈才开始壮大。作为"新出门户"，他们对礼也不够讲究。在外人在座的场合直接找便器，这无疑是非

---

[1] 任崇岳、赫德川：《两晋时期的陈郡阳夏谢氏家族》，《中原文化研究》2014年第5期。

常粗俗之举，让观众不禁想起了令桓温头疼的谢奕。和谢万形成鲜明对比的是作为直接观众的阮裕，他恰好是一个非常讲究礼仪等级之人。让阮裕作为直接观众对谢万作评论是再合适不过的了。《品藻》篇第27则说：

> 何次道为宰相，人有讥其信任不得其人。阮思旷慨然曰："次道自不至此。但布衣超居宰相之位，可恨唯此一条而已！"

很显然在刘义庆的笔下，阮裕对士族和平民的身份非常介意，而礼正是贵族的重要标志之一。[1]阮裕无法接受谢万的无礼，意味着以阮裕为代表的传统士族无法接受以谢万为代表的新出门户的无礼。新旧士族之间的冲突与融合并非我们考察的问题，这个故事的关键在于无礼成了传统士族对新出门户批评的切入点。当然，观众也完全可以把谢万的无礼视为对阮裕们的挑衅。正如观众所熟悉的那样，《世说新语》把判断的权利再次留给了观众。

在刘义庆的叙述中，叙述者本人并没有阐明自己的态度，作判断的人本身也是表演者，他们的话语并不能表明叙述者的观点。但是，尽管"有意无意之间"贯穿了差不

---

[1] 邵望平：《礼制——中国古代文明的一大特征》，《文史哲》2004年第1期。

多《世说新语》的所有故事，却并不意味着叙述者本人是毫无态度的。这则故事的文本自身也让人感觉到他对谢万隐晦的批评。和他的兄长谢奕一样，谢万过分地强调了自己方外之人的身份，没有在一定的场合下收敛自己，就无法在"有礼无礼之间"转化，被人鄙视也就是难免的了。但是，和谢万的无礼相比，有一种人对礼的态度似乎更应当受到批评。《简傲》篇第15则说：

> 王子敬兄弟见郗公，蹑履问讯，甚修外生礼。及嘉宾死，皆着高屐，仪容轻慢。命坐，皆云："有事，不暇坐。"既去，郗公慨然曰："使嘉宾不死，鼠辈敢尔！"

郗愔（郗公）用"鼠辈"来形容王子敬兄弟，让观众感觉到了他的愤怒以及王氏兄弟的可恨。大家总是习惯把前恭后倨和小人联系在一起，但是，王氏兄弟的所为难道不是在方外之人和俗中人之间的转变吗？把这则故事和之前"郗司空拜北府"时，王子猷说"应变将略，非其所长"联系在一起，就知道对舅舅一家，王氏兄弟尊敬的的确只有郗嘉宾一人。当嘉宾在的时候，王子猷才敢开玩笑，否则的话就可能制造出直接的冲突。从这则故事知道，当嘉宾在世之时，王氏兄弟对舅舅家的举止非常有礼，而当嘉宾去世后，他们就变得无礼了。王氏兄弟的无礼与否确实是因人而异的，可是他们的标准并非人的地位，而是因才而"知"。论及地位，郗愔本人和儿子嘉宾相若。郗嘉宾获得王氏兄弟的赏识和肯定的原因在于他的"才"。当郗嘉宾去世后，舅舅家中也就再无值得欣赏之人，王氏兄弟于是从"俗中人"转变成了"方外之人"。王氏兄弟的转变充分体现了"知"的重要性。他们的无礼并非出于功利之心，那么还应当受到猛烈的批评吗？

当郗愔在抱怨王氏兄弟从有礼变成无礼之时，他也认识到了转变的原因所在。他了解自己，了解儿子，也了解外甥们。遗憾的是，他无法改变自己。这也许是相当一部分魏晋名士的困境。当他们在清谈、饮酒、颜值甚至是缺点上都无法表现出"才"时，他们却无法作出改变。我们在第一章中就已经指出，在魏晋名士看来，才似乎是天生的，不但后天无法作出根本性的改变，而且即使是一家人也会有才的高下。作为父子，郗愔和郗嘉宾之才判若云泥，郗愔自己也心如明镜，然而他无法使自己变成一个像儿子一样的有"才"之人让他人赏识，进而在公共空间中，他就成了一个相对的失意之人，也就会受到他人"无礼"对待，这似乎也是必然的结果。从这个角度来说，魏晋名士之间的相处究竟是否以礼相待，在一定程度上是与"知"紧密相关的。

"礼"和"知"的紧密相联，意味着礼从意识形态到公共空间的转变。在魏晋时期，礼的确是统治者们所推崇的，其根本的作用是维持社会的稳定。但是，礼是包含生活中的方方面面的，当然也涵盖了名士之间的交往。名士之间是否以礼相待，这是作为意识形态的礼所无法控制或约束的，其中起到决定性作用的是他们之间互相的"知"。如果对一个人了解并赞赏，那么就可能以礼相待；反之，如果不欣赏一个人的才，那么就可能对他无礼。在这样的情况下，如王氏兄弟这样的无礼就绝不是对礼教本身的反抗或挑战。相反，王氏兄弟的前后转变恰恰表明了他们对礼的重视：礼只用来对待自己所赏识之人。因此，所谓的无礼傲慢反而为礼的重要性作了注解。这大约也正是"有礼无礼之间"的体现吧。

当然，作为意识形态的礼和公共空间中的礼并没有严格的区分。广义来说，《世说新语》中任何看似无礼的举动，都不能简单地被诠释成对礼的抨击、蔑视或反抗，而可以被视为"知"的展示。《简傲》篇第1则说：

> 晋文王功德盛大，坐席严敬，拟于王者。唯阮籍在坐，箕踞啸歌，酣放自若。

单独看这一场景的话，阮籍的模样确实是无礼的，也难免会有人觉得这是阮籍对政权和礼教的反抗。但这当然是一种错觉。刘义庆的叙述用细节促使观众去思考，作为方外之人的阮籍是真的无礼吗？阮籍于公元263年逝世，彼时司马昭尚未受封晋文王，还只是"晋公"。而且观众们都知道，即使受封为晋公时，司马昭都曾百般推让，最后正是阮籍撰写文章劝说他的。很显然，"功德盛大"的司马昭并不想破坏礼制，不想给人以口舌，让人觉得自己功高震主。因此，其他客人把他当作"王"的场面，并不是司马昭希望看到的。他们看似守礼的行为，反而暗示了司马昭潜在的僭越。

阮籍和司马昭的多次联袂演出显示他深谙其中的奥妙。他看似无礼的举动完美地体现了司马昭的包容。在这样的公共空间里，司马昭希望通过阮籍的"无礼"表演，让大家知道自己不敢逾越礼制，绝不妄图称王。这样的合作当然是基于司马昭对阮籍的知。司马昭清楚地知道，把自己定位为成方外之人的阮籍尽管不遵礼制，但是却不会有犯上作乱之心，不会造成真正令人尴尬的场面。同时，阮籍也应该知道司马昭对自己的"知"，从而可以大胆地展示自己的放纵。在《世说新语》中，阮籍无疑是放达无礼的代表人物之一。如果他的无礼可以被视为一种公共空间中的表演，那么魏晋名士们对礼的真正态度，也就不言而喻了。

如前所述，在《世说新语》中的确有一部分名士不守礼制，甚至以不守礼制为乐，但以公共空间的视角来看，他们的无礼更多的是为了表现对他人的否定。如果"知"意味着赏识的话，那么可以说无"知"才会无礼。从刘义庆的叙述来看，无论是"无礼"还是"守礼"，都体现出礼在魏晋名士的公共空间中有着重要的地位，展现了"有意无意之间"

的境界。那些认为以阮籍为代表的魏晋名士不满礼教束缚而进行反抗的观点，不但没有看到了礼本身的弹性，而且无视礼在实现人性的过程中所带来的愉悦，更忽略了礼和公共空间中人与人相互交往中"知"的密切关系。根据《世说新语》的叙述，从公共空间到政治领域，礼都可以用一种"风流"的方式得以体现，守礼、无礼和逍遥之间并没有森严的壁垒。根据这一逻辑，有德行之人也并非是被道德准则所累，而躬身于政事之人也没有受到俗事的羁绊，他们完全可能在德行与政事之中体会到快乐与逍遥。我们在最后一章中所要讨论的，正是公共空间中的德行和政事。

第八章

表演的底线——德行

一 德行与放达

在魏晋之际，有德行的人会是怎样的形象？是不是死板、严厉而无趣？醉心于政事之人又会是怎样的形象？是不是醉心功名、利欲熏心而惹人讨厌？让我们先看两则《世说新语》中的故事。《政事》篇第18则说：

> 王、刘与林公共看何骠骑，骠骑看文书不顾之。王谓何曰："我今故与林公来相看，望卿摆拨常务，应对玄言，那得方低头看此邪！"何曰："我不看此，卿等何以得存！"诸人以为佳。

这是一个鲜活有趣的画面。自以为潇洒的王濛、刘惔和支道林想要何充放下政事，和他们一起清谈。王濛的话明显认为政事不如清谈重要，也就意味着一个好官不如一个擅长清谈的名士更为高雅。在王濛们看来，琐碎的政事似乎和逍遥的清谈是相对立的。何充的回答则从两方面进行了回击：一方面，他的话直接表明了俗务是清谈的基础，没有政局的稳定，也就没有了清谈的空间，因此政事比清谈要重要，同时一个好的官员也就比一个清谈高手要重要——是前者的负重前行才可以让后者岁月静好；另一方面，他的话间接表明了政事和清谈并不矛盾，他的回答根据王濛的责难借力打力，本身就体现出一个清谈高手的素养，说明一个认真处理政务的官员同样可以是一个清谈高手——甚至于我们可以认为政事中自然包含了清谈，"诸人以为佳"正是对何充之语的最好评价。王濛、刘惔和支道林三人无疑是清谈界的红人，他们的肯定为何充的言语和幽默做了最好的背书。

以才情著称的王戎多次出现在《德行》中。《德行》篇第21则说：

> 王戎父浑有令名，官至凉州刺史。浑薨，所历九郡义故，怀其德惠，相率致赙数百万，戎悉不受。

精打细算而不贪他人之财，这大约就是王戎的德行所在。《德行》篇中也提到了王戎的孝。但是这样的一个有德行的人，绝对不是一个无趣之人。王戎对王祥的评价，可以说很

好地解释了德行与潇洒之间的关系,《德行》篇第19则说:

> 王戎云:"太保居在正始中,不在能言之流。及与之言,理中清远。将无以德掩其言!"

太保王祥以孝闻名于世,可这并不意味着他不善清谈。王戎用亲身经历证明王祥谈及玄学时也是颇具造诣的,只不过由于他的德行过于出名,从而使得很多人忽视了他在其他方面的所长。王戎的话很好地阐明了德行与其他品质的关系:它们之间并不是相互排斥的,有德之人也可以清远风流。

《世说新语》的叙述清楚地否定了德行之人与放达之人之间的对立,尽管的确有学者认为这种对立是存在的。[1] 如果认为这种对立存在,那么就会以为一方面有德之士对放达之人有着批评与责难,另一方面放达之人对有德之士心怀不屑。这样的对立场面似乎是一种误读。既然"有意无意之间"原则贯穿了整部《世说新语》,方外之人与俗中人之间并没有严格的界限,那么德行与放达自然是可以并存的。

从公共空间的理论来看,德行无疑也是公共空间的重要组成部分。在反思哈贝马斯的理论时,丹纳·维拉(Dana Villa)指出公共空间的规范并不依赖于等级化的统治,公共

---

[1]　黄少英:《魏晋礼法之士的"德行"观》,《东方论坛》2005年第3期。

空间中每一个成员都是主人，是他们的自我约束使得公共空间能够运作。在维拉看来，公共空间中的成员应该是有德之人，他们对什么是善有着共识，对什么样的谈论才出色也有着共识，正因如此，他们才能在公共空间中自我监管和理性交流。[1]林肯·戴尔伯格（Lincoln Dahlberg）也指出公共空间的概念包含了积极的约束力和理性的交流者。[2]他们所指出的两大要素恰好与《世说新语》中的德行和清谈相对应。

清谈无疑是魏晋名士身上最常见的标签。在《世说新语》所描述的公共空间里，清谈可谓无处不在。何充对王濛的回答虽出于《政事》篇，但其所言之机警与韵味，与清谈无异。这样的言语交流看似随性，却也绝不是想说什么就说什么的。德行就是它的底线，让清谈不至于完全失去控制。刘义庆在《德行》篇中固然讲述了陈蕃、李膺这样"一身正气"的有德之人，也描写了缺点不少的王戎的德行。这一方面表明一个有德行的人并不需要是完美的，另一方面也说明不少看似放浪形骸的名士并没有忘记道德的尺度。即使是嗜酒裸身的刘伶，也并没有做出任何在德行上大逆不道之举。事实上，即使是在《仇隙》或是《谗险》这样的篇章里，刘

---

[1] Dana R. Villa, "Postmodernism and the Public Sphere", *American Political Science Review*, vol.86, No.3，1992, pp.712-721.

[2] Lincoln Dahlberg, "The Habermasian public sphere: Taking difference seriously?"

义庆也没有详细讲述令人发指的恶行。从《世说新语》的整体叙述来看，正是在德行和放达之间保持了平衡的情况下，名士们才能够在不同的公共空间中互相交往。

二　德行的影响力

作为行为的尺度，德行是可以在公共空间中影响他人的。《德行》篇第2则说：

> 周子居常云：“吾时月不见黄叔度，则鄙吝之心已复生矣！”

周子居的这句话微妙地描述了德行的功用。黄叔度作为一位有德之人，可以让他人的“鄙吝之心”收起来；但是，这样的功用是暂时的，过了一段时间就会失去功效。因此，在公共空间中一定频率的聚会是必不可少的。周子居的话很容易让人想起孔子在《论语·雍也》中的话：“回也其心三月不违仁，其余则日月至焉而已矣。”德行的培养不是一劳永逸的。即使是孔子对学生的影响，也只能维持短暂的一段时间，最优秀的颜回也只有三个月，而其他的则在更短的时间内就会再次“违仁”——也就是周子居所说的鄙吝之心复生。那么，德行究竟是如孟子所说内在于人内心的，还是像荀子所言是礼教的产物呢？刘义庆似乎在叙述中暗藏了这个问题。

当然，他是不会直接给我们答案的。

《德行》篇第3则说：

> 郭林宗至汝南造袁奉高，车不停轨，鸾不辍轭。诣黄叔度，乃弥日信宿。人问其故，林宗曰："叔度汪汪如万顷之陂。澄之不清，扰之不浊，其器深广，难测量也。"

这则故事和上一则的相同点，是赞叹黄叔度的郭林宗和周子居一样，本身就是以德行闻名之人。他们对黄叔度的赞美体现了两人对前者的"知"。用他们来做绿叶，则更加彰显了黄叔度德行的感召力。用我们一贯的表演理论，那么周子居和郭林宗的话并不仅仅是他们自己的心得体会，这些话的目标听众是潜在的观众。周和郭的用自己做例子，是为了更好地让大家体会到应该如何遏制内心的鄙吝，强调受有德之人熏陶的重要性。两者都肯定了黄叔度德行对他人的影响力。

有趣的是，郭林宗用"陂"来形容黄叔度。陂是池塘，不是《老子》所说的江海，和《庄子》笔下的海神也相去甚远。和江海相比，池塘当然是小而浅的，所以郭林宗所说的"万顷之陂"就有了庄子式的吊诡——原本是鱼卵的"鲲"成为大鱼的代名词。这样两个看似相反元素的统一充分体现了《世说新语》对"有意无意之间"的强调。只要内心深广，那么池塘也可以是浩瀚的。除了池塘之外，"陂"还有堤岸之意：无论是多么浩渺的池塘，都有着边际，并需要堤岸的守卫。这反映了魏晋名士对"德"的理解：德并不无所不包的，它有着自己的局限，也必须有相应的准则，只有在这些准则的维护下，德才能发挥出它的作用。或者可以说，在郭林宗的眼里，他们这一时代的有德之人不再像孔子一样无所不包，而只能固守一隅。这多少与之前王戎对自己的定位——"情之所钟，正在我辈"——有些相似。郭林宗并没有以"圣人"来称呼黄叔度，事实上，在整部《世说新语》中，都几乎找不到用圣人来指代魏晋名士的例子。对于魏晋名士来说，孔子才是圣人，而他们自己与圣人之间有着一条鸿沟。郭林宗对黄叔度的夸赞，似乎也体现了这一观点。当主动向有德之人靠近，希望受到后者德行的影响从而提高自己的境界时，郭林宗（们）并没有奢望自己成为孔子一样的圣人。这再一次体现了魏晋时期思想的特色。和先秦、两汉和宋明等诸时期不同，魏晋时期的思想家们没有把哲学理论中最高的境界（圣人）作为自己努力的目标。他们安于自己的定位，力求做一个深邃的"陂"，而不是幻想成为浩渺无边的大海。换言之，他们把自己视为普通人，希望能做一个有德行而洒脱的普通人。也许正是因为如此，魏晋的思想才会受到后人的喜爱吧。

《德行》篇第24则很好地表明普通人也可以具有德行，

而他的德行也同样可以影响别人：

> 郗公值永嘉丧乱，在乡里甚穷馁。乡人以公名德，
> 传共饴之。公常携兄子迈及外生周翼二小儿往食。乡人
> 曰："各自饥困，以君之贤，欲共济君耳，恐不能兼有
> 所存。"公于是独往食，辄含饭着两颊边，还吐与二儿。
> 后并得存，同过江。郗公亡，翼为剡县，解职归，席苫
> 于公灵床头，心丧终三年。

就这则故事的叙述来看，郗鉴固然是有德之人，但他的德行
很难说是无懈可击的。他对侄子和外甥一视同仁，显示了自
己的仁厚，可是他的确没有考虑到为他提供食物的乡人。郗
鉴在腮帮子里塞满食物，这养活了自己的两个后辈，却可能
会导致乡里的其他人挨饿。这一充满戏剧性的画面无疑会
让观众唏嘘感动，从而不自觉地就忽视了郗鉴可能存在的
问题。不求完美的观众就像他的外甥周翼一样，被郗鉴之举
所打动。显然受到了舅父影响的周翼在郗鉴去世之后守丧三
年，这充分体现了郗鉴德行的感染力。不过有趣的是，刘义
庆没有提到郗迈。可以肯定的是郗鉴去世的时候郗迈还健
在，那么作为郗鉴的自家人，他在郗鉴去世后的表现为啥没
有被提及呢？按照《春秋》以来史家叙述的习惯，没有提及
意味着他的表现正常，既没有做得很好，也不见得在礼节上

有所亏欠。因此，这则故事似乎一方面告诉我们德行具有影响他人的作用，另一方面也暗示它的影响力也是有限的。但我们大可不必因为德行影响力的有限而感到失望，这难道不正是现实的写照吗？勇于承认现实世界的不完美，正是魏晋名士的特点。或者可以说，郗迈和周翼两人的一隐一显，也许正好体现了德行的影响力在"有意无意之间"。

当然，并不是所有的有德之士都对德行持这样两可的态度，李膺就不但对自己的德行颇为自负，而且相信可以靠德行改变世界。《德行》篇第4则说：

> 李元礼风格秀整，高自标持，欲以天下名教是非为己任。后进之士，有升其堂者，皆以为登龙门。

在对李膺的叙述中，刘义庆充满了暗讽。"高自标持"四个字就凸显了他的优越感。"欲以天下名教是非为己任"则几乎可以算是整部《世说新语》中最为宏大的抱负之一，比陈蕃的"澄清天下"有过之而无不及。这样的抱负所带来的影响，似乎并不是全然正面的。且不说天下的是非怎可能由一个人定夺，更重要的是，当后进之士把获得李膺的接见作为一种身份的标志时，所谓名教的推广也就充满了功利的气息。

我们一直把《世说新语》中名士的客堂作为魏晋时期重

要的公共空间，但是李膺之堂却很难被视为一个公共空间。众所周知，公共空间中的参与者在理论上是平等的，空间内秩序的维系不依赖于等级化的体制，因此有学者认为哈贝马斯的描述过于理想化。[1]无论现实如何，相对平等的关系是公共空间得以展开的基础。在我们看到的很多表演场面中，政治上的等级差异在一定程度上被搁置了，参与者们寻求的是相互的"知"。而在李膺的空间中，作为前辈的他和后进之士之间是单向的关系。后者希望被他所了解和赏识，而他是不需要被"知"的——因为他早已把自己视为是非的标杆。从这一点来说，故事中的后进之士们是以低人一等的姿态进入这个空间的，他们满足于被知，而根本不在乎甚至完全放弃了"知"人的权利。"皆以为登龙门"不但表明了他们的洋洋自得，而且一个"皆"字更是强调了这种洋洋自得的普遍性。即使《世说新语》中没有提及李膺最后的悲剧，观众们也完全可以根据这一场面作出预言。因此可以说，对那些无视德行的局限性，认为靠德行就可以改变天下之人，《世说新语》是持保留态度的。

值得注意的是，李膺和陈蕃一样，是东汉末年的人。尽管我们尝试着把《世说新语》所描述的名士视为一个整体，

---

[1] John D. Peters, "Distrust of Representation: Habermas on the Public Sphere", *Media, Culture and Society*, vol.15, No.4, 1993, pp.541–571.

然而他们中的时代差异也的确是存在的。如果说在东汉末年还有名士盲目相信德行的力量，那么从魏到晋的发展过程中，德行和清谈之间的"将无同"就越来越成为主流。在余英时看来，东汉末年开始，士大夫以天下为己任的精神开始逐渐消失，取而代之的是个人精神生活领域逐步地扩大。[1] 伴随着这一过程的，是名士们对自身定位的调整。无论是王戎的"我辈"，还是裴楷的"俗中人"，都不会认为自己可以代表天下所有的名士，也不会认为自己的德行可以澄清天下。这样的调整看似是消极的，但是从实践层面来说却是积极的。当先秦诸子和两汉思想家把圣人视为自己的目标时，哲学思想和生活实践之间的距离是巨大的，以至于东汉的儒生对德治失去了信心。[2] 而魏晋时期的名士在调整了自我定位之后，承认了德行的局限，从而在实践中更加推崇礼法，反而缩小了哲学思想和生活之间的距离。

三 德行、无形与四时

那么，德行是通过什么样的方式来产生影响的呢？从《世说新语》的叙述来看，德是一种无形的力量。《德行》篇

---

[1] 余英时：《汉晋之际士之新自觉与新思潮》，《中国知识阶层史论》，台北：联经出版事业公司，1980年，第294—296页。

[2] 方军：《德治的式微与法治的渐扬——王符〈潜夫论〉治道方略之调适》，《船山学刊》2006年第2期。

第36则说：

> 谢公夫人教儿，问太傅："那得初不见君教儿？"答
> 曰："我常自教儿。"

这个场面中并没有刻画具体的德行，所讲述的是德行的体现
方式。刘义庆习惯用没有姓名的观众"有的人"提问，来引
出主角的回答。通常"有的人"代表的是普通观众的疑问，
主角解答的也是我们的疑惑。在这里，提问的人并不是普通
人，而是谢安的夫人。外人不了解谢安是正常的，而他的夫
人应该是最为熟悉谢安之人，如果连她都对谢安的育儿方法
有所质疑，不知道谢安自身的德行是如何影响儿子的，那么
其他人就会更加疑惑了。因此，这个问题所含的疑惑指数是
最高的。这也从反面说明了谢安回答的重要性。

谢安说"我常自教儿"，关键在于"自"。"自"在《老
子》中经常出现。《老子》第二十三章说："希言自然。"少言
寡语正是本然的境界，这与孔子的"天何言哉"（《论语·阳
货》）非常相似。很显然，谢安夫人和广大观众一样，认为
教化一定要有具体的内容。无论是"五经"的研读，还是仁
义礼智的讲解，都是大家眼中的教化，但是谢安认为自己的
举止会自动地对儿子产生影响。这在一定程度上是对德的解
构。谢安的话意味着他不再相信德行的传播可以靠传统的教

育，这同时指出了"言"和"德"的局限性。一方面言语缺乏足够传递德行影响力的能力，另一方面依靠"自"教的德行也无法保证有效的推广。正如周子居必须要经常见到黄叔度才能遏制住自己的"鄙吝之心"一样，观众们不禁要问，那些见不到黄叔度的人怎么办？谢安可以"自"教儿，那么没有谢安这样父亲的年轻人怎么办？这样的不言之教注定是无法像模式化的教学那样得以广泛复制的。

那么，谢安在没有明确的教学内容和方法的情况下，"自"教给儿子的又是什么呢？也许《德行》篇第 34 则的故事可以帮助我们找到答案：

> 谢太傅绝重褚公，常称："褚季野虽不言，而四时之气亦备。"

褚裒的德行不是通过言语来展现的。在没有言语的情况下，他也能够让谢安感受到自己的"气"，这再一次为"言不尽意"作了很好的注解。既然不需要说话都可以传达自己的意，那么言的确是可以被"忘"了。那么，谢安从褚裒那里感受到了什么呢？"四时"即指春夏秋冬，四时之气则是春夏秋冬所代表的"喜怒哀乐"。董仲舒在《春秋繁露·阴阳义》中说："天亦有喜怒之气，哀乐之心，与人相副。以类合之，天人一也。春，喜气也，故生；秋，怒气也，故杀；夏，乐气也，故养；冬，哀气也，故藏；四者天人同有之……"明确指出了春夏秋冬之气与喜怒哀乐的关系。因此我们可以说，褚裒让谢安感受到的是他的喜怒哀乐。换言之，对于谢安来说，德行并不意味着仁义、忠孝这些相对抽象的是非观念，德行就是在日常生活中通过喜怒哀乐来体现的。尽管刘义庆没有提到褚裒对女儿褚蒜子的影响，但是熟悉两晋历史的观众们自然就会联想到，作为皇后的褚蒜子的政绩大约和其父亲褚裒的不言之教是分不开的。

强调喜怒哀乐，正是《礼记·中庸》的主张。尽管魏晋时期《中庸》还没有宋代那样的显赫地位，但是当时名士对《礼记》整体是颇为重视的。钱穆在《中庸新义》中指出，一个人遇到外界事物之时，必然会出现喜怒哀乐。当喜怒哀乐的"发"和外界相和谐时，就达到了"中和"的境界，在物我之间保持平衡的状态。[1]谢安对褚裒的"知"并不是通过言语，而是通过他在生活中所展现的"喜怒哀乐"，这表明谢安所看重的德行，是个人与外界的和谐相处。据此推测，谢安对儿子的"教"很可能也在于此。通过自己平时的喜怒哀乐，谢安让后辈们知道什么才是生活中所需要的德行。观众们大可不必根据谢安践行"无为而教"和重视"喜

---

[1] 苏子齐：《"内在和"与"外在和"：钱穆〈中庸新义〉"中和"说的渊源与价值》，《子衿论衡》2018年第3期。

怒哀乐"就推断说他兼具道家和儒家思想的影响，对于笃信
将无同的魏晋名士来说，把儒道作区分原本就是毫无意义的。

　　既然有人强调"喜怒哀乐"，也就自然有人会反其道而
行之。著名的阮籍和嵇康就是其中的代表人物。《德行》篇
第15则说：

　　　　晋文王称阮嗣宗至慎，每与之言，言皆玄远，未尝
　　臧否人物。

如果认为以狂放不羁闻名的阮籍"未尝臧否人物"是由于社
会和政治黑暗而在乱世中求自保的话，那么很难解释他在晋
文王面前饮酒作怪的场面——如果没有司马昭的配合，阮籍
各种看似怪诞的行为显然也可能会给他带来严重的后果。那
么，司马昭说的"至慎"并不是指阮籍处处小心翼翼，而
是专指他"慎于言"。众所周知，"敏于事而慎于言"（《论
语·学而》）是孔子所主张的君子之道，深谙礼教的阮籍对
于《论语》的教诲应该并不陌生。因此，阮籍的"至慎"更
可能源于此。尽管他声称礼并不是为"我辈"所设，事实上
他却并非无视德行的价值。如前所述，德行和清谈是公共空
间的两大相异却相扶持的支柱。一个缺乏清谈能力的有德之
人显得乏味，而一个没有德行的清谈高手也同样无法获得他
人的真正尊重。阮籍对德行的重视正体现在他的"慎于言"

之上。在和司马昭交谈的时候，他并不是不说话，而是"言皆玄远"，他的谨慎在于避免对他人作任何的评论。

这样的品质显然是司马昭所喜欢的。陈寅恪曾指出司马氏是儒家的信徒，他们是从地方儒学家族成为最终的统治者的，因此从理论上来说司马昭对于"慎于言"也必然是熟稔且认同的。[1]而从现实的角度来看，司马昭在逐渐掌握权力的过程中，遇到过用人的困境：一方面他大量任用亲信，另一方面也依赖并安抚亲魏的势力。[2]在这样的情况下，他不希望朝廷中妄议人物是非，也在情理之中。因此，当司马昭在夸赞阮籍"至慎"时，他并不仅仅是为了表现自己对阮籍的了解与欣赏，更是通过赞赏阮籍来告诉大家要尽量少发表议论。也就是说，阮籍的"慎于言"的确与当时混乱的政局有所关联，但是就《世说新语》的叙述来看，他的"慎于言"似乎不是出于对统治者的惧怕而为了在乱世中明哲保身，而是与当时当权者的联袂演出，通过成为至慎的典范，传达司马昭的旨意。刘义庆一次又一次地让阮籍和司马昭在同一空间中进行表演，而司马昭多次表现出对阮籍的维护和欣赏，这表明至少在一定程度上阮籍和司马昭其实是相互

---

[1] 陈寅恪：《书世说新语文学类钟会撰四本论始毕条后》，《金明馆丛稿初编》，北京：生活·读书·新知三联书店，2001年，第47—54页。

[2] 胡志佳：《西晋建国前司马氏的发展》，《逢甲人文社会学报》2005年第10期。

"知"的。

和阮籍相比，嵇康则更进一步。《德行》篇第16则说：

王戎云："与嵇康居二十年，未尝见其喜愠之色。"

嵇康一直被冠以"正直"的评价，有学者认为嵇康之所以被害，是因为他"为人正派"[1]。一个正直的名士应该没有喜怒之色吗？刘义庆通过王戎的描述把这个问题抛给了观众，当然依然没有答案。王戎在此扮演了非常重要的角色。如果说阮籍在司马昭面前不臧否人物是因为司马昭不是他的朋友，那么王戎和嵇康都是竹林七贤，有着二十年的深厚交情，在挚友面前依然不表现出自己的喜怒哀乐，嵇康究竟是如何理解朋友之间的"知"的？没有喜愠之色的嵇康与王戎和七贤中的其他人之间又是如何了解并欣赏的？他行为的狂放与不露喜愠之色之间究竟是矛盾的还是一致的？有人认为其内心谨慎，放荡不羁的举止不过是一种为了避祸的掩饰[2]，可是没有喜怒之色又如何能展现狂放？在留下这么多疑问的情况下，刘义庆又是如何将德行与这一则简短的故事联系在一起的呢？

---

[1] 徐公持：《理极滞其必宣——论两晋人士的嵇康情结》，《文学遗产》1998年第4期。

[2] 蔡启仲：《王弼的才情个性与交游研究》，《东海大学图书馆馆刊》2017年第15期。

当然，明确的答案是不存在的，每一个观众都可能有自己的解读。唯一明确的，是嵇康并非一个单纯的放达之人。能够把放浪形骸和小心谨慎都做到极致，说明嵇康绝不是一个简单的人，而是一个非常优秀的表演者。如果把不露喜愠之色也视为德行的表现，那么在嵇康的身上，德行与放达这两个看似相反的特性像"将无同"一样实现了和谐。可是，谢安不是分明认为喜怒哀乐四时之气备才是德行的体现吗？王戎说嵇康喜怒不形于色，应该也是在肯定他的德行。那么，王戎和谢安对德行的理解是否不同？

四　德行的多样性

观众大可不必惊讶，从《世说新语》的整体叙述来看，刘义庆正是要凸显魏晋名士对德行理解的多样性。陈蕃、李膺所理解的德行，是要治国平天下；王戎认为有德之人应该不露喜愠之色；而谢安则认为不言而四时之气皆备是德行的体现。这些都说明德行本身就没有固定的内涵。根据哈贝马斯的定义，公共空间就是用于交流信息和观点的一个网络，参与者的观点在其中会经过过滤，从而在空间内形成相对共同的讨论话题和观点。[1]因此，在不同的公共空间中，对某

---

[1] Jürgen Habermas, "Contributions to a Discourse Theory of Law and Democracy", *The Idea of the Public Sphere: A Reader*, ed Jostein Gripsrud et al, Lanham, Lexington, USA: Lexington Books, 2010, pp.184–204.

一话题也就自然会有不同的看法。魏晋名士们对德行的不同理解，也正是由于他们所处的公共空间不同。在罗尔斯（John Rawls）看来，当一个人支持某一种公共理性（public reason）时，他就会在他认为最合理的理论框架中进行思考。[1]对于罗尔斯来说，这一体系中最关键的可能是正义，但是对魏晋名士而言则是德行。当他们对德行的理解各不相同时，大家对是非准则也自然有了各自的判断，这些判断也就会影响他们在生活中的选择。

在《世说新语》的描述中，德行并不总是抽象的存在，也可以是现实中具体的行为。从为官的名士来说，德行可以体现在清廉之中。《德行》篇第27则说：

> 周镇罢临川郡还都，未及上，住泊青溪渚，王丞相往看之。时夏月，暴雨卒至，舫至狭小，而又大漏，殆无复坐处。王曰："胡威之清，何以过此！"即启用为吴兴郡。

清廉是魏晋名士所看重的操守[2]，但是这个故事中周镇的清廉具有潜在的表演成分。当他把船停在青溪渚时，应该不少人

[1] John Rawls, "The Idea of Public Reason Revisited", *The Idea of the Public Sphere: A Reader*, pp.205-234.

[2] 黄少英：《魏晋礼法之士的"德行"观》。

都知道他的行程的，否则王导也不可能亲自来拜访。因此，他的停船很可能就是表演的一部分，因为他完全可能预料到京城名流的探访。按照这一逻辑，他那狭小破陋的船则极有可能是道具。从临川到建康路途并不短，夏日江南的雷阵雨也并不少，很难想象这样一条动辄漏雨的船是如何从临川顺利到达建康的。

当然，王导也不见得不知道周镇是在表演，甚至他还可能是在和周镇在一起表演。王导是以无为而治著称的，对于一个刚刚被罢官的官员他似乎并没有必要亲自探访。他兴师动众地前去，势必会引得众人的注意。在观众众多的情况下，王导赞叹周镇的清廉，就不仅仅是赞扬他一个人了。当王导立即任命清廉的周镇为吴兴太守时，观众们都意识到了王导在传递什么信息，记住了清廉的重要性。在这一次表演中，王导和周镇的互"知"得到了充分地体现。周镇了解王导为何而来，王导也欣赏周镇的德行。他们的"知"使得这一场表演浑然天成，观众们也无须去纠结背后的真相，只需要知道清廉之人可以获得重用而为官需要清廉，那么就完全可以得意忘言了。

和清廉相类似的德行是节俭。如果说清廉是一种为官的态度，那么节俭则是日常生活的习惯。《德行》篇第44则说：

> 王恭从会稽还，王大看之。见其坐六尺簟，因语

恭："卿东来，故应有此物，可以一领及我。"恭无言。
大去后，即举所坐者送之。既无余席，便坐荐上。后大
闻之甚惊，曰："吾本谓卿多，故求耳。"对曰："丈人不
悉恭，恭作人无长物。"

和王戎的吝啬、石崇的奢靡相比，王恭的节俭是另一种生活
态度。节俭并不是单纯对物质没有过多的需求，更是一种与
他人相处的模式。一个人对物质要求甚低的话，向他人求助
的可能性就越小，从而在公共空间中与人相处的过程中就会
拥有更多的平等与自由。于是一方面他可以更加从容地保持
自己的德行，另一方面也能够同样自在地保持自己的洒脱。

在这则故事中，王恭和王大有着鲜明的对比。王恭身
无长物，而王大则见到竹席就会开口索求。面对王大的要
求，王恭的无言其实颇值得玩味。如果他说不愿意，那就是
吝啬；如果他说没问题，那就是奢侈——等于承认自己有很
多竹席。王恭选择无言恰恰证明了言语的无力。无言并不表
明他没有表达自己的心中所想，但是王大显然不是谢安，并
无法知晓王恭的心意，没有由于对方的沉默而收回自己的要
求。当王大获得了竹席之后，王恭的独角戏开始了。他坐在
草垫上，观众就会感到疑惑——他为啥不再拿出一张竹席来
呢？不解而好事的观众告诉了王大，于是就有了王大和王恭
之间的第二场表演。王大的话表示自己不会夺人所好，似乎

暗含对王恭的责怪——为啥当初不告诉我你没有多余的竹席，以至于陷我于不义之地。王恭的回答不卑不亢地暗示，如果说观众觉得您德行有亏，那也是因为您自己：首先您不了解我，如果您不了解一个人，并且不试图去了解他，而只是根据自己的心思来以己度人，那么是无法真正"知"人的；其次您之所以会默认我有多余的竹席子，是因为您自己生活得不够简洁，平时物欲太强，不然就不会以为我不止一张竹席了。因此，这则故事固然肯定的是王恭的节俭，更是赞扬了王恭在遇到王大不"知"自己的情况下，向观众展示了如何叫作"人不知而不愠"——毕竟在公共空间中的交流，并不一定是顺畅的。

王大的错误在于默认王恭与自己的有着相同的生活习惯，但是他也表明如果知道王恭的情况，是不会索求竹席的。"己所不欲，勿施于人"正是大家所认为的德行。《德行》篇第31则说：

> 庾公乘马有的卢，或语令卖去。庾云："卖之必有买者，即复害其主，宁可不安己而移于他人哉？昔孙叔敖杀两头蛇以为后人，古之美谈，效之，不亦达乎！"

按照传统的说法，的卢马会给主人带来噩运，因此有人建议庾亮把它卖掉。庾亮的回答充分展现了同理心——自己不想招致噩运，别人自然也不想。重要的是，他把这种同理心上溯到了孙叔敖，从而进一步提升了自己行为的正义性。这则故事的微妙之处在于观众会忍不住要问：庾亮这匹马又是从哪里买来的？以庾亮的才识，不应该不知的卢的问题，他之所以保留这匹马，正是为了彰显自己的德行。因此有人的提问恰好配合了庾亮的表演。庾亮的回答充分体现了一个性好老庄的风流名士对儒家德行的坚持。田余庆曾指出东晋门阀政治中的各个大家族代表都"出入玄儒，内圣外王"[1]，来自颍川的庾亮家族自然也不例外[2]。作为擅长清谈的名士，庾亮的风流在当时也可谓名噪一时，但是和大多数看似放浪的名士一样，庾亮以德行作为约束其放达的准则，做到了德行与清谈并重，在两者之间游弋从容。

如果说庾亮的同理心面向的是同样买得起马的同阶层人士，那么《世说新语》中叙述的德行还包括对低阶层人士的同情和同理之心。《德行》篇第25则说：

> 顾荣在洛阳，尝应人请，觉行炙人有欲炙之色，因辍己施焉。同坐嗤之。荣曰："岂有终日执之，而不知

---

[1] 田余庆：《东晋门阀政治》，北京：北京大学出版社，1989年，第352页。

[2] 王晖：《两晋时期庾氏家族及其文学研究》，西北师范大学2012年硕士学位论文。

> 其味者乎!"后遭乱渡江,每经危急,常有一人左右己。
> 问其所以,乃受炙人也。

在这里,顾荣的同座之人扮演了谢安夫人的角色。魏晋之际社会阶层的分化和固化是一个不争的事实[1],顾荣的同座之人对他们享受到的服务感到理所当然,这也算是在情理之中。是他们的嗤笑引发了顾荣的回答。顾荣对为他们送烤肉的人感到同情,这表明他的德行其实是属于少数人的品质,也说明当时名士是不把那些不属于本阶层的劳动者视为公共空间的一部分的。只有顾荣会注意并了解"行炙人"的神色。

从某种意义来说,顾荣无意间突破了公共空间原有的界限,扩大了公共空间原有的范围。之所以说是无意,是因为他自己也不知道或者说不期望他会由于这一举动而被后者所铭记,毕竟他们的地位是不对等的。但事实上,相对地位低下的行炙人由此"知"了顾荣,并且最终成为后者的保护人。从直接的角度来看,顾荣的德行最终帮助到了自己;但是从公共空间的视角而言,行炙人最终也成了公共空间的一部分,他从最初获得顾荣的同情到最后获得顾荣的了解与感激,甚至还帮助顾荣重新认识了自己当初行为的意义。因

---

[1] 范兆飞:《走向禅让:魏晋之际阶层的固化与易代模式》,《华东师范大学学报》(哲学社会科学版)2018年第4期。

此，这则故事中看似主角是顾荣，实则行炙人的角色也非常重要。刘义庆对他的叙述似乎意味着在战乱频繁的两晋，等级之间不应该有森严的壁垒，因为他们之间很可能是相互依存的。

名士的同情心并不局限于低阶层的民众，还包括对动物的"不忍"。《德行》篇第37则说：

> 晋简文为抚军时，所坐床上，尘不听拂，见鼠行迹，视以为佳。有参军见鼠白日行，以手板批杀之，抚军意色不悦。门下起弹，教曰："鼠被害尚不能忘怀；今复以鼠损人，无乃不可乎？"

简文帝的不忍无疑有表演的色彩，以至于他的不忍有绝对化的倾向——甚至连对人有害的老鼠都不忍心伤害。诚然，观众们从他的表演中可以感受到一个强烈的信息，那就是简文帝对宽容仁爱的推崇。在动荡的两晋，怀有一颗不忍之心，可以减少不必要的流血，这是显而易见的道理。但是从哲学的角度来看，简文帝的言行却导致了一个理论上的悖论。什么都不能伤害，这意味着简文帝的不忍走向了绝对化。有趣的是，他绝对化的不忍却指向了是非的相对化：如果说老鼠都不应该被伤害，那么是非的标准是什么？是不是好与坏已经没有了明确的标准，连老鼠的存在都可以被认为是一件好事？推而广之，在社会上是否应该有是非呢？如果遇到一个像老鼠一样窃取官府钱粮的人，是应该严刑还是宽大处理？

当绝对和相对之间居然都不再有绝对的区分时，将无同也就到了极致。这似乎意味着从逻辑来说相对性获得了胜利，但是如果把相对性绝对化，那么又出现了一种绝对性——绝对的相对性。简文帝的表演就这样让观众陷入了绝对和相对之间的循环之中。熟悉《庄子》的观众必然会联想到《庄子·齐物论》所说的话："彼是莫得其偶，谓之道枢。枢始得其环中，以应无穷。"当时名士郭象对此的注解是："夫是非反覆，相寻无穷，故谓之环。环中，空矣；今以是非为环而得其中者，无是无非也。无是无非，故能应夫是非。是非无穷，故应亦无穷。"在郭象看来，是非就像一个圆，我们无法区分哪一部分是是，哪一部分是非，因此我们就不应该再执着于区分是非。简文帝"绝对"的不忍，也许正是因为他对是非的看破。这一点在表演的后半段得到了更好的体现。按照简文帝的标准，打死老鼠的参军是不对的，可是当有人弹劾他这个不对的人时，弹劾不对的人的人反而变成了不对的了，而原本不对的参军身上的过错就自动抹去了。就这样是变成了非，而非则转向了是。当然，简文帝绝不是没有原则的，"不忍"就是他绝对的原则。他是在是非相对的基础上宣扬他绝对的"不忍"的。当然，观众们难免被是与非、相对与绝对绕得晕晕乎乎，而这恰恰证明简文帝的表演体现了魏晋时期的思想。

五　德行、他人与独化

是非的相对性在邓攸的故事上得到了另一种体现。《德行》篇第28则说：

> 邓攸始避难，于道中弃己子，全弟子。既过江，取一妾，甚宠爱。历年后讯其所由，妾具说是北人遭乱，忆父母姓名，乃攸之甥也。攸素有德业，言行无玷，闻之哀恨终身，遂不复畜妾。

邓攸的遗憾看似是乱世中的阴差阳错造化弄人。和郗鉴一样，邓攸在逃难之时选择了放弃相对亲近的人，保护了相对疏远的人。这当然是德行的体现，而且这种德行与孟子所说的"幼吾幼，以及人之幼"（《孟子·梁惠王上》）甚至有一点矛盾——他们选择的是先保护人之幼。故事马上出现了转折，他娶的妾竟然是自己的外甥女，这导致他后悔终身。是和非就这样像一个环似的套在了邓攸的身上。乱世中的每一个人，都是在"有德无德之间"摇摆。

像邓攸这样一位原本德行高洁的名士，在过江之后娶妾，这原本无可厚非，甚至是孝顺之举：在逃难时放弃了自己的儿子，他需要娶妾来重新繁衍后代。邓攸的问题在于没有意识到"知"的重要性。对于一个宠爱有加的爱妾，邓攸居然"历年后"才询问她的身世，这表明他认为没有必要了解一个妾的背景。在名士们的交往中，相互的"知"既是最终的目的，也是重要的手段。名士们的清谈、饮酒或是放荡都是为了在公共空间的被他人了解并肯定，而他们在相互了解之后则可以进一步相应地形成不同的社交空间。但是，邓攸显然觉得不需要去"知"一个妾，也不需要被她所知。魏晋时期的妾主要来源于战俘、买卖和聘娶，也有从婢女、妓女而成为妾的。[1]整体而言，妾的地位是低下的，娶妾也不需要正式的礼仪。因此邓攸在不了解对方的情况下就娶妾，在当时也是正常之举。但是，这则故事告诉我们"知"在任何的情况下其实都是必需的，即使是妾都可能会在公共空间中扮演举足轻重的橘色。用南希·弗雷泽（Nancy Fraser）的话来说，地位较低的弱势群体都有着参与公共空间的需要。[2]在公共空间中，德行的保持并不仅仅取决于个人，还需要在和他人的交往中才得以实现，因此对他人不"知"的话，就可能会损害到自己的德行。

---

[1] 王仁磊：《魏晋南北朝时期妾的来源与归宿——兼驳"东魏无妾说"》，《云南社会科学》2012年第3期。

[2] Nancy Fraser，"Politics, Culture, and the Public Sphere: Toward a Postmodern Conception", *Social Postmodernism: Beyond Identity Politics,* ed. Linda Nicholson and Steven Seidman, Cambridge, UK: Cambridge University Press, 1995, pp.287–314.

　　《世说新语》强调了德行与他人的密切关系，这似乎与郭象所强调的"独化"理论相矛盾。郭象认为万物的产生都是不知其所以然的，事物彼此之间没有任何的因果依赖关系，人与人之间也是如此。[1]在解构了人与人之间的关系后，每个人就成了独立的个体。于是个人在获得了自由权利的同时，也就解构了各种社会关系。当一个人认为他的各种社会角色都不过是偶然的存在时，就可能完全不再遵守各种角色所承担的社会道德。这从某种程度上解释了郭象自身的无德。当他将向秀的《庄子注》窃为己有的时候，一定觉得无须践履朋辈之间的道德准则。但是《世说新语》的叙述告诉观众，人与人之间的关系是公共空间中的重要维度，不知人或是不被知都可能对德行的实践造成阻碍。《德行》篇第32则说：

　　　　阮光禄在剡，曾有好车，借者无不皆给。有人葬母，意欲借而不敢言。阮后闻之，叹曰："吾有车而使人不敢借，何以车为！"遂焚之。

　　阮裕的烧车当然是一场表演。从人类学的角度来说，

―――――――――

[1] 韩林合：《郭象独化说新解——兼与维特根斯坦的相关观点比较》，《文史哲》2018年第4期。

焚烧和礼仪紧密相连，它不仅象征着死亡，还意味着放弃和毁灭。[1]《德行》篇第43则中桓玄打败殷仲堪后，殷手下的参军罗企生从容赴死，临死前请求桓玄让自己的弟弟奉养母亲。桓玄和罗企生以前交情不错，曾经送给罗的母亲胡氏一领羔皮袍子。胡氏当时在南昌，听说罗企生被害的消息，马上就把袍子烧了。胡氏的烧袍当然是烧给桓玄看的，这一场果敢的表演是为了告诉桓玄恩断义绝。那么，阮裕在公众面前烧自己的车又是要放弃或是毁灭什么呢？

阮裕在剡县的公众面前一直表现出自己的慷慨，他也希望让大家了解并赞赏自己的慷慨。慷慨这种德行非常需要他人的配合——如果他人没有需求或索取，那么一个人就无法做到慷慨。这位要葬母亲的人就是没有索取，不敢问阮裕借车。他显然对阮裕的慷慨有所怀疑，怕对方知道自己用车是为了葬母亲就会不肯借给自己。他越是不敢借，就越说明他不了解阮裕，也就说明阮裕被人"知"的目的并没有达到，于是阮裕想实践德行的目的就无法实现。

因此，他通过焚烧这辆车来宣告自己的表演失败——

---

[1] Marc Verhoeven, "Death, Fire and Abandonment: Ritual Practice at Late Neolithic Tell Sabi Abyad, Syria", *Archaeological Dialogues*, vol.7, No.1, 2000, pp.46-65.

或者可以说是那个"慷慨的自己"的消亡，其实在别人眼里"你"并不慷慨；同时也宣告车失去了存在的意义。对阮裕来说，车只是一个载体，是用来向别人表明他的慷慨之德的器具。"吾有车，而使人不敢借，何以车为"，这明确说明"我"的车就是为了让人借的，甚至暗示着"我"的车并不是给自己用的，通过让人借车，"我"的德行得到大家的肯定，这就是车对"我"的功用。如今车的存在没有实现这一功能，那么这一器具就不再有什么价值了。相反，车的毁灭恰恰可以让大家重新了解自己的慷慨。当然，这样做慷慨固然是人尽皆知了，却未免有一点极端。不过，魏晋的名士们最信奉的原则之一，不就是要千方百计地用极端的手段被人"知"嘛！从这一点来说，阮裕最终做到了。当车存在的时候，他不能被知，而当车消失以后，他反而被知。当熟悉玄学的观众们看到熊熊大火，在车已经由有变无之时，应该会本能地想起《老子》第十一章所说的"有之以为利，无之以为用"吧！

六 政坛：德行的最佳舞台

对名士们来说，能够同时体现德行与放达最好的舞台当属政坛。尽管从严格意义来说，哈贝马斯在提出公共空间理论的时候，统治阶层本身并不属于公共空间的一部分，但是在政客越来越多运用社交媒体来和大众交流的今天，公共空间的界限早已模糊。[1] 在借用公共空间的范畴来剖析《世说新语》时，我们一直用的是非常宽泛的概念，魏晋名士们互相交往的任何场所和平台都可以被视为一种公共空间，在其中他们通过表演化的交流，相互了解和欣赏。魏晋时期的政坛当然也是他们的表演空间。之所以说政坛之中可以最好的体现德行与放达的结合，一方面是因为政坛比日常生活中的交流有着更多束缚，逍遥放达更为难得；另一方面则是由于和日常生活相比，政坛无法允许无节制的放浪形骸，必须要有一定的原则，也就更加需要德行的存在。

《政事》篇第14则说：

> 丞相尝夏月至石头看庾公。庾公正料事，丞相云："暑可小简之。"庾公曰："公之遗事，天下亦未以为允！"

王导和庾亮的对话让观众想起了王濛们与何充之间的对话。乍一看不同的是，王濛们是要何充放下公事和他们清谈，而王导则只是劝庾亮不用过于费心。再思量一下，就会发现王导和庾亮的对话是一唱一和。这是一场精彩的表演，两人配

---

[1] Narelle Miragliotta, "Politicians, Twitter and the Limits of the Virtual Political Public Sphere", *Social Alternatives*, vol.31, No.2, 2012, pp.6-10.

合得相当默契。在第五章中我已经指出，庾亮和王导虽然矛盾不少，但是根据史料，二人的合作远大于分歧。[1]王导作为东晋中兴的"民族功臣"[2]对庾亮进行这样的规劝，很容易让观众觉得他是在怂恿庾亮对政事不必专注。庾亮的回答看似是对王导的批评，似乎在反驳他的建议，但其实细品庾亮的回答，却更像是在肯定王导的功绩。庾亮说"公之遗事"时的意思是：即使是您这样做也会被人诟病，那么"何况不如您的我呢"？因此，庾亮在表明自己认真做事的态度之时，也表达了对王导的肯定。王导欲擒故纵，庾亮先抑后扬。王、庾两人的对话连在一起，强调的是无论是谁、无论何时，对政事都不能"小简"。这一场表演不仅是对东晋大小官员的鞭策，也是对所有观众的教诲。观众已然知道举止潇洒如庾亮者亦注重德行，而他孜孜于政事这一幕则进一步阐明了他的德行，他的回答也体现了一位清谈高手应有的水准。

在《世说新语》的叙述中，不少魏晋名士对于政事都是非常严格认真的。《政事》篇第22则说：

> 殷浩始作扬州，刘尹行，日小欲晚，便使左右取

---

[1]　黄欣怡：《〈晋书〉史臣对王导的评价》。

[2]　陈寅恪：《述东晋王导之功业》，《中山大学学报》（社会科学版）1956年第1期。

禊。人问其故，答曰："刺史严，不敢夜行。"

殷浩和刘惔的配合也是非常默契。整个故事中殷浩其实根本就没有真正出现，但是他却似乎无处不在，这不能不说是因为刘惔的表演精彩。为了确保地方治安，禁止夜行是中国古代常见的法律，官民通常都需要遵守，甚至官府的捕吏也不能在夜间去罪犯家中缉拿罪犯。[1]

身为丹阳尹的刘惔在"日小欲晚"之时就不再赶路，可谓树立了一个优秀的榜样。当不可缺少的提问者问他原因时，他简洁而生动地烘托了殷浩的严厉形象。在这则故事中，放达和严谨在殷浩和刘惔的身上都得到了完美的体现。擅长四本论的殷浩不仅酷爱清谈，对有关政策法令的贯彻也非常严格和彻底。同样，平日里在公共空间经常和王濛一起插科打诨对桓温冷嘲热讽的刘惔，竟然也一本正经地遵守法令。刘惔的独角戏告诉观众，即使是像殷浩和自己这样放达的名士，也没有忘记一个士人应恪守的准则，面对政事也会选择尽心有为。是不是治国平天下的理想才是他们两人的"本"呢？如果是，那么是不是和"以无为本"的观念相左呢？刘义庆再一次留给观众关于思想和生活之间关系的问

---

[1] 郑显文、管晓立：《中国古代出行的法律制度探析》，《北京航空航天大学学报》（社会科学版）2014年第1期。

题，当然，依然不会有确定的答案。

不过，有为和无为之间并没有明确的界限。如果说王导和庾亮的对话是为了让观众励精图治的话，那么王导本人在晚年的确有"无为而治"之名。《政事》篇第15则说：

> 丞相末年，略不复省事，正封箓诺之。自叹曰："人言我愦愦，后人当思此愦愦。"

学者们经常从东晋政治局势等方面来讨论王导治理方法的改变。[1]但从公共空间的角度出发，以"愦愦"和"知"之间的关系为视角，就知道王导所言已经很好地说明了他看似无为的原因。"人言我愦愦，后人当思此愦愦"表明了知的单向性。王导了解别人对自己的看法，知道他们认为自己是老糊涂，但是别人不了解王导的内心所想，所以把他唤作老糊涂。在这样的情况下，王导和"人"之间就失去了相互欣赏的可能。这里的"人"包括那些让他签字的人，也可以是那些看着他签字的旁观者。当人与人之间缺乏了解和欣赏时，是无法互相配合顺利完成工作的。从当时的现实来说，来到南方的北方豪族与江东当地的豪门之间也缺乏互相的了解和

---

[1] 张齐明：《后人当思此愦愦——东晋中兴名臣王导》，《文史知识》2017年第10期。

肯定，为了共御外敌，他们之间又应该如何合作呢？王导给大家提供了一个相对最合理的处理方式，王导的无为可以减少不必要的冲突，尽可能保证政府正常运作。

王导把"被了解和被欣赏"的愿望寄托在了后人的身上。作为间接观众的后人是否可能会想念这种"愦愦"呢？如果是，又是为什么呢？陈寅恪对王导的高度评价表明他就是王导心中的后人。陈寅恪认为王导的功绩在于通过笼络江南的士族，让南方人与北方人同心协力，从而有了东晋南朝三百年相对稳定的局面。[1]笼络就需要适当地放手无为。后人之所以可能"知"王导，是因为王导相信后人也会遇到他所面临的局面和难题。后现代主义的历史学家们相信，当符合个人兴趣时，阅读者会对历史中某些特定的叙述作出特别高的评价，而在阅读者的个人兴趣当中，政治因素是重要的组成部分。[2]当有的后人在遇到相同的境遇而感同身受时，就会理解并赞赏王导的"愦愦"。陈寅恪对他的评价就是证明。可以说晚年看似无为的王导并不是不在乎他人的肯定，恰恰相反，他非常在意他人的"知"，以至于在当时无法得到欣赏的情况下，还相信能够获得后人的"知"。因此，在一定程度上王导拓展了公共空间的时空范围，而他的自信则

---

[1] 陈寅恪：《述东晋王导之功业》。

[2] Alun Munslow, *Narrative and History*, London, UK: Palgrave Macmillan, 2007, p.116.

来自他自己在政事中所展现的德行，而他的德行蕴含在无为之中。

　　同样在主政时将德行蕴于无为的还有谢安。《政事》篇第 23 则说：

　　　　谢公时，兵厮逋亡，多近窜南塘下诸舫中。或欲求一时搜索，谢公不许，云："若不容置此辈，何以为京都？"

和殷浩的严厉相比，谢安的做法显得过于宽容，让观众想到了不愿意打老鼠的简文帝。如果对于逃兵不采取任何的措施，岂不是毫无是非对错可言？抑或，如果人人都逃跑了，谢安怎么办？谢安的回答其实微妙地对此作了回应。他明确地说"若不容置此辈"，这里的"此辈"让人想起了王戎和阮籍的"我辈"。在谢安看来，会选择逃避责任的只可能是一批人，不可能是所有人。当谢安将"此辈"和京都相对比时，他暗示京城里有很多种不同的人。京都之大，是可以容纳下这一小撮人的。他的自信源自对京城的了解。按照他的逻辑，若这不是在京都，就可能采取不同的方法；而在京都，有他这样的人控制着底线与尺度。谢安对于政治管理的态度，和王戎对于个人境界的思想相仿佛。王戎认为自己做不了圣人，也不是愚昧无情之人，而是又有感情又有缺点的人。而谢安则认为京都作为一个城市也不可能是完美的，但也不至于陷入混乱，它会有这些逃兵，也会有像谢安这样勇挑责任的人，整体而言，京城就像是一个优缺点并存的名士。或者说，如果没有这些逃兵的存在，一个都城就可能没有任何缺点，那也许是不现实的。因此，谢安的无为或宽大是与他对这个世界的认识和定位紧密相联的。谢安强调自然的教化，也赞赏褚裒的四时之气。政事的处理和人的教化一样是多元的，春夏秋天需要兼而有之，温和与肃杀并行无碍。而在当下的京城里，谢安觉得温和的措施是合适的，德政方为上策。

同样主张以德服人的还有桓温。《政事》篇第19则说：

> 桓公在荆州，全欲以德被江、汉，耻以威刑肃物。令史受杖，正从朱衣上过。桓式年少，从外来，云："向从阁下过，见令史受杖，上捎云根，下拂地足。"意讥不著。桓公云："我犹患其重。"

桓温的这一场表演，直接的观众是他的儿子。杖刑在两晋虽是法定刑，但不属于传统的五刑之一，到南朝才列入五刑之中。晋朝的五刑包括大辟（死刑）、髡刑、赎刑、杂抵罪、罚金，而南朝《梁律》的五刑则是死刑、鞭杖刑、徒刑、罚金、赎刑，比较两者可知，晋朝时和杖刑对应的是髡刑。髡刑是除去犯人的头发，虽然身体所受的痛楚较小，但是对人是很严重的羞辱，当时很多人宁可被处死也不愿意受髡刑。因此，用鞭杖刑替代髡刑标志着中国古代的刑罚从野蛮向较为文明的过渡。[1]桓温的这场表演在一定程度上可谓走在了时代的前面。由此可见，两晋虽然政局动荡，但是统治者并没有放弃探求如何尽可能合理地管理社会，绝不会肆意妄为到让名士们缺乏安全感而放荡不羁。那么，桓温想让儿子看到的是什么呢？年幼的桓式第一反应就是打得太假了，他觉得杖刑就应该狠一点。这应该是观众们的本能反应。但是，在觉得打得太假之时，他甚至都不关心犯人犯了什么罪，是否应该受到杖责。

有趣的是，《政事》中好几则故事都提到了具体的错误。比如《政事》篇第1则中有人谎称母亲生病而请假，第9则中一个人违反了宵禁，第10则中则是一个小吏偷了鱼。在这里，刘义庆有意无意地隐去了令史的罪行，却特意提到了他在挨打的时候还穿着"朱衣"。杖刑一般是"去衣受杖"，这位令史受罚时穿着官服，多少有一点不符常理，再配上极具表演色彩的假打，让观众们意识到这本来就可能是一场戏，为的是让大家明白桓温对威刑的不屑。而桓温耻于严刑也并不是全然的无为，而是以宽厚的德行作为他"无为"的

---

[1] 薛菁：《论魏晋南北朝法律制度的特点》，《福建师范大学学报》（哲学社会科学版）2003年第6期。

准则。《黜免》篇第2则说：

> 桓公入蜀，至三峡中，部伍中有得猿子者。其母缘
> 岸哀号，行百余里不去，遂跳上船，至便即绝。破视其
> 腹中，肠皆寸寸断。公闻之，怒，命黜其人。

在这则故事中，桓温从两方面展现了自己的仁厚。一方面是对母猿的遭遇感到愤怒，另一方面是即使在愤怒的情况下，也只是革除了那位肇事者，并没有处以严苛的刑罚。桓温在盛怒之下依然不会滥用自己手中的权力过度处罚手下，可见他将杜绝威刑的宗旨贯彻得非常彻底。尽管《世说新语》中很少提及桓温的政绩，但是当时的观众都知道他在荆州和伐蜀的成功，因此刘义庆的叙述似乎在告诉大家：德行和无为需要并行，德行保障下的无为才可以取得更好的政绩。

那么，殷浩在管治上的严格和桓温的无为究竟哪一个更值得肯定呢？刘义庆没有告诉我们答案。从将无同的角度来看，两者都可以是处理政务的合理方式之一。不过从殷浩和桓温在政坛的直接交锋来说，最后是桓温获得了胜利。尽管《世说新语》并没有直接描述两人的政治斗争，但告诉我们桓温和殷浩一直就互相看不顺眼。《品藻》篇第35和38两则故事讲述了桓、殷两人从年少到年长内心的相互较量、互不服气。第35则说：

> 桓公少与殷侯齐名，常有竞心。桓问殷："卿何如
> 我？"殷云："我与我周旋久，宁作我。"

第38则说：

> 殷侯既废，桓公语诸人曰："少时与渊源共骑竹马，
> 我弃去，己辄取之，故当出我下。"

前一则是桓温在年轻时希望得到殷浩的肯定，但是殷浩觉得
自己比桓温强，后一则是桓温在殷浩失势后说自己比对方
强。毫无疑问，他们互相了解，却没有相互的欣赏和肯定，
但又是相互在乎的。或许，观众可以认为殷浩和桓温之间的
较量不仅仅是两个人之间的，更是两类人之间的。这两类人
彼此了解，希望被对方肯定而并不赏识对方。他们都看似崇
尚清谈和放达，但是在执政的问题上，一类人主张严厉，另
一类则推崇德政。尽管就桓、殷二人的竞争来说是桓温占了
上风，但观众大可不必纠结于究竟哪一类人更值得赞赏。事
实上，刘义庆向观众展现了这两类人这一事实本身，就说明
他们原本就是可以在共同的空间中并存而不相互排斥的。

　　这两类人的个性在山涛身上似乎得到了融合。山涛为竹
林七贤之一，其好酒放达的一面自不待言。不过由于嵇康著
名的《与山巨源绝交书》，山涛的形象多少蒙上了一层阴影。

由于嵇康的正面形象，他所要绝交的山涛自然就被归于负面。尽管徐公持也曾指出嵇康在信里面并不是真的要与山涛绝交，这封书信的题目应该是后人所拟，但是他显然也是把嵇康的视角作为评判山涛的主要依据，似乎嵇康不要和山涛绝交，就能够提高山涛的地位。[1]葛剑雄曾指出，历史人物的评价要以事实为依据。[2]事实上，《世说新语》中对山涛的叙述本身就充分体现了他所受到的肯定和赞赏。《政事》篇第5则指出山涛受到朝廷的器重，极具声望，年过七旬依然担当重任——山涛以德持政的形象已经跃然纸上。有人调侃说"阁东有大牛，和峤鞅，裴楷秋，王济剔嬲不得休"，描写的固然是山涛这头大牛受到了各种势力的掣肘，但是也说明山涛有能力在各种势力的影响下保持平衡。而要保持平衡，就既需要坚守原则，又需要懂得包容。这就是面对政事所需的德行与放达之间的平衡力。

《政事》中其他两则关于山涛的故事同样彰显了他在政坛中保持德行与放达之间平衡的能力。《政事》篇第7则说：

> 山司徒前后选，殆周遍百官，举无失才。凡所题

---

[1]　徐公持：《嵇康〈与山巨源绝交书〉非绝交之书论》，《中华文史论丛》2008年第3期。

[2]　葛剑雄：《历史人物的评价应该以事实为依据》，《探索与争鸣》2004年第3期。

目，皆如其言。惟用陆亮，是诏所用，与公意异，争之
不从。亮亦寻为贿败。

山涛的"知"人能力在此体现得淋漓尽致。每一个他举荐的
人都很优秀，表明他对人非常了解。对山涛识人的能力，徐
高阮在《山涛论》中多有赞赏。[1]而山涛也由于能知人而被
人所知，得到了皇上的赏识与重用。在陆亮的问题上，当时
的情况非常复杂，但刘义庆并没有详细的描述，只是告诉我
们对此山涛敢于和皇上争论——其正直无畏的一面又得以展
现。在皇上没有听从自己意见的情况下，山涛也没有以无底
线的放浪来表示不合作，而是一直尽忠职守。他的表演也许
不够张扬，但在魏晋交替的混乱局面下，山涛的德行无疑为
政事的有效运作提供了保障。《世说新语》的叙述告诉观众，
和单纯放纵而不问政事的名士们相比，山涛似乎应该受到更
多的尊重。事实上，嵇康的儿子嵇绍在父亲去世后对山涛的
态度就很好地说明了山涛的地位。

《政事》篇第8则说：

嵇康被诛后，山公举康子绍为秘书丞。绍咨公出

---

[1] 徐高阮：《山涛论》，《"中央研究院"历史语言研究所集刊》1969年
第1期。

处，公曰："为君思之久矣！天地四时，犹有消息，而况
人乎？"

　　包括戴梅可和杨森（Thomas Jansen）在内的不少学者曾
对嵇康和山涛的所谓决裂提出质疑，认为多种角度都可以证
明嵇康和山涛依然可能惺惺相惜，不然就无法解释嵇康在临
死前还把儿子托付给山涛。[1]在父亲被司马家族杀害的情况
下自己是否应该在司马氏手下为官，这对于嵇绍来说也的确
是一个道德上的困惑，而他寻求山涛解惑这一事实本身就说
明了对山涛的了解与肯定：嵇绍不仅相信山涛"知"政局，
也相信他"知"自己。山涛的回答似曾相识，"天地四时，
犹有消息"再次向观众强调了"四时"。这也许是山涛和谢
安们的共识，也许是刘义庆想让观众们明白这是魏晋名士们
的共识：人世和四时是相仿的。既然天地四时有生长有肃
杀，那么人又何必拘泥于一隅呢？该做官时就做官，该归隐
时则归隐，就像天地的四季变化一样。山涛的话再次表现出
了放达和德行的融合。刘义庆在故事中一直称其为"山公"，
这很好地证明了他心目中山涛的地位。

　　《世说新语》是以《德行》篇开始的。魏晋名士对于德

---

[1] Thomas Jansen, "The Art of Severing Relationships (*Juejiao*) in Early
　　Medieval China", *Journal of the American Oriental Society*, vol.126, No.3,
　　2006, pp.347-365.

行的追求，并不亚于放达。如果我们把放浪形骸视为对现实社会的反抗，对个人精神自由的向往，就容易对有德之士产生成见，似乎他们是统治阶级利益的维护者，迂腐的卫道士。《世说新语》的叙述无声地驳斥了这样的两分法。在上一章中，我们已经论述无原则的"方外之人"可能会令人生厌，没有德行作约束的放荡不羁并不会受到他人的赞赏。以阮籍为代表的方外之人不但对礼仪非常熟悉，而且在公共空间中亦会恪守自己的底线。在魏晋名士们看来，德行与放达并非是不可融合的。恰恰相反，真正在公共空间的表演中被他人所夸赞的正是那些德行与放达保持平衡的人。

放达、逍遥、任性……这些加在魏晋名士身上的标记多少会令人一叶障目。在魏晋之际的风云变幻中，魏晋名士们把德行作为自己内心的依归，把放达作为外在的态度。德行与放达都是他们安身立命的基础。尽管他们并不奢望成为孔子一样的圣人，但也绝不愿意堕落成小人。怀着逍遥的心态，踏实地去实践德行，这大约是大多数名士们的写照。正是因为这样，他们才可能在乱世的政坛中尽可能地实现自己治国平天下的抱负。

当然，魏晋名士的德行也是通过公共空间中的表演来展现的。通过表演，他们让观众可以从多角度体会到德行的力量，而德行最终则体现在政事之中。像谢安、王导这样既能依靠自己的德行管理好政事，又能在生活中洒脱放达之人，才会被他人所认可。简言之，魏晋名士们也正如英国诗人萨松（Siegfried Sassoon）所说的那样"心有猛虎，细嗅蔷薇"。从思想的根源来说，这种双重性可能分别源自儒、道两家，二者在魏晋名士的思想中获得了统一，并且在他们的生活中得到了体现。也许正是因为魏晋的名士从思想上适当地降低了自己的目标，所以才能够相对缩小思想与生活的距离，把德行放达并重的思想体现在生活之中吧。

结语：碎片、诠释和教诲

　　当我们在观看了《世说新语》中的名士们在各个舞台上的表演，并试图寻找出他们表演背后所可能存在的规律时，也许有的观众会提出疑问：就凭着刘义庆这样片段化的叙述，凭着一个个零碎的故事和场景，怎么就可以找出魏晋的思想和生活之间的关系，就可以破除所谓的错觉和成见呢？

　　因此，在结束观看名士们的表演之后，我们有必要再讨论一下三个问题：碎片、诠释和教诲。

一

　　碎片化的叙述并不是刘义庆的发明。恰恰相反，碎片化是中国的传统。彼得·拉马克（Peter Lamarque）说文学的价值来自其表达的方式，而不是内容。[1]刘义庆选择这样的叙

---

[1] Peter Lamarque, *The Philosophy of Literature*, West Sussex, UK: Wiley-Blackwell, 2008, p.237.

述方式并非偶然，而是了解碎片化的表达方式蕴含的价值后所作的选择。

从《论语》《老子》到《庄子》，中国思想的阐述就是碎片化的。在中国人的眼中，碎片才是真实的存在。这并不是中国人认为这个世界从本质来说就是一堆碎片——世界本身完全可能是有一个体系的——而是说我们所能认识到的世界只不过是真实世界的一部分。孔子的"天何言哉"、老子的"玄之又玄"和庄子的"混沌"都表明了中国第一代思想家们对认识所谓真实世界的态度。从认识论这一角度来说，碎片才是我们眼中真正能够看到的那个世界。我们承认自己视野的局限，从而获得了真实感，这大约也就是孔子所谓的"知之为知之，不知为不知"。而魏晋时期思想家们关于本末有无的探讨，似乎也可以为此作一个注解：既然真正的世界是"无"，那么我们看到的"有"自然只不过是一个个碎片化的表象。

在一定程度上，对于历史的叙述复制了对这个世界诠释的模式。从《春秋》开始，我们关于历史的叙述就是碎片化的。《世说新语》继承的正是这一传统。碎片化的叙述提供了各种各样看似琐碎的细节，而这正体现了我们对历史的记忆方式。我们对历史的叙述基于对历史的记忆，而对历史的记忆总是无法达到彻底的完整。或者可以说，对历史的碎片化叙述，才是我们认识历史的真正视角。即使是司马迁叙述详尽的《史记》，也不免被刘知幾批评说"列君臣于纪传……虽篇名甚广而言无独录"（《史通·载言》）。对于司马迁来说，君臣之间的谈话，也终究是无从考证的。因为没有一种宏大的叙述可以完美地展现历史，所以看似零散的记录就成了必要的补充。

玛丽·卡鲁特斯（Mary J. Carruthers）在其名著《记忆之书》中说，在欧洲的中世纪这样的写作是为了帮助人们记忆。[1]戴梅可曾借用卡鲁特斯的理论，认为扬雄在模仿《论语》写《法言》的时候，不但为汉朝的人们提供了对上古的记忆，也为后人提供了对汉朝的记忆。在戴梅可看来，扬雄通过自己的写作和他人交流，并希望以此获得他人认可，这样的行为就是一种公共性的展示（public display）。[2]

当身处南朝的刘义庆回望过去数百年错综复杂的历史时，无疑也试图将自己对名士们的欣赏和评价融入自己的叙述之中，从而使自己获得他人的了解与赞赏。《世说新语》对他来说，既是自己的一份记忆，也是留给后人的一份回忆。《世说新语》的碎片是不是也可以帮助刘义庆自己和后人更好地记住并理解这一段历史，更加立体地了解阮籍、王

---

[1] Mary J. Carruthers, *The Book of Memory: A Study of Memory in Medieval Culture*, Cambridge, UK: Cambridge University Press, 1990.

[2] Michael Nylan, *Yang Xiong and the Pleasures of Reading and Classical Learning in China*.

戎或是谢安这些名士呢？抑或，他在意的并不是人们如何记住阮籍、王戎或是谢安们的表演，而是想让读者在观赏了各种精彩的表演之后领悟到他想传达的教诲？

根据卡鲁特斯的理论，在那些帮助我们记住过去的叙述中，重要的不是它们讲了什么细节，而是蕴含着什么样的反思。[1]这些反思蕴藏在生活化的碎片之中，像镜子一样让读者看到自己的身影，这些反思从而也就成了读者精神世界的一部分。就这样在影响了一代又一代的读者之后，文本中的反思逐渐成为一种重要的文化源泉。因此，阅读这些文本的目的正在于通过文本发现作者在精神层面的反思，并走入其精神世界，从而在和作者的交流过程中吸收并传承来自古代的文化传统。

虽然《世说新语》记录的是碎片，但其中所有的碎片连在一起，形成了一个完整的舞台。这个舞台上名士们的一言一行，都体现了刘义庆对魏晋时代的反思。他的反思把这些多少有着虚构成分的碎片粘合成了一个有机的整体。在各个碎片的叙述中，刘义庆把"有意无意之间"的态度作为贯穿整个舞台的主线，阐明了他对魏晋思想和生活之间关系的理解。《容止》篇第17则说：

---

[1] Mary J. Carruthers, *The Book of Memory: A Study of Memory in Medieval Culture*, p.110.

王大将军称太尉："处众人中，似珠玉在瓦石间。"

也许对于当时的观众来说，这场表演的主角都是大名鼎鼎之人，不需要多作介绍。刘义庆在《世说新语》的绝大多数叙述中，都没有赘述各个名士的家世、生平、功过以及他们相互之间的关系。这也许是因为他觉得对当时的读者来说，这一切都是耳熟能详的。但是，他难道没有想到后世的读者吗？几百年甚至千年后的观众，还能对这些名士的一切一清二楚吗？那么，他的叙述为何如此简洁，对王敦和王衍的背景只字不提呢？

事实上，我们即使不了解甚至不知道王敦和王衍为何方神圣，只要通读《世说新语》，就会对他们各方面的品性了如指掌。在各种碎片化的故事中，王敦的粗鄙和豪迈并存，这自然会让我们对他的评价持保留态度：一个品味有限的人眼里的珠玉，是否真的出类拔萃呢？而在历史上遭受颇多骂名的王衍，刘义庆在《世说新语》中并没有明显的批评，可是当王衍受到王敦的夸赞时，作为叙述者的刘义庆到底是在肯定王衍抑或是暗讽呢？就好像焦大不会欣赏林黛玉一样，王敦是否具有识别真正名士的能力？就这则故事而言，王敦究竟是否"知"王衍，答案也许正在"有意无意之间"……《世说新语》自身的完整性正是体现于此，这也是碎片和完整之间的辩证关系所在。当作为观众的我们把诸多碎片连在一起后，书中的各个故事就可以互证，即使没有其他的信息，也不会影响我们解读刘义庆在叙述中的反思，而那些在整个舞台中只出现了若干次的人物，我们无法获得太多的细节来互证，但这也许恰恰说明他们的身份对于理解刘义庆的反思来说是不重要的。

由于缺乏详细的背景描述，这样简洁的碎片中所讲述的故事难免被人质疑存在着虚构性。而在苏珊·基恩（Suzanne Keen）看来，碎片中的虚构成分恰恰有助于读者更好地体会作者的反思，不带虚构性的叙述容易让读者对其中的角色产生距离。[1]读者在面对虚构性的叙述时更容易产生情感的共鸣，而在史料详尽的非虚构性叙述中，人物的所言所行是在多种"真实"条件的限定下出现的，这就会让在自身生活中缺乏这些条件的读者感到遥远。例如《文学》篇第33则说：

> 殷中军尝至刘尹所清言。良久，殷理小屈，游辞不已，刘亦不复答。殷去后，乃云："田舍儿，强学人作尔馨语！"

在这一则故事中，观众很容易找到自己的共鸣点。殷浩的不

---

[1] Suzanne Keen, *Empathy and the Novel,* Oxford, UK: Oxford University Press, 2007, p.4.

服输和刘惔的不耐烦，都是可以在大家身上见到的；而殷
浩的不自知以及他因不自知而招致讥讽也具有普遍性。我们
完全不需要知道殷浩和刘惔这场表演的时间、背景和其他信
息，就可以体会到刘义庆在这则故事中的思考；甚至，即使
把刘惔变成王濛，其所传达的意义也不会有本质的改变。或
者说，正是没有特定的时间、背景和其他信息，我们才可以
更容易地代入其中，发现自己与他们的相同之处。刘义庆
带有虚构色彩的叙述超越了个体名士间的差异，让读者认为
《世说新语》中所出现的所有角色都属于同一个名士群体。
我们不再需要纠结于他们的时代、身份、个性以及其他种种
的不同。我们可以无视东汉末年的陈蕃和东晋的谢安之间的
差别，而把他们都视为名士群体的一部分。在这个群体中，
读者可以找到自己所需的范例、经验和教训。

二

如果《世说新语》碎片化的叙述中有着自身的完整性，
那么又何以证明其完整性基于对"魏晋的思想和生活"之间
关系的反思呢？为什么是"魏晋的思想和生活"之间的关系
把刘义庆的记忆一以贯之呢？必须承认，这是无法证明的。
我们从公共空间的角度、用表演的理论来剖析《世说新语》，
只是为了尝试提供一种可能的解读方式。其他的解读方式当
然是存在的。威廉姆·维姆萨特（William K. Wimsatt Jr.）和

门罗·比厄兹利（Monroe C. Beardsley）指出，任何作品的解读都具有公共性和开放性。[1]在作者没有明确说明自己创作目的的情况下，任何试图确定作者"唯一"写作意图的举动都是徒劳，任何声称自己可以用作者的意图来诠释文本的尝试只会造成谬见。在这样的情况下，对于文本的诠释来说，重要的就不是去追寻所谓作品的原意，而是考察作品对读者的情感所带来的影响。毫无疑问，一部作品对不同时代不同读者来说会有不同的影响，解读的角度各异。因此，对《世说新语》来说，我们的解读视角必然也只是百花中的一朵。或者可以说，我们对《世说新语》的解读也只是众多解读中的一个碎片，它也许不够宏大而全面，但却可以帮助我们理解《世说新语》，进而理解魏晋的思想和文化。

也许有人会问，既然我们的解读只是众多解读方式中的一种，那么为何又想破除存在的错觉和成见呢？如前所述，对于魏晋的思想和生活，不少人有着错觉和成见。错觉是把魏晋的名士幻想成反抗礼教崇尚个体自由的勇士；而成见则在于把魏晋时期的战乱归结为清谈误国。从表面来说，错觉和成见各自当然也是一种解读，但是从本质来说，它们却

---

[1] William K. Wimsatt Jr. & Monroe C. Beardsley, "The Intentional Fallacy" and "The Affective Fallacy", from *Northon Anthology of Theory and Criticism*, ed. Vincent B. Leith et al., New York, USA: W. W. Norton & Company, 2010, pp.1371-1403.

很难算是对"文本"的解读。之所以这么说，是因为不少错觉和成见是观念先行的产物——在已有的观念下，选取所需的文本作为论据。严格来说，它们并没有"解读"文本，做的更多的是削足适履的工作。只要从《世说新语》的文本出发，就会发现这些错觉和成见都存在着问题。正是从这个意义来说，对《世说新语》文本的任何一种解读，都可能帮助我们破除错觉和成见。

在我们看来，《世说新语》的主线之一就是公共空间中的"知"。有学者指出，同时期的《洛阳伽蓝记》等作品会描写政治人物仇杀、乱伦等事件，而《世说新语》中对此几乎只字未提，笔墨所触都是生活中的高雅[1]，即使有的内容涉及包括"苏峻之乱"在内叛乱和惨案，笔触所及也以人与人交往的过程中名士的风骨为主。因此，把公共空间中的"知"作为切入点，强调名士们对社会的依赖，进而指出能否获得他人的肯定是名士言行的主要因素之一，就应该是一种言之成理的解读。这样的解读一方面质疑魏晋名士是否执着于追求个人的自由，热衷于对社会制度的反抗；另一方面则肯定了他们在乱世中所取得的成就。这样的解读既避免了成见，也消解了错觉，可以说是"有意无意之间"的体现。当我们把这样的解读方式推到极致时，就会发现《德行》中

---

[1] 丁爱博著，李梅田译：《六朝文明》，第399页。

所记载的也不一定是对名士德行的赞赏与肯定，而《惑溺》
中的故事也并非全然是批评和否定。例如《惑溺》篇第7
则说：

> 王丞相有幸妾姓雷，颇预政事纳货。蔡公谓之"雷
> 尚书"。

这则故事所塑造的画面颇为有趣，让观众很难感觉到刘义庆
是在批评王导。以无为而治著名的王导，居然有一个喜欢干
预政事的妾——请注意，是妾不是妻。因此，在这里有着多
重的强烈对比。夫与妾，男与女，丞相与平民，无为与有
为……原本应该强势的一方都成了弱势，而原本应该弱势的
一方却握住了权力，感觉王导对妾的宠爱导致了阴阳失调、
乾坤倒转，世界要陷入一片混乱。

但是，从《世说新语》自身的叙述中我们就知道王导
是一个出色的丞相，这样的惑溺却并没有带来灾难，这又是
为什么呢？是不是说明这位小妾的干预在一定程度上还可能
是有效的？再看蔡公对她的称呼，"雷尚书"三字固然有嘲
讽之意，但是难道不也说明她在政治上有着一定的能力吗？
那么，刘义庆是否在暗示，即使是一个地位低微的小妾，其
实也是可以有能力管理天下的？尤其是对于熟悉东晋历史的
读者来说，这样的故事未尝不是在证明以褚蒜子为代表的女

性执政的合理性……刘义庆碎片化的叙述就这样给了我们在"有意无意之间"诠释的可能性。

三

这样处于"有意无意之间"的解读，不仅是一种方法，更是一种哲学的态度。或者说，是把哲学态度运用在了文本的解读之中，而这样的态度正是受到了刘义庆的影响。刘义庆在《世说新语》中所蕴含的态度给观众们带来了教诲，而我也是观众之一。对于中国古代的文人来说，自己被人所"知"的前提之一是自己写下的文字是"道"的体现。刘义庆在编撰《世说新语》之时，也同样在其中寄托了自己对道的反思，而这些对人与社会关系的思考为后人提供了生动的教诲。从今天的文体来说，我们把《世说新语》视为小说，即使是当代西方学者，也同样重视小说对读者道德的影响。玛莎·纳斯巴姆（Martha Nussbaum）认为，小说的价值就在于给读者带来的教诲。[1]而我们在解读《世说新语》的文本并进而管窥魏晋思想和生活的关系之后，显然可以感受到刘义庆的教诲。

提出哲学思考的小说，大多会探求如何才能构建一个理

---

[1] Martha Nussbaum, *Love's Knowledge: Essays on Philosophy and Literature*, Oxford, UK: Oxford University Press, 1990.

想的社会。[1]刘义庆在《世说新语》中的思考也许看起来并没有那么宏大，但是"有意无意之间"的态度实际上为读者指明了切实可行的生活原则，揭橥了思想和生活之间应有的关系。《世说新语》的最后一门是《仇隙》，而《仇隙》的最后一个故事（第8则）如下：

> 桓玄将篡，桓脩欲因玄在脩母许袭之。庾夫人云："汝等近过我余年，我养之，不忍见行此事。"

这个故事涵盖了从家到天下的多层矛盾。桓玄和桓脩是堂兄弟，可以说是广义的一家人。当兄弟要篡位的时候，自己该怎么做？桓脩的选择是大义灭亲。而他的母亲则对此表示反对。庾夫人的理由很简单："不忍"。这两个字让我们想到了简文帝。刘义庆没有作任何的评价，甚至都没有提及桓脩的反应，但是作为观众的我们已经从庾夫人的劝诫得到了教诲。她想通过自己的不忍，让儿子也实践不忍的原则，从而让所有在生活中会遇到类似矛盾的观众也记住不忍二字。乱世中人如果能怀着"不忍"之心，那么天下就会太平，家庭内部的矛盾自然也会消失。当然，这并不表明庾夫人的规劝

---

[1] Catherine H. Zuckert, *Natural Right and the American Imagination: Political Philosophy in Novel Form*, Lanham, USA: Rowman & Littlefield Publishers, 1990, p.1.

是全然正确的。尽管她的不忍避免了一场家庭惨剧，却使桓脩没有能够阻止桓玄的叛乱，也使得东晋再一次经历了动荡。因此，从直接的效果而言，庾夫人的"不忍"是在"有效无效之间"，但是，乱世中原本就没有完美的选择。不忍已经是庾夫人——或者说刘义庆——能给观众最好的教诲了。刘义庆把这样一场表演放在全书的最后，也许自有其用意在。即使是不熟悉东晋历史的读者，都可以在不查找任何其他资料的情况下，推测出缺乏"不忍"之心的桓玄肯定没有好下场，而桓玄的残忍则是从他小时候杀鹅起就为人所"知"的。

刘义庆并不忌讳魏晋的动荡。他既不认为这个世界可以瞬间实现大同，也否认这个世界已经无可救药。他笔下的名士和他一样，既不认为自己能成为圣人，但又不会沉沦为小人。因此，在一定程度上，魏晋时期的思想和生活之间的距离，比汉朝或者宋朝的都要小——那都是觉得自己可以成圣的时代。当然，刘义庆还告诉我们，老庄思想的争辩更多的是出于清谈的需要，而并非真的是名士们所信奉的。名士们在将无同的态度下融合了儒道两家的思想，因此从某种角度来说，他们的行为似乎并不遵循道家，也不完全依循儒家。那么，魏晋时期的思想和生活之间，到底是距离大还是距离小呢？借用刘义庆碎片化的叙述手法给我们的教诲，我们也不必或是不能给出明确的答案。大约，是在"大小之间"罢！每个人都可以作出自己的判断。

主要参考文献

一、中文

（一）古籍

朱熹：《周易本义》，北京：中华书局，2009年

朱熹：《诗集传》，北京：中华书局，2017年

孔颖达：《礼记正义》，上海：上海古籍出版社，2008年

左丘明著，杜预注：《左传》，上海：上海古籍出版社，2016年

李隆基注，邢昺疏：《孝经注疏》，上海：上海古籍出版社，2009年

毛奇龄：《孝经问》，影印文渊阁《四库全书》第182册，上海：上海古籍出版社，1987年

皇侃：《论语义疏》，北京：中华书局，2013年

程树德：《论语集释》，北京：中华书局，2013年

焦循:《孟子正义》,北京:中华书局,1987年

朱熹:《四书章句集注》,北京:中华书局,1983年

司马迁:《史记》,北京:中华书局,1982年

范晔:《后汉书》,北京:中华书局,1965年

陈寿:《三国志》,北京:中华书局,1982年

房玄龄等:《晋书》,北京:中华书局,1974年

刘知幾:《史通》,上海:上海古籍出版社,2015年

王应麟:《困学纪闻》,上海:上海古籍出版社,2015年

郭庆藩:《庄子集释》,北京:中华书局,2012年

王先慎:《韩非子集解》,北京:中华书局,1998年

苏舆:《春秋繁露义证》,北京:中华书局,1992年

刘劭:《人物志》,北京:中国书店,2019年

干宝撰,汪绍楹校注:《搜神记》,北京:中华书局,
1979年

徐震堮:《世说新语校笺》,北京:中华书局,1984年

张万起、刘尚慈:《世说新语译注》,北京:中华书局,
1998年

欧阳询:《艺文类聚》,上海:上海古籍出版社,1999年

崔富章:《新译嵇中散集》,台北:三民书局股份有限公
司,1998年

楼宇烈:《王弼集校释》,北京:中华书局,1980年

（二）专著

牟宗三：《魏晋玄学》，台中：私立东海大学，1962年

余英时：《中国知识阶层史论》，台北：联经出版事业公司，1980年

牟宗三：《才性与玄理》，台北：台湾学生书局，1985年

李泽厚：《中国古代思想史论》，北京：人民出版社，1985年

田余庆：《东晋门阀政治》，北京：北京大学出版社，1989年

唐君毅：《中国哲学原论·原性篇》，台北：台湾学生书局，1991年

萧艾：《〈世说〉探幽》，长沙：湖南出版社，1992年

王能宪：《世说新语研究》，南京：江苏古籍出版社，1992年

贺昌群、刘大杰、袁行霈：《魏晋思想》（甲编三种），台北：里仁书局，1995年

陈来：《陈来自选集》，桂林：广西师范大学出版社，1997年

高华平：《魏晋玄学人格美研究》，成都：巴蜀书社，2000年

陈寅恪：《金明馆丛稿初编》，北京：生活·读书·新知

三联书店，2001 年

冈村繁著，陆晓光译：《汉魏六朝的思想和文学》，上海：上海古籍出版社，2002 年

罗宗强：《玄学与魏晋士人心态》，天津：南开大学出版社，2003 年

宁稼雨：《魏晋士人人格精神——〈世说新语〉的士人精神史研究》，天津：南开大学出版社，2003 年

楼宇烈：《温故知新——中国哲学研究论文集》，北京：商务印书馆，2004 年

周苏平：《中国古代丧葬习俗》，西安：陕西人民出版社，2004 年

蒋凡：《世说新语的读法》，北京：中国人民大学出版社，2008 年

田浩：《朱熹的思维世界》，南京：江苏人民出版社，2009 年

王岫林：《魏晋士人之身体观》，新北：花木兰文化出版社，2009 年

唐长孺：《魏晋南北朝史论丛》，北京：商务印书馆，2010 年

陈惠玲：《魏晋反玄思想论》，新北：花木兰文化出版社，2011 年

张钧莉：《魏晋美学趋势》，新北：花木兰文化出版社，

2011年

田余庆：《当代名家学术思想文库·田余庆卷》，沈阳：万卷出版公司，2011年

江建俊：《魏晋玄理与玄风研究》（上），新北：花木兰文化出版社，2012年

孙世民：《魏晋身体修养论》，新北：花木兰文化出版社，2012年

王妙纯：《魏晋士人的生死关怀——以〈世说新语〉为核心的考察》，台北：文津出版社有限公司，2012年

丁爱博著，李梅田译：《六朝文明》，北京：社会科学文献出版社，2013年

鲁迅：《中国小说史略》，北京：中华书局，2014年

汤用彤：《魏晋玄学论稿》，上海：上海人民出版社，2015年

戴建业：《浊世清流：〈世说新语〉会心录》，海口：海南出版社，2016年

沈维华：《魏晋三玄与言意之辨》，台北：文史哲出版社，2018年

（三）期刊论文

陈寅恪：《述东晋王导之功业》，《中山大学学报》（社会科学版）1956年第1期

白化文：《麈尾与魏晋名士清谈》，《文史知识》1982年第7期

王晓毅：《魏晋才性论新探》，《东岳论丛》1986年第3期

田余庆：《论东晋门阀政治》，《北京大学学报》（哲学社会科学版）1987年第2期

阎步克：《从任官及乡品看魏晋秀孝察举之地位》，《北京大学学报》（哲学社会科学版）1988年第2期

李向平：《修身俟死与尽孝善终——死亡观念与儒学伦理的关系之一》，《探索与争鸣》1991年第2期

颜晨华：《文化衰颓：魏晋清谈玄风的归宿》，《江苏社会科学》1991年第3期

庄华峰：《魏晋南北朝妇女的个性解放》，《中国史研究》1993年第1期

姜广辉：《汉末魏晋的名士风度》，《河北学刊》1994年第3期

王晓毅：《论曹魏太和"浮华"案》，《史学月刊》1996年第2期

甘怀真：《中国中古时期君臣关系初探》，《台大历史学报》1997年第21期

徐公持：《理极滞其必宣——论两晋人士的嵇康情结》，《文学遗产》1998年第4期

张辉：《尼采审美主义与现代中国》，《中国社会科学》

1999 年第 2 期

彭林：《子思作〈孝经〉说新论》，《中国哲学史》2000
年第 3 期

曾振宇：《"法天而行"：董仲舒天论新识》，《孔子研究》
2000 年第 5 期

何忠礼：《略论历史上的避讳》，《浙江大学学报》（人文
社会科学版）2002 年第 1 期

魏向东：《论魏晋南北朝财婚风气及其影响》，《江苏社
会科学》2002 年第 5 期

袁济喜：《论宗白华的魏晋美学解读》，《中国人民大学
学报》2003 年第 4 期

李玉生：《魏晋律令分野的几个问题》，《法学研究》
2003 年第 5 期

薛菁：《论魏晋南北朝法律制度的特点》，《福建师范大
学学报》（哲学社会科学版）2003 年第 6 期

刘强：《"世说学"论纲》，《学术月刊》2003 年第 11 期

邵望平：《礼制——中国古代文明的一大特征》，《文史
哲》2004 年第 1 期

葛剑雄：《历史人物的评价应该以事实为依据》，《探索
与争鸣》2004 年第 3 期

顾农：《左思〈三都赋〉及其序注综考》，《广西师范大
学学报》（哲学社会科学版）2005 年第 1 期

闫月珍：《现象学与中国文艺理论沟通的可能性》,《文艺理论研究》2005年第2期

黄少英：《魏晋礼法之士的"德行"观》,《东方论坛》2005年第3期

胡志佳：《西晋建国前司马氏的发展》,《逢甲人文社会学报》2005年第10期

曾春海：《竹林七贤与酒》,《中州学刊》2007年第1期

徐公持：《嵇康〈与山巨源绝交书〉非绝交之书论》,《中华文史论丛》2008年第3期

费振钟：《药石时代的文学身体》,《上海文学》2008年第10期

胡宝国：《晚渡北人与东晋中期的历史变化》,《北大史学》2009年第1期

王仁湘：《中国古代的酒》,《书摘》2009年第4期

王岳川：《酒文化：国学与传统艺术之重要维度》,《陕西师范大学学报》(哲学社会科学版)2011年第6期

彭美玲：《凶事礼哭——中国古代儒式丧礼中的哭泣仪式及后世的传承演变》,《成大中文学报》第39期,2012年12月

关健英：《从魏晋时期的孝道讨论看传统孝道的变迁》,《哲学研究》2013年第9期

郑显文、管晓立：《中国古代出行的法律制度探析》,

《北京航空航天大学学报》（社会科学版）2014年第1期

任崇岳、赫德川：《两晋时期的陈郡阳夏谢氏家族》，《中原文化研究》2014年第5期

釜谷武志：《先秦至六朝时期的罪与罚》，《复旦学报》（社会科学版）2015年第1期

陈庆元：《石崇"士当身名俱泰"辨》，《国文学报》第57期，2015年6月

刘梁剑：《郭象"物"观念与晋人的逸气及乡愿》，《陕西师范大学学报》（哲学社会科学版）2017年第1期

高二旺：《丧礼与魏晋南北朝社会控制》，《郑州大学学报》（哲学社会科学版）2017年第2期

殷慧：《从"自然"到"天理"——玄学与理学关于名教之礼的思考》，《哲学与文化》44卷3期，2017年3月

姜广辉、禹菲：《汉唐时期的孝经学》，《中州学刊》2017年第6期

张齐明：《后人当思此愦愦——东晋中兴名臣王导》，《文史知识》2017年第10期

蔡启仲：《王弼的才情个性与交游研究》，《东海大学图书馆馆刊》2017年第15期

陈健梅：《晋元帝立国江东的政治地理格局——兼议"王与马共天下"的空间结构》，《浙江大学学报》（人文社会科学版）2018年第2期

邓晓芒：《论康德哲学对儒家伦理的救赎》，《探索与争鸣》2018年第2期

宋展云、张嘉慧：《皇侃〈论语义疏〉中的性情论》，《扬州大学学报》（人文社会科学版）2018年第3期

范兆飞：《走向禅让：魏晋之际阶层的固化与易代模式》，《华东师范大学学报》（哲学社会科学版）2018年第4期

韩林合：《郭象独化说新解——兼与维特根斯坦的相关观点比较》，《文史哲》2018年第4期

高二旺：《魏晋南北朝孝感动天现象考论》，《中州学刊》2018年第9期

郑开：《祭与神圣感》，《世界宗教研究》2019年第2期

（四）学位论文

张丽君：《魏晋南北朝赌博研究》，江西师范大学2009年硕士学位论文

梁允华：《论汉代的酒风》，郑州大学2011年硕士学位论文

黄欣怡：《〈晋书〉史臣对王导的评价》，马来西亚拉曼大学2011年学位论文

王晖：《两晋时期庾氏家族及其文学研究》，西北师范大学2012年硕士学位论文

王娟：《冲突与融合：魏晋南北朝时南人北迁研究》，上海师范大学2013年博士学位论文

李兆：《酒与两汉社会》，山西大学2014年硕士学位论文

段宜廷：《魏晋荀学》，（台湾）政治大学2016年博士学位论文

二、外文

（一）专著

Donald Holzman, *Poetry and Politics: the Life and Works of Juan Chi, A.D.210–263*, Cambridge, UK: Cambridge University Press, 1976

Georg Lukács, Translated by Hannah Mitchell and Stanley Mitchell, *The Historical Novel*, Lincoln, USA: University of Nebraska Press, 1983

Mary J. Carruthers, *The Book of Memory: A Study of Memory in Medieval Culture*, Cambridge, UK: Cambridge University Press, 1990

Jürgen Habermas, *The Structural Transformation of the Public Sphere: An Inquiry into a Category of Bourgeois Society*, Cambridge, USA: The MIT Press, 1991

Paul Cohen, *History in Three keys: The Boxers as Event, Experience, and Myth*, New York, USA: Columbia University Press, 1997

Norman Kutcher, *Mourning in Late Imperial China: Filial*

Piety and the State, Cambridge, UK: Cambridge University Press, 1999

Kathleen Marie Higgins, *Comic Relief: Nietzsche's Gay Science*, London, UK: Oxford University Press, 2000

Claude Lévi-Strauss, *Myth and Meaning*, London, UK: Routledge, 2001

Jon P. Mitchell, *Ambivalent Europeans: Ritual, Memory and the Public Sphere in Malta*, London, UK: Routledge, 2002

John Makeham, *Transmitters and Creators: Chinese Commentators and Commentaries on the Analects*, Cambridge, USA: Harvard University Asia Center, 2003

Keith N. Knapp, "Reverent caring: The parent-son relationship in early medieval tales of filial offspring", in *Filial Piety in Chinese Thought and History*, ed. Alan Chan and Sor-Hoon Tan, London, UK: Routledge, 2004

Paul R. Goldin, *After Confucius: Studies in Early Chinese Philosophy*, Honolulu, USA: University of Hawai'i Press, 2005

Suzanne Keen, *Empathy and the Novel,* Oxford, UK: Oxford University Press, 2007

Peter Lamarque, *The Philosophy of Literature*, West Sussex, UK: Wiley-Blackwell, 2008

Mark Edward Lewis , *China Between Empires: The*

Northern and Southern Dynasties, Cambridge, UK: Belknap Press of Harvard University Press, 2009

Michael Nylan, *Yang Xiong and the Pleasures of Reading and Classical Learning in China*, New Haven, USA: American Oriental Society, 2011

Miranda Brown, *The Politics of Mourning in Early China*, New York, USA: SUNY Press,2012

Michael Nylan, *Exemplary Figures / Fayan*, Seattle, USA: University of Washington Press, 2013

Elizabeth Benacka, *Rhetoric, Humor, and the Public Sphere: From Socrates to Stephen Colbert*, Lexington, USA: Lexington Books, 2017

（二）论文

Israel Knox, "Towards a Philosophy of Humor", *The Journal of Philosophy*, vol.48, No.18, 1951

Eric Henry, "The Motif of Recognition in Early China", *Harvard Journal of Asiatic Studies*, vol.47, No.1, 1987

Perri Six, "Rituals Elicit Emotions to Define and Shape Public Life: a Neo-Durkheimian Theory", *The Journal of Modern History*, vol.59, No.4, 1987

Christoph Harbsmeier, "Humor in Ancient Chinese

Philosophy", *Philosophy East and West*, vol.39, No.3, 1989

Dana R. Villa, "Postmodernism and the Public Sphere", *American Political Science Review*, vol.86, No.3,1992

Philip C.C. Huang, "'Public Sphere' / 'Civil Society' in China?: The Third Realm between State and Society", *Modern China*, vol.19, No.2, 1993

Frederic Wakeman, Jr., "The Civil Society and Public Sphere Debate: Western Reflections on Chinese Political Culture", *Modern China*, vol.19, No.2, 1993

John D. Peters, "Distrust of Representation: Habermas on the Public Sphere", *Media, Culture and Society*,vol.15, No.4, 1993

Thomas C. Veatch, "A Theory of Humor", *Humor*, vol.11, No.2, 1998

Deborah Heller, "Bluestocking Salons and the Public Sphere", *Eighteenth-Century Life*, vol.22, No.2, 1998

Michael Nylan, "On the Politics of Pleasure", *Asia Major*, vol.14, No.1, 2001

冨谷至:《晋泰始律令への道——第二部 魏晋の律と令》,《東方學報》2001年第73期

Qingping Liu, "Filiality versus Sociality and Individuality: On Confucianism as 'Consanguinitism'", *Philosophy East and West*, vol.53, No.2, 2003

Anton O. Kris, "The Lure of Hypocrisy", *Journal of the American Psychoanalytic Association*, vol.53, No.1, 2005

Richard C. Sha, "Medicalizing the Romantic Libido: Sexual Pleasure, Luxury, and the Public Sphere", *Nineteenth-Century Contexts: An Interdisciplinary Journal*, vol.27, No.1, 2005

Lincoln Dahlberg, "The Habermasian Public Sphere: Taking Difference Seriously?", *Theory and Society*, vol.34, No.2, 2005

Richard E. Palmer, "Gadamer and Confucius: Some Possible Affinities", *Journal of Chinese Philosophy*, vol.33(s1), 2006

Thomas Jansen, "The Art of Severing Relationships (*Juejiao*) in Early Medieval China", *Journal of the American Oriental Society*, vol.126, No.3, 2006

Martin Shuster, "Humor as an Optics: Bergson and the Ethics of Humor", *Hypatia*, vol.28, No.3, 2013

后 记

　　感谢大家看完了这本书——或者说这场演出。必须指出的是，没有责任编辑黄飞立博士的辛勤工作，演出就无法成功。

　　我想很多对魏晋风骨感兴趣的人，都和我一样从小就对"竹林七贤"的名字耳熟能详。童年的时候，听到的是不少关于王戎的故事：比如路边的李子；再比如他看别人下棋，棋盘倒了，他能把棋局复原。总之，长大后能成为"竹林七贤"之一，小时候必然是聪颖的。初中的时候我学了围棋，发现复盘不过是每一个入了门的业余棋手都会的基本功。当然，王戎的形象并没有倒塌——我只是开始琢磨，为什么会有这样的故事，而且这样的故事还能够流传至今？

　　再大一点，增加的是对嵇康和阮籍两个人的敬仰。进入青春叛逆期的少年人，很容易就膜拜两人的不羁。也正是在这个年纪，我开始阅读《世说新语》，一开始也把刘伶的裸身或是阮籍的醉酒视为个性的张扬，甚至会在生活中拙劣地模仿，想成为一个有个性的人。然而出乎意料的是，身边的人——从父母到师长——并不会对所谓有个性的人青眼有加，最终得到的不过是一份寂寞。

于是我开始思考一个问题：看起来不在乎他人眼光的魏晋名士们为何最终会获得他人持久的赞誉？前辈学者的著作给我以很多的启发，但是却依然无法提供令我满意的答案。2003 年赴美读博之际，《世说新语》也跟着我到了新大陆。我记得特别清楚，有一次上魏师斐德的课，我去东亚图书馆借了一本《阮元年谱》，那个叫 Bruce 的图书管理员对我说："我很喜欢他，非常有个性。"我瞬间就明白他是把阮元当作了阮籍。也许，在对中国文化稍有涉猎的外国人来说，姓阮的中国名人就必然是阮籍，而阮籍就是崇尚自由的符号。阮元？那是谁！

我在课上和魏师讲了这个笑话，也提出了我一直以来的疑问。他说，大家都觉得清末官员腐败没有人才，八股风行教育落后，但是你先仔细读读阮元，看看他算不算人才，看看他建的学海堂究竟是怎样的教育模式？魏师举了一隅，我虽然不能以三隅反，但也知道也许应该放下对魏晋的错觉或成见，更加贴近地从文本中寻找答案。

于是，多年的思考终于凝结为这本书。所憾者，是魏师已然仙逝多年，无法得到他的指正了。这既是给魏师交的一份迟到的作业，也是一场我自己的表演。步入中年，尽管知道自己的观点也许与众不同，却不会再像少年时那样睥睨左右，反而存有一份忐忑，不确定观众对这场演出是否看得习惯，毕竟在其中，阮籍也好，谢安也罢，都有了新的装扮。而自诩安于在学术舞台上孤军作战的我，也会期待在"公共空间"中获得他人之"知"。《诗》云："嘤其鸣矣　求其友声。"此之谓乎?

　　是为记。

董铁柱

2021年6月3日于蕭轩